文庫

柄谷行人

定本
日本近代文学の起源

岩波書店

目 次

岩波現代文庫版への序文

私は通常、自分の本を読み返したり、再考したりすることはしない。が、『日本近代文学の起源』にかぎっては、幾度も読み返し考え直した。それは自分の意志というよりも、本書が多数の外国語に訳されたからであり、また、各国の翻訳者が序文を要請してきたからだ。のみならず、私のほうでも、出版される国を念頭において読み返すと、そのつど、それまで考えていなかった点に気づくことが多かったからだ。そうしているあいだに、本書はいわば「生成するテクスト」としてふくれあがった。それは私の予想もしなかったことである。

以上の経緯は、「定本版へのあとがき」にもある程度記した。が、あえて書かないでおいたことがある。それは、定本版を書こうとした時点で、「日本近代文学の終焉」を痛切に感じていたということである。一般に、ある物の「起源」が見えてくるのは、それが終るときである。一九七〇年代後半に『日本近代文学の起源』を書いたときも、私は「日本近代文学の終焉」を感じていた。しかし、それは、旧来の文学に代わって、別の文学が台頭するだろうという予感であった。事実、一九八〇年代には、近代文学の支配下で排除されていたような形式の小説が多く書かれたのである。

私が本書の冒頭で漱石の文学理論に言及したのは、その中に、近代小説の観念への根本的な疑いを認めたからだ。もちろん、それは近代の否定ないし前近代の称賛といったものではない。それは、近代的ではあるが、近代リアリズム小説によって排除されてしまった可能性を見いだすことである。漱石が回復しようとしたのは、スターンやスウィフトのような「ルネサンス的文学」の可能性であった。彼が正岡子規とともに始めた「写生文」とは、その日本版だといってよい。写生文は俳諧に由来するもので、たとえば、『吾輩は猫である』のようなものを指すのである。

実際、一九八〇年代の日本の文学には一種の文芸復興(ルネサンス)があった。その意味で、私が日本近代文学の「起源」を見いだしたのは、それが事実上終りかけていたからだ、ということができる。しかし、私はそのことを深く考えなかった。新たな可能性に気をとられていたからだ。予期に反し、一九九〇年代に入って、ソ連邦が崩壊しグローバルな世界資本主義の浸透が進むにつれて、文学は新たな力をもつどころか急激に衰え、社会的なインパクトを失い始めた。文字通り、「近代文学の終焉」が生じたのである。しかも、それは日本だけの現象ではなかった。

最初に述べたように、私は翻訳されるたびに、新たな文脈において本書を読み直してきたのだが、定本版を書こうとして読み直したときにも、思いがけない発見があった。私は漱石の『文学論』の序文からつぎの条りを引用していた(本書九頁)。

余はこゝに於て根本的に文学とは如何なるものぞと云へる問題を解釈せんと決心したり。……余は下宿に立て籠りたり。一切の文学書を行李の底に収めたり。文学書を読んで文学の如何なるものなるかを知らんとするは血を以て血を洗ふが如き手段たるを信じたればなり。余は心理的に文学は如何なる必要あつて、此世に生れ、発達し、頽廃するかを極めんと誓へり。余は社会的に文学は如何なる必要あつて、存在し、隆興し、衰滅するかを究めんと誓へり。

突然、私の目にとびこんできたのが、「頽廃」や「衰滅」という文字であった。かつて引用しながら、私は漱石がこういうことを書いていたとは思いもよらなかった。私がこのことに気づいたのは、いうまでもなく、文学の衰滅という事態を意識していたからである。だが、ふりかえってみると、漱石自身もそのことを念頭においていたのではないか、では、なぜそうなのか、と私は思った。

こうした漱石の言葉は、俳句や短歌が滅亡するという正岡子規の説を想起させる。思えば、新たな俳句の運動を起こした子規が、同時に俳句が必然的に滅亡することを唱えていたのは奇妙である。その際、子規は、俳句や短歌の滅亡を、短詩形であるために、音声の順列組み合わせから見て有限であると説明した。この考えは的はずれである。その順列組み合わせの数は天文学的で、人間の歴史にとっては事実上無限だから。しかし、子規が言いたかったのはむしろ、漱石がいうように、俳句や短歌が「心理的」あるいは「社会的」な要因によって終るだろうということである。同時代あるいはそれ以後の文学者と異なって、彼らは文学の永遠を信じていなかった。

しかし、近代文学が永遠でなく、短い期間しか続かなかったとしても、それが存在したということの意味が無くなるわけではない。むしろ逆に、このようなものがある時期に存在したということの不可思議に、人々が魅了される時が来るだろう。その時点で、本書はまた違った意味を帯びてくるだろう。今、私はそのような予感を抱いている。

二〇〇八年九月一八日　東京にて

柄谷行人

定本版への序文

私が本書に書いたようなことを考えたのは、一九七五年から七七年にかけて、イェール大学で明治文学について教えていたときであった。そのような場所でなければ、こんなことは考えられなかっただろう。が、本書を書いたとき、アメリカで出版する気はまったくなかった。英語で出版することを考えていたのは、のちに『隠喩としての建築』や『トランスクリティーク』に結実するような系列の仕事であった。私はこれらの文学批評を日本の文芸ジャーナリズムの現場で書いていた。それは学問的というより、アクチュアルな批評の仕事であり、私はむしろそのことに誇りを抱いていたのである。

ところが、一九八三年に英語への翻訳の申し込みがあった。私はむしろ当惑した。このままでは外国人がとても理解できないだろうと思ったからである。そこで、翻訳を許可したものの、大幅に加筆するという条件をつけた。しかし、その後音沙汰がないままに、八〇年代末に突然翻訳草稿が送られてきたので、私は焦った。実は、改稿に備えて幾つかの論文を書いていたからである。私は妥協し新たに「ジャンルの消滅」という一章を加えるにとどめた。そして、それでよかったのだと、自分にも他人にも言い聞かせた。

しかし、本当のところ、私は不満であり、いつか全面的な改稿を実現したいと思っていた。と同時に、そんな機会は永久にないだろうとも思っていた。実際そのような仕事をする余裕はなかった。そこへ今回、「定本集」を出すという機会を得て、ついにその望みを果たしえたのである。また、私は本書がドイツ語、韓国語、中国語に訳された時そのつど序文を書いたが、今回、それらをまとめて収録することにした。それらも私の論考の一部であると考えたからである。また、本書で論じられる事項を中心にした年表を付け加えた。

柄谷行人

二〇〇四年七月二〇日

第1章　風景の発見

1

夏目漱石が講義ノートを『文学論』として刊行したのは、彼が一九〇三年ロンドンから帰国してわずか四年後にすぎない。しかも、そのとき、彼はすでに小説家として注目されており、彼自身もそれに没頭していた。もし「文学論」の構想が「十年計画」であるならば、彼はその時点ではそれを放棄していたのである。つまり、『文学論』は彼が構想した壮大なプランからみれば、ほんの一部でしかないといってよい。漱石が付した序文には、すでに創作活動に没頭しはじめていた彼にはそれが「空想的閑文字」でしかないという疎遠感と、本当はそれを放棄することなどできないという思いが交錯している。それらはいずれも疑いのないところであって、漱石の創作活動はまさにその上に存在している。

漱石の序文は、『文学論』が当時の読者にとって唐突で奇妙なものにうつらざるをえないことを意識している。事実、漱石にとって個人的な必然性はあったとしても、このような書物が書かれるべき必然性は日本には(西洋においても)なかったといわねばならない。それは突然に咲いた花であり、したがって、種を残すこともなかったのである。彼は本来の「文学論」の構想が、日本においてであれ西洋においてであれ孤立した唐突なものであることに、ある戸惑いをおぼえていたはずだ。(1) 彼の序文は、ちょうど『こゝろ』の先生の遺書のように、なぜこんな奇妙な本が書かれねばならなかったかを説明している。序文が、その本文とは正反対にきわめて私的に書かれているのはそのためであろう。彼は自分の情熱が何であり、何によるかを解説せねばならなかったのである。

余はこゝに於て根本的に文学とは如何なるものぞと云へる問題を解釈せんと決心したり。同時に余る一年を挙《あげ》て此問題の研究の第一期に利用せんとの念を生じたり。余は下宿に立て籠《こも》りたり。一切の文学書を行李《こうり》の底に収めたり。文学書を読んで文学の如何なるものなるかを知らんとするは血を以て血を洗ふが如き手段たるを信じたればなり。余は心理的に文学は如何なる必要あつて、此世に生れ、発達し、頽廃するかを極めんと誓へり。余は社会的に文学は如何なる必要あつて、存在し、隆興し、衰滅するかを究めんと誓へり。

漱石は、「文学とは如何なるものぞと云へる問題」を問題にした。実は、このことこそ、彼の企てと情熱を私的なものに、つまり他者と共有しがたいものにした理由である。漱石が疑ったのは、一九世紀のイギリスあるいはフランスにおいて形成された文学の「趣味判断」であり、文学史の通念である。それは漱石がロンドンに留学した明治三三年には日本でもすでに通念となっていた。それが同時代の文学を形成しただけではない。近代以前の文学をそこから解釈し意味づけた文学史の観念もまた形成されていたのである。漱石が疑ったのはそのような近代文学の前提であった。

しかし、以上の言葉から、漱石が文学を心理学的あるいは社会史的に解明しようとしたと思うなら誤解である。実際に彼がやったのは、文学をその基礎である言語的な形式において見ることであった。[2] たとえば、『文学論』で、漱石は次のような規定から始めている。

《凡そ文学的内容の形式は(F＋f)なることを要す。Fは焦点的印象または観念を意味し、fはこれに附着する情緒を意味す。されば上述の公式は印象又は観念の二方面即ち認識的要素(F)と情緒的(f)との結合を示しうるものと云ひ得べし》。このような見方は、ロマン派や自然主義といった文学史的概念の自明性をくつがえす。漱石は、ロマン主義と自然主義の違いを、たんにFとfの結合度の違いとして見るのである。

両種の文学の特性は以上の如くであります。以上の如くでありますから、双方共大切なものであります。決して一方ばかりあれば他方は文壇から駆逐してもよい抔《など》と云はれる様な根柢の浅いものでは決してありません。又名前こそ両種でありますから自然派と浪漫派と対立させて、塁を堅ふし濠を深かうして睨み合つてる様に考へられますが、其実敵対させる事の出来るのは名前丈《だけ》で、内容は双方共に往つたり来たり大分入り乱れて居ります。のみならず、あるものは見方読方ではどつちへでも編入の出来るものも生ずる筈であります。だから詳しい区別を云ふと、純客観態度と純主観態度の間に無数の変化を生ずるのみならず、此変化の各《おのおの》のものと他と結び付けて雑種を作れば又無数の第二変化が成立する訳でありますから、誰の作は自然派だとか、誰の作は浪漫派だとか、さう一概に云へたものではないでせう。それよりも誰の作のこゝの所はこんな意味の浪漫的趣味で、こゝの所は、こんな意味の自然派趣味だと、作物を解剖して一々指摘するのみならず、其指摘した場所の趣味迄も、単に浪漫、自然の二字を以て単簡に律し去らないで、どの位の異分子が、どの位の割合で交つたものかを説明する様にしたら今日の弊が救はれるかも知れないと思ひます。(「創作家の態度」)

これがフォルマリスト的な見方であることはいうまでもない。漱石は言語表現の根底にメタフォアとシミリーを見出しているが、その二要素がロマン主義と自然主義としてあらわれている。ロマン・ヤコブソンは、メタフォアとメトニミーを対比的な二要素として、その要素の度合によって、文学作品の傾向性をみる視点を提起したが、漱石はそれをはるかに先がけている。彼らが共通してくるのは、いずれも西欧のなかの異邦人として西洋の「文学」をみようとしたからである。ロシア・フォルマリズムが評価されるためには、西欧そのもののなかで「西欧中心主義」への疑いが生じてこなければならなかった。そうだとすれば、この当時の漱石の試みがどんなに孤立したものであるかはいうまでもあるまい。しかも、漱石の疑いはもっと根本的なものであった。漱石は一九世紀西洋の歴史主義にひそむ西欧中心主義を批判するのみならず、歴史を連続的・必然的とみる観念に異議をとなえたのである。

風俗でも習慣でも、情操でも、西洋の歴史にあらはれたもの丈《だけ》が風俗と習慣と情操であつて、外に風俗も習慣も情操もないとは申されない。又西洋人が自己の歴史で幾多の変遷を経て今日に至つた最後の到着点が必ずしも標準にはならない(彼等には標準であらうが)。ことに文学に在つてはさうは参りません。多くの人は日本の文学を幼稚だと云ひます。情けない事に私もさう思つてゐます。然しながら、自国の文学が幼稚だと自白するのは、今日の西洋文学が標準だと云ふ意味とは違ひます。幼稚なる今日の日本文学が発達すれば必ず現代の露西亜文学にならねばならぬものだとは断言出来ないと信じます。又は必ずユーゴーからバルザック、バルザックからゾラと云ふ順序を経て今日の仏蘭西文学と一様な性質のものに発展しなければならないと云ふ理由も認められないのであります。幼稚な文学が発達するのは必ず一本道で、さうして落ち付く先は必ず一点であると云ふ事を理論的に証明しない以上は現代の西洋文学の傾向が、幼稚なる日本文学の傾向とならねばならんとは速断であります。又此傾向が絶体に正しいとも論結は出来悪《にく》いと思ひます。一本道の科学では新即ち正と云ふ事が、ある程度に於て言はれるかも知れませんが、発達の道が入り組んで色々分れる以上は又分れ得る以上は西洋人の新が必ずしも日本人に正しいとは申し様がない。而して其文学が一本道に発達しないものであると云ふ事は、理屈は偖置《さて》いて、現に当代各国の文学――尤も進歩してゐる文学――を比較して見たら一番よく分るだらうと思ひます。

（中略）

して見ると西洋の絵画史が今日の有様になつてゐるのは、まことに危うい、綱渡りと同じ様な芸当をして来た結果と云はなければならないのでせう。少しでも金合《かねあい》が狂へばすぐ外《ほか》の歴史になつて仕舞ふ。議論としてはまだ不充分かも知れませんが実際的には、前に云つた様な意味から帰納して絵画の歴史は無数無限にある、西洋の絵画史は其一筋である、日本の風俗画の歴史も単に其一筋に過ぎないと云ふ事が云はれる様に思ひます。是は単に絵画丈を例に引いて御話をしたのでありますが、必ずしも絵画には限りますまい。文学でも同じ事でありませう。同じ事であるとすると、与へられた西洋の文学史を唯一の真と認めて、万事之に訴へて決し様とするのは少し狭くなり過ぎるかも知れません。歴史だから真実には相違ない。然し与へられない歴史はいく通りも頭の中で組み立てる事が出来て、条件さへ具足すれば、いつでも之を実現する事は可能だと迄主張しても差支ない位だと私は信じて居ります。（中略）

今迄述べた三ケ条はみな文学史に連続した発展があるものと認めて、旧を棄てゝ漫《みだ》りに新を追ふ弊《へい》とか、偶然に出て来た人間の作の為めに何主義と云ふ名を冠して、作其物を是非此主義を代表する様に取り扱つた結果、妥当を欠くにも拘はらず之を飽《あ》く迄も取り崩し難き whole と見做す弊や、或は漸移の勢につれて此主義の意義が変化を受けて混雑を来す弊を述べたのであります。こゝに申す事は歴史に関係はありますが、歴史の発展とは左程交渉はない様に思はれます。即ち作物を区別するのに、ある時代の、ある個人の特性を本として成り立つた某々主義を以てする代りに、古今東西に渉つてあてはまる様に、作家も時代も離れて、作物の上にのみあらはれた特性を以てする事であります。既に時代を離れ、作家を離れ、作物の上にのみあらはれた特性を以てすると云ふ以上は、作物の形式と題目とに因つて分つより外に致し方がありません。（「創作家の態度」）

漱石が拒絶したのは、西欧の自己同一性《アイデンティティ》であった。彼の考えでは、そこには「とりかえ」可能な、組みかえ可能な構造がある。たまたま選びとられた一つの構造が「普遍的なもの」とみなされたとき、歴史は必然的で線的なものにならざるをえない。漱石は西洋文学に対して日本文学を立て、その差異や相対性を主張しているのではない。彼にとっては、日本の文学の自己同一性もまた疑わしい。それは別のものになりえた可能性をもっている。しかし、このように組みかえ可能な構造を見出すことは、漱石の場合、なぜ歴史はこうであってああではないのか、私はなぜここにいてあそこにはいないのか（パスカル）という疑いをよびおこす。フォルマリズム・構造主義の理論家にはそのような問いがぬけているのである。

漱石は「文学論」の企てを放棄して小説を書き始めた。だが、彼は「文学論」において出会った問題から解放されたのではない。その逆である。彼の創作は、「文学論」で彼のやろうとしたことがたんなる理論の問題ではなく、彼自身のアイデンティティにかかわるものだったことを示している。たとえば、『道草』に書かれているように、漱石は幼時に養子にやられ、ある年齢まで養父母を本当の両親と思って育った。彼はたまたま「組みかえ」られたことの結果としてあった。漱石にとって、親子関係はけっして自然ではなく、組みかえ可能な構造にほかならなかった。ひとがもし自らの血統(アイデンティティ)に充足するならば、それはそこにある残酷なたわむれをみないことになる。しかし、漱石の疑問は、たとえそうだとしても、なぜ自分はここにいてあそこにいないかというところにあった。すでに組みかえ不可能なものとして存在するからだ。

おそらく、こうした疑問の上に、彼の創作活動がある。理論に厭きたから創作に移行したのではなく、創作そのものが彼の理論から派生するのだ。それは、漱石が真に理論的だったからであり、いいかえれば「文学の理論」などというものをめざしていたのではなかったからである。彼は理論的であるほかに、すなわち「文学」に対して距離をもつほかに存立するすべがなかったのである。

2

『文学論』に付された序文には、漱石が文学に対して理論的であろうとした経緯が語られている。彼はなぜ「文学とは如何なるものぞと云へる問題」をもつにいたったか。

少時好んで漢籍を学びたり。之を学ぶ事短かきにも関らず、文学は斯くの如き者なりとの定義を漠然と冥々裏《めいめいり》に左国史漢より得たり。ひそかに思ふに英文学も亦かくの如きものなるべし、斯の如きものならば生涯を挙げて之を学ぶも、あながちに悔ゆることなかるべしと。（中略）春秋は十を連ねて吾前にあり。学ぶに余暇なしとは云はず。学んで徹せざるを恨みとするのみ。卒業せる余の脳裏には何となく英文学に欺かれたるが如き不安の念あり。（「文学論」序）

しかし、以上の言葉から、漱石が英文学に不満で漢文学を好んだというような結論を引き出してはならない。漱石が「欺かれた」と感じたのは英文学一般ではなく、近代文学としての英文学なのである。つまり、彼が反撥したのは、「ユーゴーからバルザック、バルザックからゾラと云ふ順序を経て」発展した「今日の仏蘭西文学と一様な性質のもの」である。それに対して、彼はシェークスピア、スウィフト、そして、とりわけスターンに対する好みをはっきり表明している。一言でいえば、それらはバフチンがいうルネサンス文学あるいは「カーニバル的な世界感覚」を保持するような文学なのである。そして、漱石はそれに類似したものを日本の俳諧あるいは「写生文」の系譜の中に見出している(3)。

漱石が違和を感じたのは、まさにそのような文学を脇に追いやるかたちで成立したところの「近代文学」なのである。そして、彼が考えたのは、近代文学がたどったような道をたどる必然はないのではないか、すなわち、別の文学が可能なのではないか、ということであった。したがって、それは英文学と漢文学、西洋文学と日本文学というような対比とは関係がない。実際に創作を始めたとき、彼は『吾輩は猫である』や『草枕』が示すように、スウィフトやスターンと似たスタイルで書いた。同時に、彼はそれが俳句に始まる「写生文」だと考えていたのである(彼の創作に関しては第七章で論じる)。

漱石は、当時主流であった自然主義やそれに反撥して登場したネオ・ロマン派と同時代に仕事をした。新帰朝者として畏敬の的ではあったが、彼の作品は当時の自然主義的な文壇にとって古めかしい、あるいは子供っぽいものとしか見えなかった。自然主義者が漱石を認めたのは、最後から二つ目の作品、『道草』においてである。他方、ネオ・ロマン派や白樺派は漱石を好んでいたが、それはむしろ自然主義的でないということだからにすぎない。だが、彼らは漱石がロマン主義と自然主義のいずれもが共有する基盤、つまり「近代文学」そのものを疑っていたことに気づかなかったのである。

漱石の態度は近代文学に対して中世あるいは古代の文学を対置することから程遠かった。近代に対して中世、古代、あるいは東洋を対置する人たちは少なくない。しかし、すでに中世とは近代に対して中世を賛美するロマン主義によって想像的に見出されたものであり、東洋(オリエント)もまた同様に、近代西洋への批判として創造された表象である。だから、もし人が英文学に対して漢文学を称揚するとするならば、そのようなスタンスは近代文学を出るどころか、近代文学のたぶん最もありふれた一典型にしかならないのである。漱石がここで「漢文学」と呼ぶのは、そのようなものではない。漱石にとって、「漢文学」はもはや実体ではなく、近代文学の彼岸に想定されるべき不確かな何かだったのだ。

くりかえせば、中世や古代の文学あるいは漢文学はすでに近代文学の視点によって再構成されたものである。否定するにせよ賞賛するにせよ、それらはすでに近代文学に属しているのだ。そのことを知らないならば、どうしてそこから出ることができようか。このことを理解するために、私は、漱石自身がそうしたように絵画を例にとって考えたい。たとえば、漢文学は絵画において山水画になぞらえられる。そのとき、次の点に注意しなければならない。

宇佐見圭司は、われわれが「山水画」と呼んでいるものがすでに近代西洋の風景画を通して見いだされたものであることを指摘している。《山水画という名称はここに展示されている絵画が実際に描かれた時代にはなく、四季絵とか月並と呼ばれていた。山水画は、明治の、日本の近代化を指導したフェノロサによって、命名され、絵画表現のカテゴリーの中に位置づけられるようになった。とすれば、山水画という規定自体は、西洋近代的な意識と、日本文化とのズレによって出現したということになる》(宇佐見圭司「「山水画」に絶望を見る」『現代思想』昭和五二年五月号)。

つまり、山水画という名は、まるでそれが西洋の風景画と同様に風景を描いたかのように思わせる。西洋において風景画は幾何学的遠近法とともに生まれたといってよい。それまでの絵画において、風景は宗教的な物語や歴史的な物語を描いた絵の背景としてあったにすぎない。ところが、幾何学的遠近法は一点から見た透視図法であるため、物語的な時間をふくむ対象を処理することが難しかった。そこに、物語をもたない、たんなる風景としての風景が描かれる必然があったのである。

ところが、そのような風景画から見ると、山水画ではまさに風景としての風景が描かれているようにみえる。ゆえにそれらは山水画と名づけられた。しかし、山水画における風景は、むしろ西洋における宗教的な絵画に近いというべきなのだ。中国において山水は宗教的対象であったがゆえに、執拗に描かれたのである。(4) 宇佐見圭司は「山水画」を、西洋の幾何学的遠近法と比較してつぎのようにいっている。

山水画の空間を語るために、山水画の場と時間を検討してみよう。山水画における〝場〟のイメージは西欧の遠近法における位置へと還元されるものではない。

遠近法における位置とは、固定的な視点を持つ一人の人間から、統一的に把握される。ある瞬間にその視点に対応する総てのものは、座標の網の目にのってその相互関係が客観的に決定される。我々の現在の視覚も又、この遠近法的な対象把握を無言のうちにおこなっている。

これに対して山水画の場は、個人がものに対して持つ関係ではなく、先験的な、形而上的な、モデルとして存在している。

それは、中世ヨーロッパの場のあり方と、先験的であるという共通性を持つ。先験的なのは、山水画の場にあっては、中国の哲人が悟りをひらく理想像であり、ヨーロッパ中世では、聖書、及び神であった。

中世ヨーロッパの宗教画と中国の山水画は、対象をまったく異にするにもかかわらず、対象を見る形態において共通していたのである。山水画家が松を描くとき、いわば松という概念を描くのであり、それは一定の視点と時空間で見られた松林ではない。[5]「風景」とは「固定的な視点を持つ一人の人間から、統一的に把握される」対象にほかならない。[6]山水画の遠近法は幾何学的ではない。ゆえに、風景しかないように見える山水画に「風景」は存在しなかったのである。

文学に関しても同じことがいえる。たとえば、松尾芭蕉は「風景」を見たのではない。彼らにとって、風景は言葉であり過去の文学にほかならなかった。たとえば、芭蕉の「枯枝に烏のとまりけり秋の暮」という句は、杜甫の漢詩からの引用である。柳田国男がいったように、『奥の細道』には「描写」は一行もない。「描写」とみえるものも「描写」ではない。同じことが井原西鶴についてもいえる。リアリスト井原西鶴なるものは、明治二十年代以後に近代西洋文学の視点から見出されたものにすぎない。そして、そのような解釈は皮相且つ的外れである。俳諧師であった西鶴の作品に見出されるリアリズムとは、いわば「グロテスク・リアリズム」(バフチン)なのだ(7)。

文学と絵画をこのように類推的に見ることには一定の根拠がある。たとえば、パノフスキーは遠近法を、新カント派哲学者カッシーラーにもとづいて「象徴形式」として考察した。象徴形式はもともと、対象(現象)は主観的な形式とカテゴリーによって構成されたものだというカントの考えに由来している。哲学的諸問題を言語から考える「言語論的転回」以後、カントの哲学は主観的なものとして批判されてきたが、本来、カントがいう感性形式や悟性のカテゴリーは言語的なものである。カッシーラーはつとにそれを「象徴形式」と呼んだのである。それゆえ、遠近法も広い意味で言語の問題であり、逆にいえば、文学の問題においても遠近法が別のかたちであらわれたのである。後にのべるように、それは近代小説を特徴づける三人称客観描写である。

絵画から文学を見ると、近代文学を特徴づける主観性や自己表現という考えが、世界が「固定的な視点をもつ一人の人間」によって見られたものであるという事態に対応していることがわかる。幾何学的遠近法は、客観のみならず主観をも作り出す装置なのである。しかるに、山水画家が描く対象は一つの主観によって統一的に把握されたものではない。そこには一つの(超越論的)自己がない。文学におきかえていえば、そのことは、透視図法のような話法が成立しないならば、近代的な「自己表現」という見方が成立しないということを意味する。

明治以後のロマン派は、たとえば万葉集の歌に古代人の率直な「自己表現」を見た。しかし、古代人が自己を表現したというのは近代から見た想像にすぎない。そこでは、むしろ、人に代わって歌う「代詠」、適当な所与の題にもとづいて作る「題詠」が普通であった。しかるに、近代文学に慣れた者は、その見方を前代あるいは古代に投射してしまう。のみならず、そのようにして「文学史」を捏造するのである。明治二十年代に確立された日本の「国文学」とその歴史はそのようなものである。われわれにとって自明とみえる「国文学史」そのものが、「風景」の発見のなかで形成されたのだ。漱石が疑ったのはそのような風景である。

3

近代文学の起源に関して、一方では、内面性や自我という観点から、他方では、対象の写実という観点から論じられている。しかし、これらは別々のものではない。重要なのは、このような主観や客観が歴史的に出現したということ、いいかえれば、それらの基底に新たな「象徴形式」(カッシーラー)が存在するということである。そして、それは確立されるやいなやその起源が忘却されてしまうような装置である。

私はまず近代文学の起源を風景(客観)の側から考えたい。それはたんに外的な客観の問題ではない。たとえば、国木田独歩の『武蔵野』や『忘れえぬ人々』(明治三一年)においてはありふれた風景が描かれている。ところが、日本の小説で風景としての風景が自覚的に描かれたのは、これらの作品が始めてであった。(8) しかも、『忘れえぬ人々』は、そのような「風景」がある内的な転倒によってしかありえなかったということを如実に示している。

この作品では、無名の文学者である大津という人物が、多摩川沿いの宿でたまたま知り合った秋山という人物に、「忘れえぬ人々」について語るという仕掛けになっている。大津は「忘れ得ぬ人は必ずしも忘れて叶ふまじき人にあらず」という書き出しの自作の原稿を示して、それについて説明する。「忘れて叶ふまじき人」とは、「朋友知己其ほか自分の世話になつた教師先輩の如き」人々のことであり、「忘れえぬ人」とは、ふつうなら忘れてしまっても構わないが忘れられない人々のことである。

彼は、その例として、大阪から汽船で瀬戸内海を渡ったときの出来事をあげている。

たゞ其時は健康が思はしくないから余り浮き〳〵しないで物思に沈むで居たに違ひない。絶えず甲板の上に出て将来《ゆくすえ》の夢を描ては此世に於ける人の身の上のことなどを思ひつゞけてゐたことだけは記憶してゐる。勿論若いものゝ癖で其れも不思議はないが、其処で僕は、春の日の閑かな光が油のやうな海面に融け殆んど漣《さざなみ》も立たぬ中を船の船首《へさき》が心地よい音をさせて水を切て進行するにつれて、霞たなびく島々を迎へては送り、右舷左舷の景色を眺めてゐた。菜の花と麦の青葉とで綿を敷たやうな島々が丸で霞の奥に浮いてゐるやうに見える。そのうち船が或る小さな島を右舷に見て其磯から十町とは離れない処を通るので僕は欄に寄り何心なく其島を眺めてゐた。山の根がたの彼処此処に背の低い松が小杜《こもり》を作つてゐるばかりで、見たところ畑もなく家らしいものも見えない。寂《しん》として淋びしい磯の退潮の痕が日に輝つて、小さな波が水際を弄んでゐるらしく長い線が白刃のやうに光つては消えて居る。無人島でない事はその山よりも高い空で雲雀《ひばり》が啼てゐるのが微かに聞えるのでわかる。田畑ある島と知れけりあげ雲雀、これは僕の老父の句であるが、山の彼方《むこう》には人家があるに相違ないと僕は思ふた。と見るうち退潮の痕の日に輝つてゐる処に一人の人がゐるのが目についた。たしかに男である。又た小供でもない。何か頻《しき》りに拾つては籠か桶かに入れてゐるらしい。二三歩《ふたあしみあし》あるいてはしやがみ、そして何か拾ろつてゐる。自分は此淋しい島かげの小さな磯を漁つてゐる此人をぢつと眺めてゐた。船が進むにつれて人影が黒い点のやうになつて了つた。そのうち磯も山も島全体が霞の彼方に消えて了つた。その後今日が日まで殆ど十年の間、僕は何度此島かげの顔も知らない此人を憶ひ起したらう。

これが僕の『忘れ得ぬ人々』の一人である。

長い引用をしたのは、ここでは、島かげにいた男は、「人」というよりは「風景」としてみられていることを示したかったからである。《其時油然として僕の心に浮むで来るのは則ち此等の人々である。さうでない、此等の人々を見た時の周囲の光景の裡に立つ此等の人々である》。語り手の大津は、ほかにも「忘れえぬ人々」を沢山例にあげるが、それらはすべて右のように風景としての人間である。むろんそのこと自体は大して奇異でないようにみえる。しかし、独歩は風景としての人間を忘れえぬという主人公の奇怪さを、最後の数行においてあざやかに示している。

結末は、大津が秋山と宿で語りあってから二年後のことである。

其後二年経過《たつ》た。

大津は故あつて東北の或地方に住つてゐた。溝口の旅宿で初めて遇つた秋山との交際は全く絶えた。

恰度、大津が溝口に泊つた時の時候であつたが、雨の降る晩のこと。大津は独り机に向つて瞑想に沈むでゐた。机の上には二年前秋山に示した原稿と同じの「忘れ得ぬ人々」が置いてあつて、其最後に書き加へてあつたのは「亀屋の主人《あるじ》」であつた。

「秋山」では無かつた。

つまり、『忘れえぬ人々』という作品から感じられるのは、たんなる風景ではなく、なにか根本的な倒錯なのである。さらにいえば、「風景」はこのような倒錯においてこそ見出されるのだということである。すでにいったように、風景はたんに外にあるのではない。風景が出現するためには、いわば知覚の様態が変わらなければならないのであり、そのためには、ある逆転が必要なのだ。『忘れえぬ人々』の主人公はつぎのように語っている。

「要するにぼくは絶えず人生の問題に苦しむでゐながら又た自己将来の大望に圧せられて自分で苦しんでゐる不幸な男である。

「そこで僕は今夜のやうな晩に独り夜更て灯に向つてゐると此生の孤立を感じて堪へ難いほどの哀情を催ほして来る。その時僕の主我の角がぼきり折れて了つて、何んだか人懐かしくなつて来る。色々の古い事や友の上を考へだす。其時油然として僕の心に浮むで来るのは則ち此等の人々である。さうでない、此等の人々を見た時の周囲の光景の裡に立つ此等の人々である。我れと他《ひと》と何の相違があるか、皆な是れ此生を天の一方地の一角に享《う》けて悠々たる行路を辿り、相携へて無窮の天に帰る者ではないか、といふやうな感が心の底から起つて来て我知らず涙が頬をつたふことがある。其時は実に我もなければ他もない、たゞ誰れも彼れも懐かしくつて忍ばれて来る。

ここには、「風景」が孤独で内面的な状態と緊密に結びついていることがよく示されている。この人物は、どうでもよいような他人に対して「我もなければ他もない」ような一体性を感じるが、逆にいえば、眼の前にいる他者に対しては冷淡そのものである。いいかえれば、周囲の外的なものに無関心であるような「内的人間」inner man において、はじめて風景が見出される。風景は、むしろ「外」をみない人間によって見出されたのである。

4

ポール・ヴァレリーは、西洋の絵画史を風景画が浸透し支配する過程としてとらえている。

風景が画家に提供する興味は、かくのごとく、だんだんに変遷してきたのである。すなわち、初めは画の主題の補助物として、主題に従属せしめられていたものが、次に、妖精でも住んでいそうな、幻想的な新天地を表現することとなり、――最後に来たのが印象の勝利であって、素材或は光が、すべてを支配するようになった。

そして数年のうちに、絵画は人間のいない世界の諸像で氾濫するに至った。それは海とか、森とか、野原とかが、ただそれだけで、大多数の人々の眼を満足せしめるという傾向を意味している。そしてそれは、種々の重要な変化の原因となった。第一に、我々の眼は樹とか野原とかに対して、生物に対するほど敏感ではないために、画家は専らそれらを描くのによって比較的勝手な真似が出来るようになり、その結果として絵画においてそういう妄りな独断をすることが当り前なことになった。例えば画家が、一本の木の枝を描くのと同じ乱暴さでもって人間の手や足を描いたならば、我々は驚くのに違いないのである。それは我々の眼に、植物界や鉱物界に属する事物の実際の形が容易く見分けられないからである。その意味で、風景描写には多くの便宜が与えられている。それで、誰でもが画をかくようになった。(『ドガ・ダンス・デッサン』吉田健一訳、「ポール・ヴァレリー全集」第一〇巻、筑摩書房)

むろん彼は風景画に対して否定的であり、風景画に支配された結果、「芸術の理智的内容の減少」をまねき、芸術が「人間的に完全な者の行為であること」がみうしなわれたという。それと同時に、彼はこういっている。《私が絵画について述べたことは、全く驚くべき的確さを以て文学にも当嵌まるのである。すなわち文学の、描写というものによる侵略は、絵の風景画による侵略とほとんど同時に行われ、同じ方向を取り、同じ結果をもたらした》(『ドガ・ダンス・デッサン』同前)。

しかし、風景画の侵略あるいは描写の侵略は、たんに対象の側にだけ生じた出来事ではない。それは主観の側に生じたことと切り離すことはできないのである。たとえば、ヴァレリーが「人間的に完全な者」として理想化するレオナルド・ダ・ヴィンチの作品においてこそ、「風景画」が浸透する萌芽が見られるのだ。オランダの精神病理学者ファン・デン・ベルクは、西欧で最初に風景が風景として描かれたのは「モナリザ」においてだといっている。それについてのべる前に、彼はルッターの『キリスト者の自由』(一五二〇年)を例にあげ、そこに、一切の外的なものへの拒絶、ただ神の言葉によってのみ生きる「内的人間」をみとめている。モナリザの謎めいた微笑は、内的な自己を封じこめているわけだが、リルケが示唆したように、ダ・ヴィンチはルッターがそう書いた前年に死んだ。それはいわゆるプロテスタンティズムからくるのではなく、逆にプロテスタンティズムこそそのことの顕在化にほかならない。ファン・デン・ベルクは、ルッターの草稿とモナリザは本質的に同じものだといい、さらにこうのべている。

同時にモナリザは、不可避的なことだが、風景から疎外された最初の人物(絵画における)である。彼女の背景にある風景が有名なのは当然だ。それは、まさにそれが風景であるがゆえに風景として描かれた、最初の風景なのである。それは純粋な風景であって、人間の行為のたんなる背景ではない。それは、中世の人間たちが知らなかったような自然、それ自身のなかに自足してある外的自然であって、そこからは人間的な要素は原則的にとりのぞかれてしまっている。それは人間の眼によって見られた最も奇妙な風景である。(Jan Hendrick Van Den Berg, *Changing Nature of Man: Introduction to a Historical Psychology*, W. W. Norton & Co. Inc, 1983)

この意味では、ダ・ヴィンチこそ「風景」を発見した最初の人である。しかし、ヴァレリーがダ・ヴィンチについて述べたことはまちがっていない。すなわち、彼は風景を描いた一方で風景の浸透を拒否したのである。別の観点からいえば、それは、彼が透視図法を受け入れると同時にそれを決定的なものとみなさなかったということを意味する。岡崎乾二郎によれば、ルネサンスの画家たちが取り組んだのは、透視図法そのものではなく、透視図法という仮説を設定したとき産出される、さまざまなパラドックスをいかに解決するかという問題であった。そこから、ダ・ヴィンチは空気遠近法や蛇状曲線やスフマートなどのさまざまな技法を編み出したのである。(9)

風景画が浸透するのは、むしろその起源が忘れられるときである。たとえば、ヨーロッパにおいて、「風景の発見」が全面的な規模で生じたのはロマン派においてである。『告白録』のなかで、ルソーは、一七二八年アルプスにおける自然との合一の体験を書いている。それまでアルプスはたんに邪悪な障害物でしかなかったのに、人々はルソーが見たものを見るためにスイスに殺到しはじめた。アルピニスト（登山家）は、まさに「文学」から生まれたのである。志賀重昂は『日本風景論』において「日本アルプス」を賛美しているが、日本の〝アルプス〟がルソーに由来するのみならず、実際に日本にいた外国人らによって認知されたということを無視している。志賀はまた「登山の気風」を興そうと努めたが、柳田国男がいうように、登山は、それまでタブーや価値によって区分されていた質的空間を変形し等質化することなくしてありえないのである。

総じて、ロマン派あるいはプレ・ロマン派による風景の発見とは、エドマンド・バークが美と区別して崇高と呼んだ態度の出現にほかならない。美がいわば名所旧跡に快を見出す態度だとすれば、崇高はそれまで威圧的でしかなかった不快な自然対象に快を見出す態度なのである。そのようにして、アルプス、ナイアガラの滝、アリゾナ渓谷、北海道の原始林――などが崇高な風景として見出された。明らかに、ここには転倒がある。

このことに関して、エドマンド・バークの考察を批判的に受け継いだカントは、つぎのように考えた。美が感覚にもとづきまた事物の「合目的性」の発見によるのに対して、崇高は人を圧倒し畏怖させ無力に感じさせるような対象に対して生じる。しかし、カントは、崇高において、われわれの内なる理性の無限性が確認されるのだという。だからこそ、感覚的な不快にもかかわらず、それとは別種の大きな快が得られる。

それだから我々が、自分のうちにある自然に優越し、それによってまた我々のそとにある自然(それが我々に影響を与えるかぎりにおいて)にも優越するものであることを自覚し得る限り、崇高性は自然の事物のうちにあるのではなくて、我々の心意識のうちにのみ宿るのである。そこで我々の心にかかる感情を喚びおこすところの一切のものは(本来の意味においてではないにせよ)崇高と呼ばれる、そして我々の心力に挑む自然の威力は、実にこのようなものに属するのである。我々のうちにはかかる理念が存するという前提のもとでのみ、またかかる理念に関してのみ、我々は存在者そのものの崇高性の理念に到達し得るのである。そしてかかる存在者こそ、彼が自然において証示するところの彼の威力によるばかりでなく、それにも増して我々のうちに宿る能力、即ち恐怖の念を懐くことなくこの威力を判定し、また我々の本分をいささかも恐怖に煩わされぬものと思いなすところの能力によって、我々のうちに甚深な尊敬の念を喚起するのである。(『判断力批判』上、篠田英雄訳、岩波文庫)

しかし、カントの指摘において重要なのは、崇高は主観(理性)の無限性に根ざしているのに、それが対象物の側に見出されてしまうという転倒である。私は、風景が実際の対象

（美的な）を斥ける、またはそれに対してまったく無関心な「内的人間」によって見出されたと述べた。国木田独歩が示すのはそのような転倒である。だが、本当に重要な転倒は、崇高が対象の側にあると考えるときに生じる。いいかえれば、人々はそれが不快な対象であったことを忘れて、それ自体が美であると思いはじめるのである。そして、人々はそのような風景を描く。それがリアリズムと呼ばれる。しかし、それはもともとロマン派的な転倒のなかで生じたのである。

5

ロシア・フォルマリズムの理論家シクロフスキーは、リアリズムの本質は非親和化にあるといっている。つまり、見なれているために実は見ていないものを見させることである。したがって、リアリズムに一定の方法はない。それは、親和的なものをつねに非親和化しつづけるたえまない過程にほかならない。この意味では、いわゆる反リアリズム、たとえばカフカの作品もリアリズムに属する。リアリズムとは、たんに風景を描くのではなく、つねに風景を創出しなければならない。それまで事実としてあったにもかかわらず、だれもみていなかった風景を存在させるのだ。したがって、リアリストはいつも「内的人間」

なのである。明治二六年に、北村透谷はつぎのように書いている。

……写実《リアリズム》は到底、是認せざるべからず、唯だ写実の写実たりや、自から其の注目するところに異同あり、或は特更《ことさら》に人間の醜悪なる部分のみを描画するに止まるもあり、或は更に調子の狂ひたる心の解剖に従事するに意を籠むるもあり、是等は写実に偏《かたよ》りたる弊の漸重したるものにして、人生を利することも覚束なく、宇宙の進歩に益するところもあるなし。吾人は写実を厭ふものにあらず、然れども卑野なる目的に因つて立てる写実は、好美のものと言ふべからず。写実も到底情熱を根底に置かざれば、写実の為に写実をなすの弊を免れ難し。(『情熱』)

透谷が写実の根底にみる「情熱」が何を意味するかは、すでに明瞭である。それは彼のいう「想世界」、つまり内的なセルフの優位のなかではじめて写実が写実として可能だということである。それこそ逍遥が欠いていたものにほかならない。そうだとすれば、ロマン派とリアリズムを機能的に対立させることは無意味である。その対立にとらわれているかぎり、われわれはその対立自体を派生させた事態をみることができない。漱石はそれらを二つの要素として「割合」においてみようとした。むろんこのようなフォルマリスト的視点は、この対立それ自体が歴史的なものであることをみない。しかし、すくなくとも漱石は、それらを通時的な文学史によって考えようとしなかった。

中村光夫は、「我国の自然主義文学はロマンティックな性格を持ち、外国文学ではロマン派の果した役割が自然主義者によって成就された」(『明治文学史』筑摩書房)といっている。だが、たとえば、国木田独歩のような作家がロマン主義か自然主義かを論議することは馬鹿げている。彼の両義性は、ロマン派とリアリズムの内的な連関を端的に示すのみである。西洋の「文学史」を規範とするかぎり、それは短期間に西洋文学をとりいれた明治日本における混乱の姿でしかないが、むしろここに、西洋においては長期にわたったために、線的な順序のなかに隠蔽されてしまっている転倒の性質、むしろ西洋に固有の転倒の性質を明るみに出す鍵がある。

すでにのべたように、近代文学は、対象の側に焦点をあてればリアリズム的であり、主観の側に焦点をあてればロマン主義的である。だから、近代文学はある時はリアリズムの観点から見られ、ある時はロマン主義の観点から見られる。たとえば、ハロルド・ブルームは、われわれはロマン派のなかにあり、それを否定することそのものがロマン派的なものだといっている。T・S・エリオットも、サルトルも、レヴィ＝ストロースもまたロマン派に属するのである。反ロマン派的なものもロマン派の一部にほかならない。そのことをみるには、ワーズワースの『プレリュード』や、哲学においてそれに相当するヘーゲルの『精神現象学』をみればよい。そこには、すでにロマン派的な主観的精神から客観的精神への「意識の経験」、あるいは「成熟」が書かれている。この意味では、われわれは、反ロマン派的であること自体がロマン派的であるような「ロマン派のディレンマ」に依然として属している。しかし、それを「リアリズムのディレンマ」といいかえてもさしつかえない。なぜなら、リアリズムはたえまない非親和化の運動であり、反リアリズムこそリアリズムの一環にほかならないからだ。こうしたディレンマをこえようとするならば、狭義のロマン主義・リアリズムといった概念から離れ、それらをともに派生させた根源に遡行しなければならないのである。

たとえば、『忘れえぬ人々』では、それまで重要なものとみえた人々が忘れられ、どうでもよいような人々が「忘れえぬ」ものとなっている。これは、風景画において、それまで背景でしかなかったものが宗教的・歴史的な主題にとってかわるのと同じである。注目すべきなのは、このときそれまで平凡でとるに足らないと思われた人々や事象が意味深いものとしてみえてきたことだ。ロマン派の詩人であり民俗学の創始者でもある柳田国男が昭和になってから「常民」と名づけたものは、右のような価値転倒によってみえてきた風景にほかならない。また、そうだからこそ、柳田は最初用いた平民や農民という具体的な対象を指示する言葉を斥けねばならなかったのである。

柳田のこうした変化には、中村光夫が指摘するように、国木田独歩における転倒と類似したものがある。《彼(柳田)の民俗学に志した動機には、「凡人の伝」に詩を感じ、「此川岸に立つ茅屋の一家族の歴史は如何。其老夫が伝記は如何。彼一個の石、これ人情の記念にあらざるか……こゝに自然と人情と神の書かれたる記録存す」と叫んだ独歩に共通するものがあったと思われます》(『明治文学史』同前)。民俗学が誕生するためには、その対象が存在しなければならない。そして、その対象としての常民はまさにこのようにして発見されたのである。柳田国男において、風景論と民俗学がいつも結びついているのはそのためだ。柳田の風景論にかんしてはのちに論ずるが、ここで注意したいのは、彼にとって「民」は、「風景」としての「民」であると同時に、儒教的な「経世済民」の「民」であったということである。この二重性が柳田の思想を両義的たらしめている。柳田は森鷗外と同様に、文学者であると同時に明治国家の官僚であったのだ。

むしろ大衆・平凡な生活者が純粋な「風景」として見出されたのは、昭和期の小林秀雄においてである。マルクス主義にとってのプロレタリアートもまた一種の「風景」であった。それは現実の労働者とは異なる、あるいは、それを斥けるところに見出される観念なのである。一方、それに対して、小林秀雄は、観念やイデオロギーにたぶらかされない、したたかな生活者を考えた。このようなイメージは反ロマンティックであるとしても、やはりロマン派的な風景にすぎない。プロレタリアートが実在しないならば、そのような大衆もまた実在しないのである。この点では、吉本隆明のいう「大衆の原像」も同様であって、それはまさに「像」として存在するだけである。

小林秀雄の批評は「ロマン派のディレンマ」を全面的に示している。彼にとっては、「時代意識は自意識より大き過ぎもしなければ小さ過ぎもしない」(「様々なる意匠」)。いいかえれば、われわれが「現実」とよぶものは、すでに内的な風景にほかならないのであり、結局は「自意識」なのである。小林秀雄がたえずくりかえしてきたのは、「客観的なもの」ではなく「客観」にいたろうとすること、「自意識の球体を破砕する」ことだったといえる。だが、そのことの不可能性を小林秀雄ほど知っていた者はいない。たとえば、彼の『近代絵画』は風景画論であり、さらにそこにある「遠近法」から脱しようとするはてしない認識的格闘の叙述である。だが、小林秀雄だけでなく、『近代絵画』の画家たちもまた「風景」から出られなかったのであり、日本の浮世絵やアフリカのプリミティヴな芸術に彼らが注目したことすら「風景」のなかでの出来事なのである。だれもそこから出たかのように語ることはできない。私がここでなそうとするのは、しかし風景という球体から出ることではない。この「球体」そのものの起源を明らかにすることである。

第2章　内面の発見

中村光夫は、「明治十年代が一種の疾風怒濤時代とすれば、二十年代は統制と安定の時期といえます」といっている。明治以後に育った者たちにとっては、この秩序はすでに堅固なものとして映っている。あるいは、明治維新後の可塑的な可能性がすでに閉ざされてしまったものとしてうつっている。中村は、明治十年代の自由民権運動に関してつぎのようにいう。

この運動は、ともかく維新という大きな改革の論理的な発展であり、そこにはこの社会革命によって呼びさまされた民衆の大きな希望が託されていたからです。この運動を通じてこれまで士族の専有であった維新の精神がようやく民衆のあいだに浸透しかけたので、その挫折は、すべての革命を起す要素としてそのなかに含まれ、その進行の途中で変えられる理想主義の破滅でした。士族の困窮が大きな社会問題になったのは明治初年ですが、これは彼等の間に得意の境遇にある少数者と失意に陥った多数者ができたということで、政治や文化の支配権は問題なく士族の手中にありました。それが西南戦争を経て、明治十七八年ごろになると、士族そのものが階級として解消して行く傾向がはっきりでてくるので、学生の間でも平民の子弟がようやく数を増し、明治の社会は武士の出身者がつくりあげた町人国家としての面目をようやく明かにしてきます。

ここにやがて出現する実利と出世主義の支配する軍国主義国家にたいして、自由と民権の幻は、維新の気風をうけついで青年たちが生命をかけるに足ると信じた最後の理想であったので、それが失われたのち、消しがたい形でのこされた精神的空白は、やがて政治小説とはまったく違った形で、表現の道を見出しました。（『明治文学史』同前）

このことは、ある意味で漱石についてもあてはまるだろう。漱石は、正岡子規、二葉亭四迷、北村透谷、西田幾多郎といった同時代者と同様に、明治国家が強いる近代化とは異なる未来への理想を抱き且つその敗北を味わっていた。しかし、漱石は彼らのように深く現実にコミットしなかった。北村透谷が自殺し、正岡子規が結核で死に、二葉亭四迷が小説を放棄した時期、漱石は自らいう「洋学隊の隊長」としての道を歩んでおり、しかもそのなかでいつもそこから逃亡したい衝動に駆られていた。彼がなしうるのは、すでに彼が選択した「英文学」の中でそれに対して一つの決着をつけることであり、それは〝理論的〟であるほかなかった。だが、小説家としての漱石は、この時期の「選択」と「遅れ」の問題に固執していたようにみえる。そこからみれば、漱石が「生涯を挙げて之を学ぶも、あながちに悔ゆることなかるべし」と思った「漢文学」とは、近代的な諸制度が確立する前の雰囲気だといってよい。そして、漱石のいう「英文学に欺かれたるが如き」感は、成立した制度が欺瞞でしかなかったことに対応するといえる。

明治二十年代の「内面性」がそのような政治的な挫折から来ているということは明瞭である。実際、そのような視点に立った研究や批評は無数にある。(1) そして、文学はきまって、内面性によって制度に対抗するというイメージで語られる。しかし、私がここでそのような見方をあえて避けてきたのは、その前に、内面性がある種の装置(制度)の中で可能になるということをいいたかったからである。そのような制度が不問に付されるかぎり、「政治的挫折から内面=文学へ」というパターンが不毛にくりかえされるだけである。明治二十年代が重要なのは、憲法や議会のような制度が確立されただけでなく、制度とは見えないような制度――内面や風景――が確立されたからである。

近代文学を扱う文学史家は、まるで「近代的自己」なるものが頭のなかで成立するかのように考えている。自己あるいは内面性が存在するには、もっとべつの条件が必要なのだ。たとえば、フロイトはニーチェと同様に、「意識」を、はじめからあるのではなく「内面化」による派生物としてみる視点をとっている。フロイトの考えでは、それまで内部も外界もなく、外界が内部の投射であった状態において、外傷をこうむりリビドーが内向化したとき、内面が内面として、外界が外界として存在しはじめる。ただし、フロイトはこうつけ加えている。《抽象的思考言語がつくりあげられてはじめて、言語表象の感覚的残滓は内的事象と結びつくことになり、それによって、内的事象そのものが、しだいに知覚されるようになったのである》(『トーテムとタブー』西田越郎訳、「フロイト全集」第三巻、人文書院)。

フロイト流にいえば、政治小説または自由民権運動にふりむけられていたリビドーがその対象をうしなって内向したとき、「内面」や「風景」が出現したといってもよい。しかし、ここで重要なのは、「内部」(したがって外界としての外界)が存在しはじめるのは、「抽象的思考言語がつくりあげられてはじめて」可能だということである。われわれの文脈において、「抽象的思考言語」とはなにか。おそらく「言文一致」がそれだといってよい。言文一致は、明治二〇年前後の近代的諸制度の確立が言語のレベルであらわれたものである。いうまでもないが、言文一致は、言を文に一致させることでもなければ、文を言に一致させることでもなく、新たな言＝文の創出なのである。

最初の言文一致の試みは、憲法が発布され議会が開始された明治二十年代初期になされている。その有名な例は、二葉亭四迷の『浮雲』(明治二〇―二二年)である。しかし、これは同時代にはほとんど影響力をもたず、二葉亭自身も創作をやめてしまった。彼の「言文一致」の試みが真に影響力をもったのは、その翻訳、特にツルゲーネフの翻訳によってである。鷗外や透谷のように、この時期の「内向的」作家らは文語体に向かったのであり、「言文一致」の運動そのものもすぐに下火になった。それが再燃しはじめたときは、すでに独歩が『武蔵野』を書いた時期、すなわち二十年代末である。そして、独歩が影響を受けたのは、二葉亭の『浮雲』ではなくツルゲーネフの『あひびき』の翻訳からであった。

国木田独歩にとって、内面とは言(声)であり、表現とはその声を外化することであった。このとき、実は「自己表現」という考えがはじめて存在しえたのである。それ以前の文学について、「自己表現」として論ずることはできない。「自己表現」は、言＝文という一致によって存在しえたのだ。だが、独歩が二葉亭のような苦痛を感じなかったのは、「言文一致」が制度であることが意識されていなかったということである。そこでは、すでに「内面」そのものの歴史性・制度性が忘れさられている。いうまでもなく、われわれもまたその地層の上にある。われわれを閉じこめているものが何であるかを明らかにするためには、その起源を問わねばならないが、その鍵は、「言葉」が露出すると同時に隠蔽されたこの時期をさらに検討することにある。

2

言文一致の運動は本来、坪内逍遥のような小説家によって「小説の改良」を目指して試みられたものである。江戸時代の小説においてすでに会話の部分が口語的(言)であり、地の文が文語的(文)であったが、後者をも口語的(言)にしようとすることが言文一致である。もちろん、それは言文一致というよりも、口語的な新たな「文」の創出である。このような経緯からみれば、言文一致は小説の問題であるかのようにみえる。しかし、そう呼ばれなくても、言文一致への企ては各所にあった。それを見なければ言文一致の問題を理解することはできないし、逆にいえば、それを見ることによってはじめて小説における言文一致がはらむ問題の特異性を理解することができる。

言文一致の運動は幕末に前島密が『漢字御廃止之義』(慶応二年)を建白したことにはじまるとされている。いうまでもなく、それは小説における言文一致と無関係であり、何の影響も与えていない。しかし、言文一致の本質を考えるときに、この提言は重要である。前島は幕府の開成所反訳方であり、長崎遊学中に知りあったアメリカ人宣教師から「難解多謬の漢字」による教育の不都合を説かれたのがきっかけだったと語っている。

国家の大本は国民の教育にして、其教育は士民を論ぜず国民に普《あまね》からしめ、之を普ねからしめんには成る可く簡易なる文字文章を用ひざる可らず、其深邃《しんすい》高尚なる百科の学に於けるも、其文字を知り得て其事を知る如き難渋迂遠なる教授法を取らず、渾《すべ》て学とは其事理を解和するに在りとせざる可らずと奉存《ぞんじたてまつり》候。

最も早いこの提言は言文一致の本質をよく示している。第一に、言文一致は近代国家の確立のためには不可欠なものとみなされている。事実、この提言自体は無視されたが、明治十年代後半に近代国家としての諸制度が確立されようとするとき、大きな問題として浮かび上ってきたのである。「かなのくわい」(明治一六年七月)や「羅馬字会」(明治一八年一月)が結成されたのは、鹿鳴館時代といわれる時期である。この時期には、「演劇の改良」や「詩の改良」があり、さらに「小説の改良」がつづいた。だが、それらは広い意味で言文一致の運動のなかに包摂されるものだといってよい。

第二に、前島密の提言が興味深いのは、一般に考えられているような言文一致とはちがって「漢字御廃止」ということを主題にしていることである。それは、言文一致の運動が根本的には文字改革であり、漢字の否定なのだということを明確に示している。前島密がいわゆる言文一致について語るのは、わずかに次のような条りにおいてだけである。

国文を定め文典を制するに於ても、必ず古文に復し「ハベル」「ケル」「カナ」を用ふる儀には無御座《ござなく》、今日普通の「ツカマツル」「ゴザル」の言語を用ひ、之に一定の法則を置くとの謂《いい》に御座候。言語は時代に就て変転するは中外皆然るかと奉存候。但、口舌にすれば談話となり、筆書にすれば文章となり、口談筆記の両般の趣を異にせざる様には支度事に奉存候。

これだけを言文一致の思想としてとりだすことは、その運動の本質をみのがすことになるだろう。肝心なのは文字改革なのであって、右の意見は派生的なものである。もともと話し言葉と書き言葉はちがっている。それは「話す」ことと「書く」ことが異質な行為だからにすぎない。したがって、それらが一致している言語などはけっしてありえない。日本語だけがとくにひどいということはできないのである。問題は前島がいうように文字表記にあった。

「言文一致」の運動は、なによりも「文字」に関する新たな観念からはじまっている。幕府反訳方の前島密をとらえたのは、音声的文字のもつ経済性・直接性・民主性であった。彼にとって、西欧の優位はその音声的文字にあると思われたのであり、したがって音声的文字を日本語において実現することが緊急の課題だとみなされたのである。音声的文字は音声を写すものと考えられる。実際、ソシュールは言語について考えたとき、文字を二次的なものとして除外している。(2)「漢字御廃止」の提言に明瞭にうかがわれるのは、文字は音声に仕えなければならないという思想である。このことは、必然的に話し言葉への注目となる。いったんそうなれば、漢字が実際に廃止されようとされまいと、実は同じである。すでに漢字も音声に仕えるものとみなされているとき、漢字を選ぶか仮名を選ぶかは選択の問題にすぎないからである。

重要なのは、この提言が根本的に「文」(漢字)の優位を否定していることである。「文」の優位ということはさまざまなコンテクストで考えることができる。だからまた、一見無関係な相異なる領域で生じた変化は、広い意味で「言文一致」の展開としてみられることができるのである。たとえば、それは演劇において生じている。実際、明治の文学史を小説に偏した眼でみないならば、「演劇の改良」こそ最も重要な事件であるといってよい。

鹿鳴館時代とよばれる欧化主義の絶頂期、明治一九年には、伊藤博文や井上馨などを発起人とする演劇改良会が組織された。文学芸術の領域で、何をさておいても「演劇の改良」が明治政府の後援でおしすすめられたことは注目に値する。それは、ちょうど前島密が「言文一致」が日本の近代的制度の確立に不可欠と考えたのと同じような意味で不可欠だと思われたのである。坪内逍遥による「演劇の改良」はそのまま「小説の改良」あるいは言文一致の運動につながっている。中村光夫はいう。《改良会の実際の事業はほとんど見るべきものはなく、間もなく消滅しましたが、この我国の社会でも芸術の位置を改良によって高めようとする機運は、たんに演劇だけでなく、明治芸術の諸部門の勃興に大きな力として働いたので、逍遥の小説革新はこの大きな時代の波に乗り、それに内容を与えたものといえます》(『明治文学史』同前)。

ところで、「演劇の改良」は露骨な欧化主義の波に乗る前に、明治十年代にすでに進行していた。それを担ったのは、新富座の俳優市川団十郎と、座付作者河竹黙阿弥である。

市川団十郎が当時大根役者と言われたのは、その演技が新しかつたからである。彼は古風な誇張的な科白をやめて、日常会話の形を生かした。また身体を徒らに大きく動かす派手な演技よりも、精神的な印象を客に伝へる表現を作り出すのに苦心した。それは守田勘弥の企てた演劇改良の思想と一致するものであつた。明治時代の新しい知識階級者は、団十郎のこの写実的でかつ人間的な迫力のある演技に次第に慣れ、彼を認めて当代第一の役者と見なすに至つた。（伊藤整『日本文壇史』第一巻、講談社）

団十郎の演技は「写実的」であり、すなわち「言文一致」的であった。もともと歌舞伎は人形浄瑠璃にもとづいており、人形のかわりに人間を使ったものである。「古風な誇張的な科白」や「身体を徒らに大きく動かす派手な演技」は、舞台で人間が非人間化し「人形」化するために不可欠だったのである。歌舞伎役者の、厚化粧で隈取られた顔は「仮面」にほかならない。市川団十郎がもたらし、のちの新劇によっていっそう明瞭に見出されたのは、いわば「素顔」だといえる。

しかし、それまでの人々は化粧によって隈取られた顔にこそリアリティを感じていたといえる。いいかえれば、「概念」としての顔にセンシュアルなものを感じていたのである。それは、概念としての風景に充足していたのと同じである。したがって、「風景の発見」は素顔としての風景の発見であり、風景についてのべたことはそのまま演劇についてあてはまる。

レヴィ＝ストロースは、素顔と化粧・刺青の関係についてこういっている。《原住民の思考のなかでは、すでにみたように、装飾は顔なのであり、むしろ装飾が顔を創ったのである。顔にその社会的存在、人間的尊厳、精神的意義を与えるのは、装飾なのである》(『構造人類学』荒川幾男他訳、みすず書房)。顔は、もともと形象として、いわば「漢字」のようなものとしてあった。顔としての顔は「風景としての風景」(ファン・デン・ベルク)と同様に、ある転倒のなかではじめて見えるようになるのだ。

風景が以前からあるように、素顔ももとからある。しかし、それがたんにそのようなものとしてみえるようになるのは視覚の問題ではない。そのためには、概念(意味されるもの)としての風景や顔が優位にある「場」が転倒されなければならない。そのときはじめて、素顔や素顔としての風景が「意味するもの」となる。それまで無意味と思われたものが意味深くみえはじめたのである。それこそ私が「風景の発見」と呼んだ事柄である。

伊藤整は、市川団十郎が「精神的な印象を客に伝へる表現を作り出すのに苦心した」というのだが、実際は、ありふれた(写実的な)素顔が何かを意味するものとしてあらわれたのであり、「内面」こそその何かなのだ。「内面」ははじめからあったのではない。それは記号論的な布置の転倒のなかでようやくあらわれたものにすぎない。だが、いったん「内面」が存立するやいなや、素顔はそれを「表現」するものとなるだろう。演技の意味はここで逆転する。市川団十郎がはじめ大根役者とよばれたことは象徴的である。それは、二葉亭四迷が、「文章が書けないから」言文一致をはじめたというのと似ている。

それまでの観客は、役者の「人形」的な身ぶりのなかに、「仮面」的な顔に、いいかえれば形象としての顔に、活きた意味を感じとっていた。ところが、いまやありふれた身ぶりや顔の〝背後〟に意味されるものを探らなければならなくなる。団十郎たちの「改良」はけっしてラディカルなものではなかったが、そこには坪内逍遥をしてやがて「小説改良」の企てに至らしめるだけの実質があった。

このような演劇改良の本質が「言文一致」と同一であることはすでに明らかだろう。私は「言文一致」の本質は「漢字御廃止」にあるのだと述べた。音声から文字が作られたのではない。文字はもともと音声とは別個に存在するのである。大脳に文字中枢があるということは、人類が生まれたときから文字能力をもっていたということを意味する。たとえば、ルロワ＝グーランがいうように、絵から文字が生じたのではなく、表意文字から絵が生じたのである。そのような文字の根源性あるいはデリダのいうアルシエクリチュールをみえなくさせてきたのは、文字を音声をあらわすものとみなす音声中心主義の考えである。

漢字においては、形象が直接に意味としてある。それは、形象としての顔が直接に意味であるのと同じだ。しかし、表音主義になると、たとえ漢字をもちいても、それは音声に従属するものでしかない。同様に、「顔」はいまや素顔という一種の音声的文字となる。それはそこに写される(表現される)べき内的な音声＝意味を存在させる。「言文一致」としてのの表音主義は「写実」や「内面」の発見と根源的に連関しているのである。

3

ところで、前島密が言文一致として、まず「ツカマツル」や「ゴザル」といった語尾を問題にしたことに注意すべきである。「言文一致」が当初からまるで語尾の問題であるかのようになっていったのは、日本語の性質からくる必然だった。日本語は、つねに語尾において、話し手と聞き手の「関係」を指示せずにおかないし、またそれによって「主語」がなくても誰のことをさすかを理解することができるからである。それはたんなる語としての敬語の問題ではない。時枝誠記がいうように、日本語は本質的に「敬語的」なのである。この場合、前島は「ツカマツル」とか「ゴザル」を用いるように提言しているが、それは武士という身分またはそのような「関係」と切りはなすことはできない。

一方、二葉亭はつぎのように回想している。

言文一致に就いての意見、と、そんな大した研究はまだしてないから、寧《むし》ろ一つ懺悔話をしよう。それは、自分が初めて言文一致を書いた由来――も凄まじいが、つまり、文章が書けないから始まつたという一伍一什《いちぶしじゆう》の顚末さ。

もう何年ばかりになるか知らん、余程前のことだ。何か一つ書いて見たいとは思つたが、元来の文章下手で皆目方角が分らぬ。そこで、坪内先生の許へ行つて、何うしたらよからうと話して見ると、君は円朝の落語を知つてゐよう、あの円朝の落語通りに書いて見たら何うかといふ。

で、仰せの儘《まま》にやつて見た。所が自分は東京者であるからいふ迄もなく東京弁だ。即ち東京弁の作物が一つ出来た訳だ。早速、先生の許へ持つて行くと、篤《とく》と目を通して居られたが、忽ち礑と膝を打つて、これでいゝ、その儘でいゝ、生じつか直したりなんぞせぬ方がいゝ、とかう仰有《おつしや》る。

自分は少し気味が悪かつたが、いゝと云ふのを怒る訳にも行かず、と云ふものゝ、内心少しは嬉しくもあつたさ。それは兎に角、円朝ばかりであるから無論言文一致体にはなつてゐるが、茲《ここ》にまだ問題がある。それは「私が……で厶《ござ》います」調にしたものか、それとも、「俺はいやだ」調で行つたものかと云ふことだ。坪内先生は敬語のない方がいゝと云ふお説である。自分は不服の点もないではなかつたが、直して貰はうとまで思つてゐる先生の仰有る事ではあり、まづ兎も角もと、敬語なしでやつて見た。これが自分の言文一致を書き初めた抑《そもそ》もである。

暫くすると、山田美妙君の言文一致が発表された。見ると、「私は……です」の敬語調で、自分とは別派である。即ち自分は「だ」主義、山田君は「です」主義だ。後で聞いて見ると、山田君は始め敬語なしの「だ」調を試みて見たが、どうも旨《うま》く行かぬと云ふので「です」調に定めたといふ。自分は始め、「です」調でやらうかと思つて、遂に「だ」調にした。即ち行き方が全然反対であつたのだ。（「余が言文一致の由来」）

二葉亭四迷は「敬語なし」の「だ調」を試みたというが、「だ」はやはり相手に対する関係を示しているのだから、広義の〝敬語〟であることにかわりはない。われわれが話し言葉で「だ」を用いるとき、ふつう同格または目下の者との関係においてである。「です」であっても、「だ」であっても、本当は同じことで、関係を超越したニュートラル（中性的）な表現ではない。にもかかわらず、「だ」調が支配的になっていったのは、それがいわば「敬語なし」に近くみえたからだと思われる。そして、二葉亭四迷が山田美妙と「行き方が全然反対であつた」のは、同じように話し言葉をとりいれたとしても、二葉亭はそれを書き言葉に向けて抽象化しようとしていたからである。いいかえれば、二葉亭の方が「文」が何たるかを理解していたのである。(3)

言文一致は新たな文語の創出であるが、それは事実上語尾の問題に帰着する。しかし、語尾の問題が重大なのは、日本語では、それが主語の問題と直結しているからである。たとえば、人称の明記されない『源氏物語』のような文でも、主語が誰であるかがわかるのは、語尾が関係を意味するからだ。この点は、江戸文学においても大して変らない。だが、語尾が「だ」に統一されると、主語としての人称が不可欠になる。そのため、「彼」や殊に「彼女」というような見慣れない人称が頻用されはじめたのである。それは「私」にかんしてもいえる。「私」という語は、「余」とか「吾輩」とかいった表現とは違って、他者との関係から中立的な「自己」を指示しはじめるのである。

さらに、二葉亭が企てた言文一致において重要なのは、過去を指示する文末詞として「た」を使ったことである。言文一致以前の文語には、過去を示す助動詞は多くある。「た」は、「たり」から派生したものだといわれる。大野晋によれば、これは「タリがキとケリとを滅ぼし、その役目をかかえこむという現象」から生じた結果である。「キ」は「過去のことについて自分に確実な記憶があるときに使う」助動詞であったのに対して、「ケリ」は「よく知られていない過去に存在したものが、今や自分の範囲のなかにはっきりあることを表わす」助動詞だった(大野晋『日本語の文法を考える』岩波新書)。野口武彦は、こうした多様な文末詞が「た」に統一されてしまったことの、物語論的な意味に注目している(『小説の日本語』「日本語の世界」第一三巻、中央公論社)。たとえば、「青男ありけり」というのは、「青男がいたそうだ」という意味である。「けり」という文末詞によって、これが虚構《ハナシ》であることが提示される。だが、口語においては、文末詞が「た」しかない。あとで述べるように、このことが小説における言文一致にとって大きな障害となった。

たとえば、二葉亭四迷や山田美妙が言文一致を試みていたとき、森鷗外は『舞姫』(明治二三年)を擬古文で書いた。そして後者が好評を博したため、小説の言文一致の試みはたちきえてしまった。したがって、一般には、明治二三年から二七年までは、言文一致の停滞期と目されている。(4) しかし、近代小説という面から見れば、それは重大なことではなかった。たとえば、夏目漱石はこういっている。《今日では一番言文一致が行はれて居るけれども、句の終りに「である」「のだ」とかいふ言葉があるので言文一致で通って居るけれども、「である」「のだ」を引き抜いたら立派な雅文になるのが沢山ある》(「自然を写す文章」明治三九年)。これは逆に、一見して「雅文」と見えるものが、語尾を「のだ」や「のである」に変えたら立派な言文一致になる可能性があるということを意味するのである。ここで、言文一致で書かれた『浮雲』と雅文で書かれた『舞姫』の出だしの文章を見比べてみよう。

或る日の夕暮なりしが、余は獣苑を漫歩して、ウンテル、デン、リンデンを過ぎ、我がモンビシユウ街の僑居に帰らんと、クロステル巷の古寺の前に来ぬ。余は彼の灯火の海を渡り来て、この狭く薄暗き巷に入り、楼上の大欄《おばしま》に干したる敷布、襦袢《はだぎ》などまだ取入れぬ人家、頰髭長き猶太《ユダヤ》教徒の翁が戸前に佇《たたず》みたる居酒屋、一つの梯《はしご》は直ちに楼《たかどの》に達し、他の梯は窖《あなぐら》住まひの鍛冶が家に通じたる貸家などに向ひて、凹字の形に引籠みて立てられたる、此三百年前の遺跡を望む毎に、心の恍惚となりて暫し佇みしこと幾度なるを知らず。（『舞姫』）

千早振《ちはやふ》る神無月も最早《もはや》跡二日の余波《なごり》となツた廿八日の午後三時頃に、神田見附の内より、塗渡《とわた》る蟻、散る蜘蛛の子とうよ〳〵ぞよ〳〵沸出でゝ来るのは、孰《いづ》れも顋《おとがい》を気にし給ふ方々。しかし熟々《つらつら》見て篤《とく》と点検すると、是れにも種々種類《さまざま》のあるもので、まづ髭から書立てれば、口髭、頰髭、顋《あご》の髭、暴《やけ》に興起《おや》した拿破崙《なぽれおん》髭に、狆の口めいた比斯馬克《びすまるく》髭、そのほか矮鶏《ちゃぼ》髭、貉《むじな》髭、ありやなしやと幻の髭と、濃くも淡《うす》くもいろ〳〵に生分《はえ》る。……（『浮雲』）

『舞姫』は雅文であるが、その骨格は完全に欧文の翻訳体である。他方、『浮雲』はなかば人情本や滑稽本の文体で書かれている。もちろん、第二編において文体が変わってくるのだが、その場合、二葉亭はまずロシア語で書いてみてそれを翻訳したといわれている。彼はそこで『浮雲』を放棄し、以後二〇年ほど小説を書かなかった。彼は新たな文語の創出を断念したわけではない。自らの創作としては断念したが、その後も、ツルゲーネフの翻訳などにおいて「言文一致」の試みを継続したのである。のちに述べるように、国木田独歩らが影響を受けたのは、『浮雲』ではなく『あひびき』などの翻訳であった。

この二つを見比べて気づくのは、『舞姫』が雅文であるのに〝写実的〟だということであり、『浮雲』は髭が列挙されているわりに〝写実的〟でないということである。この違いは、絵画との類推でいえば、『舞姫』には幾何学的遠近法があるが、『浮雲』にはそれがないということだ。それは小説において、話法 narration の問題にかかわっている。『浮雲』では以下のように、物語の語り手が目だって存在する。

「フヽヽン馬鹿を言給ふな
ト高い男は顔に似げなく微笑を含みさて失敬の挨拶も手軽く、別れて独り小川町の方へ参る。顔の微笑が一かわ〳〵消え行くにつれ足取も次第〳〵に緩かになつて終《つひ》には虫の這ふ様になり悄然と頭をうな垂れて二三町も参つた頃不図立止りて四辺《あたり》を回顧《みまは》はし駭然《がいぜん》として、足三足立戻つてトある横町へ曲り込んで角から三軒目の格子作りの二階家へ這入る、一所に這入ツて見やう――（『浮雲』）

作者が「一所に這入ツて見やう」というような条りは、明らかに滑稽本の流儀である。

それにかんして、野口武彦はこういっている。

ふつう滑稽本は次に述べる読本《よみほん》との対比の上で「写実型」といわれるが、それはかならずしも近代の写実主義を先取りするものではなかった。また、ありえなかった。ここで支配的なのは、歪んだレンズにもたとえられそうな誇張的な主観性をとおした対象の現前である。この主観性は、作中人物を卑小化し、滑稽化し、戯画化せずにはいられない。人間たちはただ笑われるためにしか作中世界に登場しない。再現される会話の口語性と「地の文」の口語文性が与える見せかけにもかかわらず、ここにはそうした主観性と一体化した一人称話法が潜在的に遍満している。もし望むなら、これを量質ともに極度に切りつめられた一人称性と呼んでみてもよい。概していって近代以前の日本文学は、このように屈伸自在な一人称性の埒外に出ることはなかった。つまり、近代のいわゆる三人称客観描写なるものを知らなかった。それならばなぜ、西欧文学の強烈なインパクトから出発した二葉亭は、江戸戯作中の滑稽本寄りのタイプをまずお手本にしなければならなかったのか。いやしくも近代写実主義をめざすかぎりは、文章の口語性を尊重しなければならず、身近にはさしあたりこのタイプしか見当らなかったからである。そのためには、江戸時代の口語的小説語法と不可分に結びついていた対象滑稽化機能をもいやでも背負いこまねばならず、しかもまたそれは『浮雲』前半部での社会諷刺の動機要素と微妙に交錯してもいた。（『近代小説の言語空間』福武書店）

しかし、第二編以後では、こうした「作者」（語り手）が消える。《第一編ではもっぱら外側から主人公を観察するのみであった作者は、第二編、第三編ではしだいに有形の語り手としての姿を消し、そのかわりに主人公の内面深く入り込んでいくのである》。ここに、ようやく「三人称客観描写」に近いものが実現される。『浮雲』が日本最初の近代小説と呼ばれるのは、そのためである。しかし、二葉亭四迷はそれを好んでいたわけではない。彼はその続きを書くことを放棄したし、晩年に『平凡』を書いたときには、「語り手」を前面に出しまさに「対象滑稽化」をもたらす戯作的話法をとったのである。彼が反撥していたのは、たとえば、『破戒』において確立された、次のような話法だといってもよい。

丑松は大急ぎで下宿へ帰った。月給を受け取って来て妙に気強いやうな心地になった。昨日は湯にも入らず、煙草《たばこ》も買はず、早く蓮華寺へ、と思ひあせるばかりで、暗い一日を過したのである。実際、懐中に一文の小使《こづかい》もなくて、笑ふといふ気には誰がならう。悉皆《しっかい》下宿の払ひを済まし、車さへ来れば直《ただち》に出掛けられるばかりに用意して、さて巻煙草に火を点けた時は、言ふに言はれぬ愉快を感ずるのであった。(『破戒』)

これが「三人称客観」である。ここでは、語り手が主人公の内部に入り込んでいる、というより、語り手は主人公を通して世界を視ている。その結果、読者はこれが語られているのだということ、つまり語り手がいるのだということを忘れてしまう。たとえば、「懐中に一文の小使もなくて、笑ふといふ気には誰がならう」というのは、語り手の考えである。しかし、それが主人公の気持と別だということが目立たない。そのために、ここでは、語り手は、明らかに存在しながらしかも存在しないようにみえる。語り手の中性化とは、語り手と主人公のこうした暗黙の共犯関係を意味する。

しかし、このような「三人称客観」という話法が容易にできると考えてはならない。たとえ西洋の小説をよく読み知っていたとしても、日本語ではそれができないのである。三人称でやるとすると、二葉亭四迷の『浮雲』第一編が示すように、たちまち語り手が出てきてしまうからである。一八世紀イギリスの小説では、デフォーは『ロビンソン・クルーソー』を一人称で書いた。一人称が旧来の物語と異なる〝真実性〟を付与したのである。三人称を使うと、物語になり写実的でなくなってしまう。しかし、三人称客観は一人称からただちに移行したものではない。一人称から三人称客観への過渡的な段階として、リチャードソンの『パメラ』のように一人称が交錯する書簡体小説があった。語り手と主人公の暗黙の共犯関係をもつような三人称客観が確立されたのはその後であり、一九世紀になってからである(5)。

そのようにみると、森鷗外の『舞姫』が一人称で書かれたことは不可避的であったといえる。そこでは語り手が主人公である、いいかえれば、語り手が消去(中性化)されている。もちろん、それは「三人称客観描写」ではないが、そこに至るために通過せねばならない道であった。他方、二葉亭は『浮雲』を従来の物語の話法で書いたため、語り手を中性化できなかったのである。それゆえに、近代小説という意味では『浮雲』よりも『舞姫』が大きな影響を与えたということは不思議ではない。『舞姫』には、現在の「余」から回顧された過去に対してパースペクティヴ(遠近法)が確立されている。そこで、鷗外は多くの過去を指示する文末詞を使い分けた。鷗外が言文一致を避けたのはそのためであったといってもよい。つまり、俗語には「た」という文末詞しかなかったからである。

しかし、俗語によってはこうした遠近法が不可能だというわけではない。肝心なのは、ある一点から過去を回顧するような遠近法を可能にする話法なのである。(6) むしろ俗語において過去を指示する文末詞が「た」しかなかったということは、連続的等質的な時間の遠近法を容易にする。そのことに貢献したのは、実は二葉亭の翻訳であった。それから二〇年後に書かれた『破戒』を見るとき、島崎藤村が苦もなくこうした話法を駆使していることに驚かされる。だが、同時に、彼はそれが話法であること、いいかえれば幾何学的遠近法と同じ「作図」でしかないということをまったく忘れているのである。一方、二葉亭自身はそのような話法に対する反撥、いいかえれば、近代小説の根本的な前提に対する疑いを失わなかった。

4

柳田国男は『紀行文集』(帝国文庫、昭和五年)で、「近世著名なる旅行家の紀行文で、自分が小年期以来再三読し、今後も若《も》し出来るならば又読んで見ようと思ふもの若干」を編輯したと述べつつ、次のように指摘している。

名は均しく紀行とあつても、一方は詩歌美文の排列であり、他の一方は記述を専らとし、旅人はその事実の陰に只つつましやかに自ら語るに過ぎぬものであつて、之を一架に統括することは甚しく読者子の思索を紛乱せしめる。紀氏の土佐日記を始として、古来世に行はるゝ紀行の書なるものかは、寧《むし》ろ前者の方が日本には多かつた。従つて後世新たに出現した風土観察の書は、往々にして文学の愛好者によつて、意外な俗文として疎《うと》んじ棄てられる懸念があつたと共に、更に此種の記録を世に遺さんとする者として、無益の彫琢に苦《く》辛《しん》せしめるやうな結果をさへ見たのである。

柳田は「風景の発見」が事実上、紀行「文」の変化にほかならないことを語っている。それはさしあたって「詩歌美文の排列」、つまり「文」からの解放を意味するのである。その意味で、国木田独歩の『武蔵野』(明治三一年一月)を特徴づけているのは、風景が名所から切断されていることである。名所とは、歴史的・文学的な意味(概念)におおわれた場所にほかならない。独歩が見出した風景には、そのような歴史が一切捨象されている。そのことは、明治二八年北海道の開拓に出かけた経験を書いた『空知川の岸辺』(明治三五年)において顕著である。

我国本土の中でも中国の如き、人工稠密の地に成長して山をも野をも人間の力で平げ尽したる光景を見慣れたる余《よ》にありては、東北の原野すら既に我自然に帰依したるの情を動かしたるに、北海道を見るに及びて、如何《いか》で心躍らざらん、札幌は北海道の東京でありながら、満目の光景は殆ど余を魔し去つたのである。

林が暗くなつたかと思ふと、高い枝の上を時雨がサラ〳〵と降つて来た。来たかと思ふと間もなく止んで森《しん》として林は静まりかへつた。

余は暫くジッとして林の奥の暗くなつて居る処を見て居た。

社会が何処にある、人間の誇り顔に伝唱する「歴史」が何処にある。此場所に於て、此時に於て、人はたゞ「生存」其者の、自然の一呼吸の中に托されてをることを感ずるばかりである。露国の詩人は曾て森林の中に坐して、死の影の我に迫まるを覚えたと言つたが、実にさうである。又た曰《いわ》く「人類の最後の一人が此の地球上より消滅する時、木の葉の一片も其為にそよがざるなり」と。

独歩がこう考えたのは、たんに北海道の原始林に立ったからではない。なぜなら、彼が実際に行ったのは先住民のアイヌによって名づけられていた所なのである。ゆえに、独歩が立ったのはラディカルな観念上の地点なのだ。そのような地点からみれば、マルクスがいったように、われわれのみる「自然」はすでに人間化されたものであり、また柳田国男がいったように、風景は「人間が作る」ものである。ここから、「歴史」を、政治的または人間的出来事としてではなく、「人間と自然の交渉」(柳田)において見出す視点が生まれる。一度括弧に入れた歴史は回復される。しかし、「名所」としてではない。たとえば、『武蔵野』では次のような描写がある。

武蔵野には決して禿山《はげやま》はない。しかし大洋のうねりの様に高低起伏して居る。それも外見には一面の平原の様で、寧《むし》ろ高台の処々が低く窪んで小さな浅い谷をなして居るといつた方が適当であらう。此谷の底は大概水田である。畑は重《おも》に高台にある、高台は林と畑とで様々の区画をなして居る。畑は即ち野である。されば林とても数里にわたるものなく否、恐らく一里にわたるものもあるまい、畑とても一眸《いちぼう》数里に続くものはなく一座の林の周囲は畑、一頃の畑は三方は林、といふ様な具合で、農家が其間に散在して更らにこれを分割して居る。即ち野やら林やら、たゞ乱雑に入組んで居て、忽《たちま》ち林に入るかと思へば、忽ち野に出るといふ様な風である。それが又た実に武蔵野に一種の特色を与へて居て、こゝに自然あり、こゝに生活あり、北海道の様な自然そのまゝの大原野大森林とは異《ことなつ》て居て、其趣も特異である。

独歩は武蔵野を地理的に劃定して、つぎのようにいう。《僕の武蔵野の範囲の中には東京がある。しかし之は無論省かなくてはならぬ、なぜならば我々は農商務省の官衙《かんが》が巍峨《ぎが》として聳《そび》え居たり、鉄管事件の裁判が有つたりする八百八街によつて昔の面影を想像することが出来ない》。それが意味するのは、東京という政治的歴史は、武蔵野という「人間と自然の関係」としての歴史の一部にすぎないという認識である。いいかえれば、国木田独歩にあって、「風景の発見」はそのまま「歴史の発見」となるのである。

国木田独歩の新しさは、そのような〝切断〟にある。しかし、それはいかにして生じたのか。私はさきに独歩の『忘れえぬ人々』を論じて、そこに「風景」の発見を見た。それは外的な対象が、内的な転倒によって見出されるということであった。しかし、そのとき述べなかったのは、そのような主観─客観の基底に新たな象徴的形式(言語形式)が存するということである。実は、それらは互いに切り離すことができない。今や明らかなのは、独歩による風景の発見は内的な転倒によって生じただけでなく、ある言語的な転倒とともに生じたということである。

独歩自身はそれをつぎのように説明している。《徳川文学の感化も受けず、紅露二氏の影響も受けず、従来の我文壇とは殆んど全く没関係の着想・取扱・作風を以て余が製作も初めた事に就ては必ず基本源がなくてはならぬ。基本源は何であるかと自問して、余はワーズワースに想到したのである》(「不可思議なる大自然」)。しかし、大切なのは、「頭」ではなく「手」である。西欧文学からいかに影響を受けようと、「書く」ことはまったく別のことがらだからだ。実際、『武蔵野』で彼が引用したのは、「露国の詩人」ツルゲーネフというよりも二葉亭四迷によって翻訳されたその風景描写なのである。

くりかえすが、国木田による風景の発見、旧来の風景の切断は、新たな文字表現《エクリチュール》によってのみ可能だった。『浮雲』(明治二〇—二二年)や『舞姫』(明治二三年)に比べて目立つのは、独歩がすでに「文」との距離をもたないようにみえることである。彼はすでに新たな「文」に慣れている。それは、言葉がもはや話し言葉や書き言葉といったものではなく、「内面」に深く降りたということを意味している。というよりも、そのときはじめて「内面」が直接的で現前的なものとして自立するのである。同時に、このとき以後「内面」を可能にするものの歴史的・物質的な起源が忘却されるのだ。

たとえば、ルソーは明治十年代の自由民権運動に決定的な影響を与えた。しかし、ルソーの「影響」とはなにか。というより、ルソーとは何者なのか。たとえば、それまで旅する者にとって障害物にすぎなかったアルプスの山中で「風景」を見出したルソーがおり、『告白録』を書いたルソーがおり、政治思想家ルソーがいる。ルソー自身が矛盾にみちた多義的な存在である。

スタロバンスキーは『透明と障害』のなかで、多義的なルソーのテクストに、一つの明確な視点を与えた。それは「透明」という問題にかかわる。ルソーにとって、自己意識だけが透明なものだと、彼はいう。それは自己自身にとっての直接的な現前性のみが透明で、それ以外のものは二次的であいまいで不透明だということである。この不透明なものへの怒りと、透明な直接性をもっていた(と彼の信ずる)原始人への賛美が、彼の政治・文化論となっている。

ところで、この不透明性への攻撃がまず文字表現にむけられたのは当然である。文字表現は二次的なものであり、直接的な透明性を裏切るものである。しかしまた、ルソーにとって、音声表現もまたそれ自体では重要ではない。重要なのは、自分自身が聴く音声、内的な音声であり、それだけが透明なのである。そこでは、《主体と言語はもはや相互に外的なものではなくなる。主体は感動であり、感動はただちに言語なのである。主体、言語、感動はもはや区別されない》(『透明と障害』山路昭訳、みすず書房)。そこに、スタロバンスキーはルソーの「新しさ」をみる。

　ここではじめて、ルソーの作品のもたらしたこの上ない新しさが考えられるのだ。言語活動は、依然として媒介の道具でありながら、直接的な経験の場となったのである。言語活動は作者の内面の「根源」に固有なものであると同時に審判に直面すること、すなわち普遍性によって正当化される欲求を証明している。このような言語活動は古典的な「言語表現」とはいかなる共通点をももたず、それに比べてかぎりなく傲慢で、不安定なものである。言葉は真正な自我として存在するが、他方では、完全な真正性はなお欠けており、充足はなおかち取らるべきであり、証人が同意を拒否するならば、なにごとも保証されていないことを示している。文学作品は作家と一般大衆のあいだに「第三者」として介在する真実にたいして読者の賛同をもはや求めず。作家は作品によって自己を示し、その個人的体験の真実にたいして賛同を求める。ルソーはこのような問題を発見したのであり、近代文学の態度となるような新しい態度（ジャン・ジャックが責任を負わされてきた感傷的なロマンティシズムの向う側に）をまさしくつくりだしたのであり、自我と言語の危険な約束、つまり人間がみずからを言葉にするような「新しい結合」を典型的なやり方で実践した最初の人だということができよう。（『透明と障害』同前）

おそらく国木田独歩の「新しさ」もそれに類似している。彼の根本的な「障害」は、彼の「透明」、すなわち「主体と言葉が相互に外的でない」ような「新しい結合」にこそ胚胎するのだ。友人が自殺したあとのことを書いた『死』(明治三一年)は、すでに彼の「障害」が何であるかを告げている。

医師は極めて「死」に対して冷淡である、しかし諸友とても五十歩百歩の相違に過ぎない、吾等は生から死に移る物質的手続を知ればもう「死」の不思議はないのである、自殺の源因が知れた時はもう其れ丈《だ》けで何の不思議もないのである。

自分は以上の如く考へて来たら丸で自分が一種の膜の中に閉じ込められてゐるやうに感じて来た、天地凡《すべ》てのものに対する自分の感覚が何《な》んだか一皮隔てゝゐるやうに思はれて来てたまらなくなつた。

そして今も悶いてゐる自分は固く信ずる、面《フエース》と面《フエース》、直ちに事実と万有とに対する能はずんば「神」も「美」も「真」も遂に幻影を追ふ一種の遊戯たるに過ぎないと、しかしてたゞ斯く信ずる許りである。

これは『牛肉と馬鈴薯』では、もっと極端にあらわれている。主人公の岡本は、「驚きたい」という「不思議なる願」をもつ。彼の願いとは、「宇宙の不思議を知りたいといふ願ではない、不思議なる宇宙を驚きたいといふ願」であり、「死の秘密を知りたいといふ願ではない、死てふ事実に驚きたいといふ願」であり、また、信仰そのものではなく「信仰無くしては片時たりとも安ずる能はざるほどに此宇宙人生の秘義に悩まされんことが僕の願」なのである。

国木田独歩は、自分が自分自身から隔てられているように感じている。そこに不透明な「一種の膜」がある。「驚く」ということはそれを突破することであり、「透明」に到達することだ。そこには、まるで「真の自己」なるものがあるかのような幻影が根をおろしている。この幻影は、「文」が二次的なものとなり、自分自身にとって最も近い「声」――それが自己意識である――が優位になったときに成立する。そのとき、内面にはじまり内面に終るような「心理的人間」が存在しはじめるのである。

日本の近代文学は、国木田独歩においてはじめて書くことの自在さを獲得したといえる。この自在さは、「内面」や「自己表現」というものの自明性と連関している。私はそれを「言文一致」という文字表現の問題として考えてきた。あらためていえば、内面が内面として存在するということは、自分自身の声を聞くという現前性が確立するということである。ジャック・デリダの考えでは、それが西洋における音声中心主義であり、その根底には音声的文字(アルファベット)がある。プラトン以来、文字はたんなる音声を写すものとしておとしめられてきたのであり、意識にとっての現前性すなわち「音声」の優位こそ西欧の形而上学を特徴づけているというのである(7)。

日本の「言文一致」運動が何をはらんでいたかはすでに明瞭である。くりかえしていうように、それは形象(漢字)の抑圧である。そう考えたとき、夏目漱石が西洋の「文学」に深入りしながら、他方で「漢文学」――和歌に代表される古典文字ではなく――に固執していたことが了解できるだろう。漱石は出口のない「内面」にすでに全身を浸らせていながら、線的な音声言語の外に、いわば放射状の多義的な世界を求めていた。われわれにはそれを想像することさえ困難である。アンドレ・ルロワ゠グーランはつぎのようにいっている。

ホモ・サピエンスの進化の最も長い部分は、われわれに疎遠なものとなってしまった思考形式のなかで行われたが、それでもこの思考形式は、われわれの行動の重要な部分の底流をなしている。われわれは、音と結びついた書字によって音が記録されるという単一の言語活動を行なって生きているので、思考がいわば放射状の組立てをも

って書きとめられるといった表現方式の可能性はなかなか想像できない。(『身ぶりと言葉』荒木亨訳、新潮社)

グーランのいう「われわれ」はむろん西洋人のことだが、すでにわれわれのことでもある。しかし、夏目漱石、二葉亭四迷、森鷗外のような明治の文学者は、すでに近代文学の中に属しながら、同時に、そのことに対する違和と異議を表明していたのである。たとえば『妄想』(明治四四年)のなかで、鷗外はこういっている。「自分」は、死に際して肉体的な苦痛を考えることはあっても、西洋人のような「自我が無くなる為めの苦痛は無い」。

西洋人は死を恐れないのは野蛮人の性質だと云つてゐる。自分は西洋人の謂ふ野蛮人といふものかも知れないと思ふ。さう思ふと同時に、小さい時二親が、侍の家に生れたのだから、切腹といふことが出来なくてはならないと度々諭したことを思ひ出す。その時も肉体の痛みがあるだらうと思つて、其痛みを忍ばなくてはなるまいと思つたことを思ひ出す。そしていよいよ所謂野蛮人かも知れないと思ふ。併しその西洋人の見解が尤もだと承服することはできない。

そんなら自我が無くなるといふことに就いて、平気でゐるかといふに、さうではない。その自我といふものが有る間に、それをどんな物だとはつきり考へても見ずに、知らずに、それを無くしてしまふのが口惜しい。残念である。漢学者の謂ふ酔生夢死といふやうな生涯を送つてしまふのが残念である。それを口惜しい、残念だと思ふと同時に、痛切に心の空虚を感ずる。なんともかとも言はれない寂しさを覚える。
それが煩悶になる。それが苦痛になる。

これは一見すると「驚きたい」という独歩の作品と似ているようにみえる。しかし、独歩において、あの不透明な「膜」がいわば内面にあったとすれば、鷗外においては外側にある。彼にとって、「自己」は実体的ななにかではなく、「あらゆる方角から引つ張てゐる糸の湊合してゐる」ものであり、マルクスの言葉でいえば「社会的諸関係の総体」(『フォイエルバッハに関するテーゼ』)にほかならなかった。いいかえれば、鷗外は「自己」を西洋人のように直接的・実体的にみる幻想をもちえないことを逆に「苦痛」にしていたのである(とはいえ、これが鷗外のユーモアだということに注意すべきである)。したがって、鷗外の本領は、徳川時代の人間を書いた晩年の歴史小説で発揮されている。そこでは、彼は心理的な内面性を徹底的に排除しようとした。この姿勢は、午前中に小説を書き、午後には漢詩や山水画の世界に浸っていた晩年の夏目漱石と共通している。おそらく、彼らは

「文学」とけっしてなじめないものをもっていたのである。

近代「文学」の主流は、鷗外・漱石・二葉亭ではなく、国木田独歩の線上に流れて行った。夭折したこの作家は、ある意味で、次の文学世代の萌芽をすべて示していたといってもよい。たとえば、『欺かざるの記』という告白録を最初に書いたのは彼である。柳田国男との関係はいうまでもないが、田山花袋も「国木田君は肉欲小説の祖である」(「自然の人独歩」)と書き、また、芥川龍之介は『河童』のなかで、独歩をストリンドベリー、ニーチエ、トルストイとならべ、「轢死する人足の心もちをはつきり知つてゐた詩人です」と書いている。さらに、初期の志賀直哉は明らかに独歩の影響下に出発している。こうした多義性のゆえに、たとえば国木田独歩はロマン派か自然主義派かといった議論が生じるのだが、彼の多義性は――ルソーの多義性とある意味で似ている――、まさに彼がはじめて新たな地平に立ったところからきているといってよい。ヴァレリーがいうように、ある一つの事柄で新たな視野をひらいた者は一挙に多方面の事柄が視える。ポーは推理小説の基本的なパターンを書きつくしてしまったが、しかし彼の〝一歩〟は、犯罪という行為ではなく、詩作という行為を意識化するという未曾有の試みにこそあった。国木田独歩の多彩さは、文学流派の問題などではなく、はじめてあの「透明」を獲得したことにあったのである。

5

言文一致の運動は、小説において二つの源泉をもっている。私はこれまで二葉亭四迷、国木田独歩、自然主義者といった流れについてのみ語ってきた。しかし、言文一致はそれに限定されるものではない。もう一つの源泉として「写生文」という運動を見落とすことができない。江藤淳は、近代日本のリアリズムを二葉亭や自然主義者の線で考える一般的傾向に反対して、正岡子規や高浜虚子の「写生文」の画期性を主張した。「描写」とはものを描くことではなく、「もの」そのものの出現にあること、それゆえに「もの」と「言葉」との新たな関係が出現することだ、と江藤はいう。

> それは認識の努力であり、崩壊のあとに出現した名づけようのない新しいものに、あえて名前をあたえようとする試みである。いいかえればそれは、人間の感受性、あるいは言葉と、ものとのあいだに、新しい生きた関係を成立させようとする「渇望」の表現でもある。リアリズムという新理論が西洋から輸入されたから、リアリズムでやろうというのではない。「知らずや、二人の新機軸を出したるは消えなんとする灯

火に一滴の油を落したるものなるを」。彼らはものに直面せざるを得ない場所にいるから、「新機軸」を立てたのだと、子規は主張するのである。

したがって、虚子も碧梧桐も、「古来在りふれた俳句」を去って「写生」におもむくほかない。芭蕉が確立し蕪村が開花させた俳諧の世界が、江戸期の世界像とともに「将に尽きん」とするとき、それ以外に俳句を、いや文学を蘇生させるどんな手段があるかと、子規は必死に反問しているように思われる。（「リアリズムの源流」『新潮』昭和四六年一〇月号）

この論文は、「リアリズム」を対象の再現としてではなく、言葉(文)そのものの次元で、しかも日本の文脈において見ようとしたという点で画期的なものだが、幾つかの点で修正の必要がある。江藤淳は、子規たちは「リアリズムという新理論が西洋から輸入されたから、リアリズムでやろう」というのではなく、「もの」に直面したから「新機軸」を立てたのだ、というのだが、自然主義者といえども、西洋から輸入した「新理論」だけで『破戒』や『蒲団』を書きえたわけではない。彼らはすでにある種の「文」を獲得していたのであり、そのなかで見出された「もの」(風景)を「写生」しようとしたのである。そこにいたるまでには、「言文一致」という長い試行錯誤の過程がある。「言文一致」とは新たな

「文」の創出であり、それこそが「再現」すべきものとしての「もの」を見出さしめたものである。子規の写生文もそのなかに属する。ただ自然主義派と子規が違っているとしたら、その差異は、前者が新たな文の創出のなかで「文」への意識をなくしてしまったのに対して、子規が「文」(言葉)にこだわりつづけたということにある。

江藤淳は、正岡子規にとって「写生」の客観性は自然科学的なものに近く、そこでは、「言葉は言葉としての自律性を剝奪されて、無限に一種透明な記号に近づくことになる」という。それに対して、「ものと言葉の新たな関係」を作り出したのは子規ではなく、高浜虚子だ、と江藤はいうのだ。彼の考えでは、漱石は子規ではなく虚子の側にある(8)。しかし、このような評価に私は賛同できない。高浜虚子は写生文について、つぎのように書いている。

今日の写生文は、吾々の一派が創《はじ》めたものである、といつてもよからうと思ふ。また、恐らくは世間もさう許してくれることゝ信ずる。尤も、明治文学の新機運を促がした坪内逍遥氏の『当世書生気質』は、最も早き一種の写生文であつたが、なほ七五調に縛られていて、古い形式に泥《なず》んでゐた気味がある。その後に起つた硯友社一派の新運動も、また写生的ではあるが、然しなほ旧来の戯作者系統を免かれなかつた。今からあの当時の文学界を顧れば、古い鋳型を脱せんとしながら、しかもそれを脱しては小説が書けないといふ気味があつた。

丁度その頃である。西洋画家——自分等が直接に接したのは中村不折氏である——が、写生といふことを唱へ出した。在来の日本画家の説を聞くと、女郎花《おみなえし》の下には鶉《うずら》がゐなければならぬ、蘆があれば、雁を描かねばならぬと、古人の描き来つた型を尊重して、かの能楽や歌舞伎などと等しく、偏へに旧慣のみを墨守してゐた。然るに、西洋画家はこれに反して、古人の書いた型をその儘《まま》踏襲するのは陳腐である、目に見る自然界を写生して、そこから新しいものを取つて来ねばならぬと主張した。（「写生文の由来とその意義」）

この意味でなら、虚子の写生文が「リアリズムの源流」にあるということは確かである。つまり、これは明らかに私小説・心境小説などの源流となったのである。しかし、このように説かれた写生文の定義から最も逸脱してしまうような写生文がある。子規や漱石の写生文こそそのようなものである。子規における「写生」は「自然科学的な」言語とは違っている。子規自身も絵画(油絵)における写生を見習ったといっている。だが、実際に彼が俳句にかんして「写生的」とか「絵画的」というとき、すべて言葉にかかわっている。たとえば、子規が蕪村の句や実朝の歌が写生的だというとき、彼が意味しているのは、むしろ、彼らの言葉、すなわち、彼らが漢語を使っているということ、あるいは助辞が少なく名詞が多いということである。そして、和歌の腐敗について、子規はいう。《此腐敗と申すは趣向の変化せざるが原因にて、又趣向の変化せざるは用語の少なきが原因と被存候《ぞんぜられ》》(「七たび歌よみに与ふる書」)。それゆえに、「用語は雅語俗語洋語漢語必要次第用ふる」というのである。(9)

要するに、子規にとって「写生」において大切なのは、ものよりも言葉、すなわち、言葉の多様性であり、その一層の多様化であった。そのことを理解していたのは、多種多様な言葉をふんだんに使った漱石だけである。一般に、写生文は、平板な言葉による「写生」という方向に受けとられた。それを促進したのが、もともと小説家を目指していた高浜虚子なのである。そして、それは島崎藤村らの「写生」と同じことになる。したがって、言葉を「無限に一種透明な記号に近づく」ことにさせたのは、子規ではなく虚子であり自然主義者であった。

子規は写生文――ここでは「写実的の小品文」と呼んでいる――の工夫について、次のように述べている。

それには課題を出して募集した小品文もあるが、最も骨を折つたのは写実的の小品文であつた。(中略)空間的の景色でも時間的の動作でも其文を読むや否や其有様が直に眼前に現れて、実物を見、実事に接する如く感ぜせしむるやうに、しかも其文が冗長に流れ読者を飽かしめぬやうに書くのに苦辛したので、其効果は漸く現れんとしつつあるやうに見える。写実だといふので無闇《むやみ》に詳しく書いた処で其事物が読者の眼前に躍如として現れなくては写実の効が無いのであるからこゝはわれわれの大に研究すべき事である。(「ホトトギス第四巻第一号のはじめに」『ホトトギス』明治三三年)

このような「現前性」をもたらすために、子規がとったのは、時制を現在形あるいは現在進行形にするということである。先に述べたように、文末詞の「た」は、物語の進行をある一点から回顧するような遠近法的な時間性を可能にする。中性的な語り手と主人公の黙契はこのような「た」において実現される。しかし、写生文はこのような「た」を拒むのである。日本語にそんな時制はないが、写生文は、いわば現在進行形で書かれている。(10)たとえば、漱石の『幻影の盾』や『薤露行』は、「である」を取ればまさに「雅文」なのだが、ここにはほとんど過去形がない。「遠き世の物語である。バロンと名乗るものゝ城を構へ濠を環らして、人を屠《ほふ》り天に驕《おご》れる昔に帰れ。近代の話しではない」(『幻影の盾』)

とはじまっているにもかかわらず。過去のことを書いているのだが、「た」がほとんどないために、ある統合された回想とならず、「現在」の意識が多方向的に拡散している。次のように書き出される『坑夫』のような作品では、こうした現在形は、自分を確かに自分と感じられない主人公の病的な状態に対応している。

さっきから松原を通ってるんだが、松原と云ふものは絵で見たよりも余《よ》つ程《ぽど》長いもんだ。何時迄行っても松ばかり生えて居て一向要領を得ない。此方《こっち》がいくら歩行《あるい》たって松の方で発展して呉れなければ駄目な事だ。いっそ始めから突つ立つた儘《まま》松と睨めつ子をしてゐる方が増しだ。(『坑夫』)

「た」が或る一点からの回想としてあるとするならば、漱石は「た」の拒否によって、全体を集約するような視点を拒んでいる。それはまた、確実にあるようにみえる「自己」を拒むことである(右の文では「私」が抜けている)。こうした「現在形」の多用は、「写生文」一般の特徴である。

一方、漱石は写生文の特質を対象面や話法においてよりもむしろ、「作者の心的な状態」に見ようとした。

写生文と普通の文章との差違を算《かぞ》へ来ると色々ある。色々あるうちで余の尤も要点だと考へるにも関らず誰も説き及んだ事のないのは作者の心的状態である。他の点は此一源泉より流露するのであるから、此の源頭に向つて工夫を下せば他は悉《ことごと》く刃を迎へて向ふから解決を促がす訳である。(中略)

写生文家の人事に対する態度は貴人が賤者を視るの態度ではない。賢者が愚者を見るの態度でもない。(中略)男が女を視、女が男を視るの態度でもない。つまり、大人が小供を視るの態度である。両親が児童に対するの態度である。世人はさう思ふて居るまい。写生文家自身もさう思ふて居るまい。しかし解剖すれば遂にこゝに帰着して仕舞ふ。(「写生文」明治四〇年一月二〇日)

この点から見れば、正岡子規の写生文を特徴づけるのは、死の床にあって無力な自分自身に対してとる態度である。たとえば、子規は『死後』と題する文で、つぎのように書いている。

余の如き長病人は死といふ事を考へだす様な機会にも度々出会ひ、又そういふ事を考へるに適当した暇があるので、それ等の為に死といふ事は丁寧反復に研究せられてをる。併し死を感ずるには二様の感じ様がある。一は主観的の感じで、一は客観的の感じである。そんな言葉ではよくわかるまいが、死を主観的に感ずるといふのは、自分が今死ぬる様に感じるので、甚だ恐ろしい感じである。動気が躍《おど》つて精神が不安を感じて非常に煩悶するのである。これは病人が病気に故障がある毎によく起こすやつでこれ位不愉快なものは無い。客観的に自己の死を感じるといふのは変な言葉であるが、自己の形体が死んでも自己の考は生き残つてゐて、其考が自己の形体の死を客観的に見てをるのである。主観的の方は普通の人によく起こる感情であるが、客観的の方は其趣すら解せぬ人が多いのであらう。主観的の方は恐ろしい、苦しい、悲しい、瞬時も堪へられぬやうな厭な感じであるが、客観的の方はそれよりもよほど冷淡に自己の死といふ事を見るので、多少は悲しい果敢《はか》ない感もあるが、或時は寧ろ滑稽に落ちて独りほゝゑむやうな事もある。(『ホトトギス』明治三四年二月)(傍点、筆者)

この『死後』という題から、読者が彼岸とか霊界というようなものを予期するならば、見事に裏切られるだろう。これは死後、自分の死体がどう処理されるかという話だから。棺は窮屈だし、土葬は息苦しい、火葬は熱い、水葬は泳げないので水を飲みそうだ、ミイラも困る、というような話が延々と書かれているのである。この「態度」はユーモアと呼ぶべきものである。

興味深いことに、漱石が写生文に関して述べたことは、フロイトがユーモアにかんして指摘した「精神態度」と完全に合致している。《誰かが他人にたいしてユーモア的な精神態度を見せるという場合を取り上げてみると、きわめて自然に次のような解釈が出てくる。すなわち、この人はその他人にたいしてある人が子供に対するような態度を採っているのである。そしてこの人は、子供にとっては重大なものと見える利害や苦しみも、本当はつまらないものであることを知って微笑しているのである》(『ユーモア』高橋義孝訳、「フロイト著作集」第三巻、人文書院)。フロイトは、ユーモアの例として、月曜日絞首台に引かれていく囚人が「ふん、今週も幸先がいいらしいぞ」と言った例をあげている。しかし、子規が『死後』で書いていることも、ほとんどそれと同じである。

晩年に喉頭癌の手術を幾度も受けながら平然と仕事を続けたフロイトと、結核で病床にありながら活発に思索＝詩作をつづけていた子規に共通するのは、このようなユーモアである。フロイトの考えでは、ユーモアは、自我(子供)の苦痛に対して、超自我(親)がそんなことは何でもないよと激励するものである。それは、自分自身をメタレベルから見おろすことである。しかし、これは、現実の苦痛、あるいは苦痛の中にある自己を——時には

（三島由紀夫のように）死を賭しても――蔑視することによって、そうすることができる高次の自己を誇らしげに示すロマン的イロニーとは、似て非なるものだ。なぜなら、イロニーが他人を不快にするのに対して、ユーモアはなぜかそれを聞く他人をも解放するからである。フロイトは、先に述べた囚人がとった態度が彼自身にとって快であるとしても、なぜそれが関係のない聞き手にも快感を与えるのか、という問いからはじめている。

ボードレールはすでにこのような問いに答えている。彼は「有意義的滑稽」（ウィット）と「絶対的滑稽」（グロテスク）を分けている。ベルクソンが考察したのは前者であり、バフチンが考察したのは後者である。いずれの場合でも、結局、笑いは笑う者の優越性の徴である。それらを考察しながら、ボードレールは、どちらとも異なるケースを挙げている。

笑いは、本質的に人間的なものであるから、本質的に矛盾をふくむものだ。すなわち、笑いは無限の偉大さの徴《しるし》であると同時に無限の悲惨さの徴――人間が頭で知っている「絶対的存在者」との関連においてみれば無限の悲惨さを、動物たちとの関連においてみれば無限の偉大さを、あらわすものだ。この二つの無限の絶えまない衝突からこそ、笑いが発する。滑稽というものは、笑いの原動力は、笑う者のうちに存するのであり、笑いの対象のうちにあるのでは断じてない。ころんだ当人が、自分のころんだことを笑ったりは決してしない。もっとも、これが哲人である場合、自分をすみやかに二重化し、自らの自我の諸現象を局外の傍観者として眺める力を、習慣によって身につけた人間である場合は、話が別であるが。(『笑いの本質について』阿部良雄訳、「ボードレール全集」第四巻、筑摩書房)

その語を使わなかったとしても、ここで、ボードレールが敬意をもって「例外」として挙げているのは、ユーモアである。それは、有限的な人間の条件を超越することであると同時に、そのことの不可能性を告知するものだ。それがメタレベルに立つのは、同時にメタレベルがありえないことを告げるためである。ユーモアは、「同時に自己であり他者でありうる力の存することを示す」(ボードレール)ものである。ユーモアを受けとる者は、自分自身において、そのような「力」を見いだす。だが、それは必ずしも万人に可能なことではない。フロイトはこういっている。《人間誰しもがユーモア的な精神態度をとりうるわけではない。それはまれにしか見出されない貴重な天分であって、多くの人々は、よそから与えられたユーモア的快感を味わう能力すら欠いているのである》(『ユーモア』同前)。

国木田独歩の「風景の発見」には、経験的な自己に対する超越論的な自己の優位を示すイロニーがある。それは現実的に無力な自己を高みにおく転倒をもたらす。近代文学はそのようにして政治的現実を無化する視点を与え続けたのである。ユーモアがそれとは逆のスタンスであることはいうまでもない。しかし、日本文学における写生＝リアリズムは、イロニーの方向すなわち独歩や島崎藤村の方向において実現されていった。それに対する根本的な申し立てが、三人の作家によってなされた。すでに述べたように、二葉亭四迷、森鷗外、そして夏目漱石である。彼らが「文学」を相対化する視点をもっていたことはいうまでもない。たとえば、二葉亭四迷はつぎのように書いている。

人が文学や哲学を難有《ありがた》がるのは余程《よほど》後れていやせんかと考えられる。第一其等《それら》が有難いと云うな、偽《うそ》の有難いんだ。何となれば、文学哲学の価値を一旦根底から疑って掛らんけりゃ、真の価値は解らんじゃないか。ところが日本の文学の発達を考えて見るに果してそう云うモーメントが有ったか、有るまい。今の文学者なざ殊に、西洋の影響を受けていきなり文学は有難いものとして担ぎ廻って居る。これじゃ未だ未だ途中だ。何にしても、文学を尊ぶ気風を一旦壊して見るんだね。すると其敗滅《ルーインス》の上に築かれて来る文学に対する態度は「文学も悪くはないな！」ぐらいな処《とこ》になる。心持ちは第一義に居ても、人間の行為は第二義になって現われるんだから、ま、文学でも仕方がないと云うように、価値が定《き》まって来るんじゃないかと思う。（「私は懐疑派だ」）

6

ここで、私は、二葉亭四迷の小説ではなく翻訳が影響を与えた理由について考えておきたい。明治前期には、多くの西洋の小説が翻訳されたが、それらは翻訳というよりも翻案に近かった。つまり、言文の意味あるいは筋を紹介すれば足りるという考えでなされていた。その中で初めて、原文に対して忠実に逐語的な翻訳を試みたのが、二葉亭四迷なのである。彼は翻訳の仕方について独自の意見をもっていた。《外国文を翻訳する場合に、意味ばかりを考えて、これに重きを置くと原文をこわす虞《おそれ》がある。須らく原文の音調を呑み込んで、それを移すようにせねばならぬと、こう自分は信じたので、コンマ、ピリオドの一つをも濫りに棄てず、原文にコンマが三つ、ピリオドが一つあれば、訳文にも亦ピリオドが一つ、コンマが三つという風にして、原文の音調を移そうとした》（「余が翻訳の標準」）。

しかし、これはたんなる思いつきではなかった。彼は翻訳をどうすべきかについてかなり研究していたのである。彼はバイロンをロシア語に訳したジュコーフスキーのやり方がよいと考えた。それは簡単にいえば、「原文を全く崩して、自分勝手の詩形とし、唯だ意味だけを訳している」というやり方である。そのロシア語訳は、彼の英語能力で読むバイロンよりも、見事だ。自分もそのようにしたいと思ったが、できなかった。「何故かと云うに、ジュコーフスキー流にやるには、自分に充分の筆力があって、よしや原詩を崩しても、その詩想に新詩形を附することが出来なくてはならぬのだが、自分には、この筆力が覚束ないと思われたからだ」。だから、逐語訳のやり方でやったというのである。しかし、この自嘲的な回想を額面どおりに受け取るべきではない。

たとえば、森鷗外の翻訳はいわばジュコーフスキー流の翻訳で、原作から自立した創作として定評があった。それに対して、二葉亭の翻訳は、「いや実に読みづらい、佶倔聱牙だ、ぎくしゃくして如何にとも出来栄えが悪い。従って世間の評判も悪い、偶々賞美して呉れた者もあったけれど、おしなべて非難の声が多かった」と二葉亭はいっている。しかし、実際には彼の翻訳、特にツルゲーネフの『あひびき』などの翻訳は、大きな影響を与えたのである。一方、彼自身が書いた小説『浮雲』は言文一致で書かれ、日本最初の近代小説としてのちに評価されるようになったが、ほとんど同時代に影響を与えなかった。二葉亭自身も創作への関心を棄ててしまった。では、彼の小説ではなく、翻訳がなぜ影響を与えたのか。それは、彼の小説は徳川時代の俗語的な小説を受け継いだ文体で書かれたのに、翻訳はロシア語の原作の逐語的な翻訳だったからである。

中村光夫はこう述べている。《この方法は彼自身の眼から見ても必ずしも成功したとは云えず、当時一般の作家の間では不評でしたが、原作者の感受性の動きが、そのまま日本語に移し易えられたような一種独特な調子が、青年たちに、清新な印象をあたえ、在来の文章感覚に馴れた目からは、ぎこちなく整わぬものに見えた文体が、彼等の若い感受性に、新しい表現の道を示唆しました》(『明治文学史』同前)。しかし、このことをたんに偶然的な結果とみなしてはならない。二葉亭が、自分は日本語がよく出来ないから原作の意味を巧みに伝える創造的な翻訳をあきらめたというのは、例によって自虐的な言い方にすぎない。彼は、本当はそのような方法を否定したかったのである。人々は二葉亭の翻訳のユニークさ、そしてその結果の大きさに注目する。しかし、彼がもっていた認識には注目しないのだ。それに関して、私は、ベンヤミンが「翻訳者の使命」というエッセイで述べた事柄が示唆的であると考える。一九世紀にヘルダーリンによるソフォクレスの翻訳が逐語訳のひどい例とみなされてきたが、ベンヤミンはそのような翻訳を擁護し、また、ルードルフ・パンヴィッツの次の言葉を引用している。

わが国の翻訳はその最良のものすら誤った原則から出発している。それはドイツ語をインド語化、ギリシャ語化、英語化するかわりに、インド語、ギリシャ語、英語をドイツ語化しようとする。それは外国語による作品の精神にたいしてよりも自国語の慣用法にはるかに大きな畏敬を抱いている……翻訳者の原則上の誤謬は、自国語を外国語によって激しく揺り動かすかわりに、自国語の偶然的状態を墨守するところにある。翻訳者は、とくにきわめて遠い外国語から翻訳する場合には、語と像と響とが合一する言語そのものの窮極の状態《エレメンテ》にまで遡ってゆかねばならない。かれは自国語を外国語によって拡大しなければならない。(ルードルフ・パンヴィッツ『ヨーロッパ文化の危機』一九一七年。ベンヤミン『翻訳者の使命』円子修平訳、「ベンヤミン著作集」第六巻、晶文社、より)

この主張は、まさに、二葉亭が参考にしたジュコーフスキーの翻訳のやり方を全面的に否定するものである。ベンヤミン自身は、逐語的な翻訳をすべき根拠を、次のような考えに見出している。文学テクストには、言語的な形式自体がもたらし、けっして何らかの意味に還元されてしまわないような何かがある。ベンヤミンはそれを「純粋言語」die reine Sprache と呼ぶ。逐語的な忠実さが、翻訳者に、原作をたんに意味として受け取るのでなく、「純粋言語」に向かうことを強いる。そこで、ベンヤミンはつぎのようにいうのである。

もはやなにを言いなにを表現するものでもなくて、無表情な創造的な語として、あらゆる国語によって意味されるものそのものであるこの純粋言語において、竟に、あらゆる伝達あらゆる意味あらゆる志向は、そこにおいてそれらが消滅すると定められていたひとつの層に達する。そしてまさしくこの層を根拠として翻訳の自由はひとつの新しいより高次の権利であることが証明されるのである。そこからの解放こそ忠実の使命であったあの伝達される意味によって自由が存続するのではない。翻訳の自由は、むしろ、純粋言語のために翻訳の固有の言語によって自証するのである。外国語のなかに鎖されているあの純粋言語を翻訳固有の言語のなかに救済すること、作品のなかに囚えられているこの言語を改作のなかで解放することが翻訳者の使命である。この使命のためにかれは自国語の腐朽した柵を打ち破る、ルター、フォス、ヘルダーリン、ゲオルゲはドイツ語の限界を拡大したのである。(『翻訳者の使命』同前)

ルターが『聖書』をドイツの俗語で翻訳したこと、そして、それが標準的なドイツ語になったことはよく知られている。フィヒテは、ドイツ語はギリシャ語のみが比肩しうる唯一の原言語であると述べたが、そのとき彼はドイツ語が翻訳によって形成されてきたことを忘れているのだ。ドイツ語だけではない。近代のナショナルな言語はすべて翻訳を通して形成されているのである。しかし、大切なのは、なぜルターの翻訳がドイツ語を形成してしまうほどの強い影響力をもったのかということである。ベンヤミンは、ルターの『聖書』がもった影響力を、やはり、それが逐語的な翻訳であったことに見出している。そして、ルターに逐語的な faithful な翻訳を強いたのは、『聖書』という神聖なるテクストへの彼の信仰 faith である。

それは、しかし、二葉亭が逐語的な翻訳をした理由を説明するものでもある。二葉亭はいう。《文学に対する尊敬の念が強かつたので、例へばツルゲーネフが其の作をする時の心持は、非常に神聖なものであるから、これを翻訳するにも同様に神聖でなければならぬ、就ては、一字一句と雖も、大切にせねばならぬとように信じたのである》(「余が翻訳の標準」)。《ツルゲーネフはツルゲーネフ、ゴルキーはゴルキーと、各別にその詩想を会得して、厳しく云へば、行住坐臥、心身を原作者の儘にして、忠実に其の詩想を移す位でなければならぬ。是れ実に翻訳における根本的必要条件である》(同前)。

このような観点からみれば、二葉亭の逐語的な翻訳は、意味を伝達するだけでなく、それぞれの作品から、意味に囚われている「純粋言語」を、日本語において救済するということにほかならないのである。彼が日本語よりロシア語のほうがよく分ったというのは、誇張ではない。むしろ外国語だからこそ、意味に還元されない「純粋言語」を感じとろうとすることができたのである。他方で、彼の逐語的な翻訳は、まさに「自国語を激しく揺さぶる」ことにほかならなかった。若い人たち、たとえば、国木田独歩のような作家が、他の何よりも、二葉亭によるツルゲーネフの翻訳に震撼されたのはそのためである。それ以前の翻訳、あるいは、日本語によるさまざまな取り組みは、「自国語の偶然的状態をあくまで保持しようとするところ」にあったので、二葉亭の翻訳が与えたような清新さを与えなかったのである。

だが、問題は、日本の近代文学が、彼が翻訳したツルゲーネフの方向に向かってしまったことである。実は、それは、彼の『浮雲』が影響を与えなかったということと関連している。二葉亭によるツルゲーネフの翻訳は逐語訳だからこそ影響を与えた、と私は述べた。しかし、二葉亭が逐語的に翻訳したのはツルゲーネフだけでない。彼は、ゴーゴリやゴーリキーをも逐語的に翻訳しているのだ。注目すべきことは、彼のゴーゴリの翻訳の文章がある意味で二葉亭自身の『浮雲』の文体に似ているということである。さらにさかのぼっていえば、それは式亭三馬のような江戸の作家(滑稽本)と似ているのである。

二葉亭四迷はツルゲーネフを訳したが、それを好んでいたとはいえない。彼の資質は明らかに、ゴーゴリ、ドストエフスキーの線にあった。ところが、彼の翻訳が与えた影響はゴーゴリではなく、ツルゲーネフの線上においてだけであった。それは何を意味するか。明治日本の作家たちは、江戸小説とつながるサタイア的な小説ではなく、先ずリアリズム的小説を日本語で実現したかったのだ。

リアリズム小説をもたらすのは、語り手がいるのにまるでそれがいないかのように見せる話法の工夫である。たえず動くような語り手があると、固定した一点がなく時間的遠近法がなく、それゆえ、「現前性」あるいは「奥行」がなくなる。リアリズムの話法の完成された形態が「三人称客観描写」である。これはフランスでは一九世紀半ばに成立した。ロシアではツルゲーネフによって確立されたといってよい。それが二葉亭によって日本語に訳されたのである。しかし、同時期のロシアには、むしろそのようなリアリズムを拒絶した作家がいた。ゴーゴリやその「外套から出てきた」と称するドストエフスキーである。

彼らの作品はいわばルネッサンス的な小説であり、バフチンが強調したように、そこに「カーニバル的な世界感覚」が保持されている。バフチンは、イギリスの前期ロマン派文学、殊にローレンス・スターンに「カーニバル的世界感覚」が主観的な形で回復されているといっている。漱石がデフォーを嫌って、スターンやスウィフトを賞賛したことを想起しよう。こうして、ゴーゴリに親近性を覚える二葉亭四迷と、スターンに親近性を覚える夏目漱石が共鳴しあうとしても不思議ではない。そうした「カーニバル的世界感覚」は、江戸の戯作というよりももっと根本的に、「俳諧」という日本の伝統に根ざしていたのである(それについては第七章で詳述する)。

先に述べたように、西洋人が幾何学的遠近法を疑いそこからの脱出の鍵を日本の浮世絵に見出したとき、逆に日本人は油絵でリアリズム絵画を実現しようとした。たとえば、岡倉天心がフェノロサとともに東京美術学校を設立したとき西洋画派が排除されたのは、伝統主義やナショナリズムのためだけではない。それらが西洋においても高く評価されていたからである。しかし、明治三一年、岡倉は西洋派によって美術学校を追われた。それは国木田独歩が二葉亭の翻訳を長々と引用して書いた『武蔵野』を発表したのと同じころである。したがって、日本美術の領域に生じたアイロニーは共時的に文学にも生じたということができる。

二葉亭の訳したツルゲーネフの翻訳の影響力が結実したのが『武蔵野』であった。その一方で、彼の訳したゴーゴリは無視され、『浮雲』も無視された。ずっとのちにそれが最初の近代小説という評価を受けたときも、それはまだ江戸の小説の古さを引きずった過渡的な作品であると思われたのである。しかし、二葉亭四迷自身は終生そのスタンスを変えなかった。たとえば、最晩年に漱石に請われて朝日新聞に連載した『平凡』では、次のように書き始めている。

さて、題だが……題は何としよう？　此奴《こいつ》には昔から附倦《つけあぐ》んだものだッけ……と思案の末、礑《はた》と膝《ひざ》を拊《う》つて、平凡！　平凡に、限る。平凡な者が平凡な筆で平凡な半生を叙するに、平凡といふ題は動かぬ所だ、と題が極《きま》る。

次には書方だが、これは工夫するがものはない。近頃は自然主義とか云つて、何でも作者の経験した愚にも附かぬ事を、聊《いささ》かも技巧を加えず、有《あり》の儘《まま》に、だらだらと、牛の涎《よだれ》のやうに書くのが流行《はや》るさうだ。好い事が流行る。私も矢張り其《それ》で行く。

で、題は「平凡」、書方は牛の涎。

二葉亭は彼の翻訳したツルゲーネフの線上に発展した日本近代文学の主流、つまり、自然主義小説を「牛の涎」と呼んだ。そして、自然主義が全盛であった時代に、彼はある意味で『浮雲』と同じようなスタイルで同じような経験を書いたのである。そして、彼は最後に、この自伝的小説を徹底的に「滑稽本」に変えてしまう。《二葉亭が申します。此稿本は夜店を冷かして手に入れたものでござりますが、跡は千切《ちぎ》れてござりません。一寸《ちょっと》お話中に電話が切れた恰好でござりますが、致方がござりません》。すなわち、彼自身は『浮雲』あるいはゴーゴリの線上にありつづけたのである。

第3章　告白という制度

1

中村光夫に代表される日本の批評家たちはつねに私小説を標的としてきた。私小説では主人公と作者が同一人物であるという了解が前提されている。このことが作品を自立的な世界たらしめることを不可能にしてきたと、批評家たちは口を揃えていうのである。そして、そのきっかけを作ったのは、田山花袋の『蒲団』(明治四〇年)であったというのが通説である。花袋が『蒲団』によって衝撃を与えたのは、妻子ある中年の作家が若い女弟子に対して愛欲で悩む姿を、作者自身の体験であると見られるように書いたからである。それは、前年に発表された島崎藤村の『破戒』が開いた近代的なフィクションの可能性を閉じ、それを「私小説」の方向にゆがめてしまった。それが近代文学史の常識である。

しかし、なぜ『蒲団』が大きな影響を与えたのか。この問題は二つの観点から考えられる。一つは、表現の形式である。なぜ実際はそうでもないのに、この作品は作者と主人公を同一視させる効果をもたらしたのか。西洋の近代小説の歴史をふりかえるならば、作家たちが物語を真実らしく見せようとさまざまな工夫をしてきたことは明らかである。一人称で書く日記や告白録、あるいは古文書を装うなど。中村光夫は、西洋の小説において告白が虚構として書かれてきたというが、本当は、虚構を真実のようにみせかけるために告白という形態が用いられたというべきなのだ。それがリアリズムなのである。

たとえば、森鷗外の『舞姫』(明治二三年)は「余」という一人称で書かれている。その結果として、これはこれまでの物語にはなかったようなリアリティを与えた。しかし、一人称で書かれているからといって、これは私小説ではないしその先駆けでもない。森鷗外は三人称で書く話法をもちえなかったがゆえに、一人称で書いたのである。一方、私小説はむしろ「三人称客観」が確立されたころに生じたといってよい。実際、田山花袋の『蒲団』は島崎藤村の『破戒』のあとに書かれたのである。『蒲団』では、一人称(私)ではなく三人称(彼)で書かれている。むろん、これは「三人称客観」と似て非なるものである。「三人称客観描写」においては、すべての人物が透視できるようになっている。ところが、『蒲団』の三人称においては、主人公以外は透視できない。ここでは、三人称で書かれながら、実際は一人称と同じであるような書き方がとられている。いいかえれば、三人称客観描写を形の上で受け入れながら、それを斥けるところに、私小説が始まっている。

そこから見ると、日本における私小説の批判者たちは、いわば三人称客観の小説を書けといってきたことになるだろう。しかし、日本で私小説が強くなっていったことを、たんに西洋的な基準から見て逸脱であるとか歪みであるとかいって片づけることはできない。というのは、西洋においても、三人称客観描写に対する疑いが生じたからである。その典型はサルトルがモーリアックについてのべた批判に見られる。[1] サルトルの批評はその後にフランスで「アンチロマン」を生み出した。一方、日本の作家らが私小説に向かったのは「三人称客観描写」を実現すると同時に、それを虚偽として否定したからである。その意味では、「私小説」は一種の「アンチロマン」であるといってよい。したがって、芥川龍之介はそれを「話のない小説」として評価したのである。(第六章その二を参照)。

『蒲団』が与えた影響は、表現の形式だけではなく、表現の内容にももとづいている。たとえば、独歩は『欺かざるの記』という告白録(明治二六―三〇年)を書いた。それに関して、中村光夫はつぎのように述べている。

> 独歩は後の花袋などとちがって、かれの実生活の直写と見られるような作品はほとんどなく、彼の日記である「欺かざるの記」は小説に数えられていません。しかしこの時期の作品には、彼の生活でなくても、精神がよく現れていて、人間としての独歩がそこに躍如としています。この仮構による自己表現は、彼と同時代に仕事をした眉山、風葉、天外などの作家がもたなかった特色であり、彼が少し長命であったら、我

国の自然主義文学は、もっと想像力を自在に駆使した小説を数多く残しえたのではないかと思われます。(『明治文学史』同前)

『欺かざるの記』は独歩の「日記」であり、「実生活の直写」である。そこには、彼が佐々城信子と結婚し、わずか五ヵ月後に逃げられてしまう過程が詳細に書かれている。ところが、中村光夫はむしろそこに「仮構による自己表現」を見ている。なぜだろうか。おそらくそこに「肉欲」が書かれていないからである。中村がいうように、独歩はこの過程を「生活」ではなく「精神」として記述しているのだ。しかし、独歩自身がこのような態度を放棄するにいたった。彼は明治三六年『悪魔』、『女難』、『正直者』を書いた。それらを評して、田山花袋は「国木田君は肉欲小説の祖である」(「自然の人独歩」)と書いたのである。かくして、独歩は『欺かざるの記』の時期のロマン主義から自然主義に移行したといわれる。

しかし、「肉欲小説の祖」は『欺かざるの記』の告白に始まっている。すなわち、「肉欲」とはキリスト教的な告白において存在するにいたった何かなのである。たとえば、独歩が「洋装せる元禄文学」とけなした尾崎紅葉の小説はもっぱら情欲の世界を描いているが、そこに「肉欲」は存在しなかった。告白すべき「肉欲」は、むしろ紅葉的な情欲の世界を抑圧することによってこそ形成されたというべきなのである。田山花袋の『蒲団』は、明らかにこのような系譜においてある。

花袋はこう回想している。《……私も苦しい道を歩きたいと思つた。世間に対して戦ふと共に自己に対しても勇敢に戦はうと思つた。かくして置いたもの、壅蔽《ようへい》して置いたもの、それを打明けては自己の精神をも破壊されるかと思はれるやうなもの、さういふものをも開いて出して見ようと思つた》(『東京の三十年』)。ところで、『蒲団』では、まったくとるにたらないことが告白されている。たぶん花袋はこんなことよりもっと懺悔に値することをやっていたはずである。しかし、それを告白しないで、とるにたらないことを告白するということ、そこに近代小説における「告白」というものの特異性がある。

島村抱月は、「無論今までにも、斯かる方面は前に挙げた諸家の外、近時の新作家中にも之れに筆を着けたものが無いではない。併しそれ等は多く醜なる事を書いて心を書かなかつた。『蒲団』の作者は之れに反し醜なる心を書いて事を書かなかつた」(「『蒲団』を評す」)と評している。つまり、花袋が告白したのは醜なる「事」ではなく「心」であり、本当は在りもしなかったことなのだ。だが、どうしてそれが「打明けては自己の精神をも破壊されるかと思はれるやうなもの」となるのだろうか。むしろ、花袋が告白しようとした「かくして置いたもの」は、すでに告白という制度によって存在させられたものだというべきではないのか。あるいは「自己の精神」なるものこそ、告白という制度によって存在させられたものではないのか。

花袋は「真実」を書こうとしたのだが、すでに「真実」そのものが告白という制度のなかで可視的となったのである。「自己の精神」はアプリオリにあるのではない。これもまた告白という制度によって作り出されたのだ。「精神」なるものはいつもその物質的な起源を忘れさせるのである。

花袋の『蒲団』によって、日本の小説の方向がねじまげられたという説をかりに認めてもよい。しかし、ねじまげられなかったらどうだったというのか。批評家たちが夢想してきた、日本の小説のありうべき正常な発達は、はたして正常なのか。もし、彼らが範とする西洋の正常さが、それ自体異常だとすればどうなのか。日本の「私小説」の異常さがむしろそこからはじまっているとすればどうなのか。

花袋は「心」を書いて「事」を書かなかったと、島村抱月はいう。しかし、そのような「心」ははじめから在るのではなく、存在させられたのである。〈「姦淫するなかれ」と云へることあるを汝等きけり。されど我は汝らに告ぐ、すべて色情を懐きて女を見るものは、既に心のうち姦淫したるなり〉(「マタイ伝」)。ここには恐るべき転倒がある。姦淫するなというのはユダヤ教ばかりでなくどんな宗教にもある戒律であろうが、姦淫という「事」ではなく「心」の問題にしたところに、キリスト教の比類のない倒錯性がある。もしこのような意識をもてば、たえず色情を看視しているようなものである。彼らはいつも「内面」を注視しなければならない。「内面」にどこからか湧いてくる色情を見つづけねばならない。しかし、「内面」こそそのような注視によって存在させられたのである。さらに重要なことは、それによって「肉体」が、あるいは「性」が見出されたということである。

この「肉体」はすでに貧しい。自然主義者があばきたてたような肉体は、すでに「肉体の抑圧」の下にある。キリスト教に対して肉体あるいは性を解放しようとしても、すでにそれ自体が「肉体の抑圧」の下にある。たとえば、アントナン・アルトーは、「バリ島の演劇」をみて次のようにいっている。《……俳優たちは、衣裳の助けを借りて動きまわる象形文字そのものを構成する。そして、この三次元の象形文字が今度は、ある一定数の身ぶり、神秘な徴しによって飾られる。そして、その神秘な徴しは、われわれ西欧人がまったく抑圧してしまった夢幻的でほの暗いなにかの現実に呼応している》。アルトーは、西欧における「肉体の抑圧」について語っている。どんなに肉体があからさまに出されても、なおそのこと自体が「肉体の抑圧」の結果なのである。だが、われわれはアルトーのようにはるか彼方をのぞきこむ必要はない。たんに江戸時代の演劇をみればよいからである。

花袋の『蒲団』がなぜセンセーショナルに受けとられたのだろうか。それは、この作品のなかではじめて、「性」が書かれたからだ。つまり、それまでの日本文学における性とはまったく異質な性、抑圧によってはじめて存在させられた性が書かれたのである。この新しさが、花袋自身も思わなかった衝撃を他に与えた。花袋は「かくして置いたもの」を告白したというのだが、実際はその逆である。告白という制度が、そのような性を見出さしめたのだから。精神分析という告白の技術が「深層意識」を実在させたように。

ミシェル・フーコーはこういっている。

> キリスト教の悔悛・告解から今日に至るまで、性は告白の特権的な題材であった。それは、人が隠すもの、と言われている。ところが、もし万が一、それが反対に、全く特別な仕方で人が告白するものであるとしたら？　それを隠さねばならぬという義務が、ひょっとして、それを告白しなければならぬという義務のもう一つの様相だとしたなら？　（告白がより重大であり、より厳密な儀式を要求し、より決定的な効果を約束するものとなればなるほど、いよいよ巧妙に、より細心の注意を払って、それを秘密にしておくことになる。）もし性が、我々の社会においては、今やすでに幾世紀にもわたって、告白の誤つことなき支配体制のもとに置かれているものであるとしたなら？　すでに述べた性の言説化と、性現象の多様性の分散と強化は、恐らく同じ

一つの仕掛けの二つの部品なのである。それらは、人々に性的な特異性の──それがどれほど極端なものであっても──真実なる言表を強要する告白というものの中心的な要素のお蔭で、この仕掛けのなかに有機的に連結されているのである。ギリシャにおいて、真理と性とが結ばれていたのは、教育という形で、貴重な知を体から体へと伝承することによってであった。性は知識の伝授を支える役割を果たしていたのである。我々にとっては、心理と性とが結ばれているのは、告白においてである、個人の秘密の義務的かつ徹底的な表現によってである。しかし今度は、真理の方が、性と性の発現とを支える役を果たしている。（『知への意志』渡辺守章訳、「性の歴史I」、新潮社）

2

田山花袋の『蒲団』が、もっと西欧的な小説の形態をとった島崎藤村の『破戒』よりも影響力をもちえた理由はここにある。すなわち、告白・真理・性の三つが結合されてあらわれたからである。これを西洋的な文学の歪曲ということができようか。そこには、西洋社会そのものを編成してきたある転倒力が、露骨に出現しているというべきである。

さきに私は表現さるべき自己あるいは内面がアプリオリにあるのではなく、それは一つの物質的な形式によって可能になったのだと述べ、そしてそれを「言文一致」というシステムの確立においてみようとした。「言文一致」の成立過程をみると、それが従来の「言」でも「文」でもない「文」を形成するということ、そして確立されるやいなやそのことが忘却されてしまうことがわかる。ひとびとはたんに「言」を「文」に移すのだと考えはじめるのだ。同じことが告白についていえる。告白という形式、あるいは告白という制度が、告白さるべき内面、あるいは「真の自己」なるものを産出するのだ。問題は何をいかにして告白するかではなく、この告白という制度そのものにある。隠すべきことがあって告白するのではない。告白するという義務が、隠すべきことを、あるいは「内面」を作り出す。そして、そのこと自体がまったく忘れられるのである。

　明治四十年代に、田山花袋や島崎藤村が告白をはじめる前に、すでに告白という制度、いいかえれば、「内面」をつくり出すようなシステムが知識人の間に存在していた。具体的にいえば、それはキリスト教である。国木田独歩の『欺かざるの記』がキリスト教徒としての告白であったことはいうまでもない。花袋や藤村らが一時期キリスト教に入信したという事実は重要である。それは彼らにとってキリスト教がはしかのようなものだったとしても、むしろそうだったからこそ重要である。それがキリスト教であることが忘れられたときにこそ、キリスト教的な転倒は活きてくるのだ。正宗白鳥はこう記している。

欧州諸国を旅行して気づいたことの一つは、基督教の勢力であつた。基督教を外にして、欧州の過去の芸術も文学も理解されないことは、かねて知つてゐたが、実際その地を踏んでみると痛切に感ぜられる。今日は、科学の進歩につれて、過去の迷信から解放されてゐると言はれてゐるが、果してさうだらうか。一部の識者は別として、全体には、心の底に宗教の影を宿してゐるらしく私には思はれる。多数の通俗映画を見ても宗教臭が感ぜられるが、芝居を見ても宗教の色が、我々異国人には目立つのだ。しかし、西洋模様の明治の日本文壇には宗教も素通りして、さしたる痕跡も留めなかつた。「見神の実験」なんかを説いた綱島梁川氏の思想も、文壇には受入れられなかつた。微温的な人道主義が基督教に似通つた色を帯びて、いろ〳〵な作家の作品に現はれてゐるだけである。……私はかねてさう思つてゐた。ところが、この頃考直して見ると、透谷・独歩・蘆花、それから、自然主義時代の人々が、懐疑、懺悔・告白などの言葉を口にし、またさういふことに頻りに心を労したのは、西洋宗教の刺激によるのではあるまいか。精神上の懐疑だの懺悔だのは、宗教から解放されてゐる人間には起らない訳だと、私には思はれる。(「明治文壇総評」)

たとえ一過的なものであったとしても、明治の文学者の出発点にキリスト教の衝撃があったということは否定できない、と正宗白鳥は冷静にふりかえっている。また、白鳥は、西欧社会は一見キリスト教からはなれていても、実は隅々までキリスト教によって組織されているのではないかということを示唆している。実際、キリスト教の「影響」という視点をとるならば、われわれの視野は限定されてしまうほかない。むしろ、西洋の「文学」は総体として、告白という制度によって形成されてきたのであり、キリスト教をとろうととるまいと、「文学」に感染するや否やそのなかに組み込まれてしまうというべきである。むろんそれが「キリスト教的文学」である必要はまったくない。

たとえば、北村透谷は「粋《いき》を論じて「伽羅枕《きゃらまくら》」に及ぶ」のなかで、尾崎紅葉の小説さらに徳川時代の文学には「粋」はあるが、「恋愛」が欠けているという。(2) 「粋」とは遊廓内に成長した観念であり、「当時の作家は概ね遊廓内の理想家にして、且つ遊廓場裡の写実家なりしなり」という。「粋」とは、したがって、恋愛のように溺れるものではない。

次に粋道と恋愛と相撞着すべき点は、粋の双愛的ならざる事なり。抑《そもそ》も粋は迷はずして恋するを旨とする者なり、故に他を迷はすとも自らは迷はぬを法となすやに覚ゆ。

若し自ら迷はゞ粋の価値既に一歩を退くやの感あり。迷へば癡《ち》なるべし、癡なれば如何にして粋を立抜く事を得べき。粋の智は迷によりて已に失ひ去られ、不粋の恋愛に墜つるをこそ粋の落第と言はめ。故に苟《いやし》くも粋を立抜かんとせば、文里が靡《なび》かぬ者を遂に靡かす迄に心を隠かに用ひて、而して靡きたる後に身を引くを以て最好の粋想とすべし。我も迷はず彼も迷はざる恋も粋なり、彼迷ひ我迷はざる間も或は粋なり、然れども我も迷ひ彼も迷ふ時、既に真の粋にあらず。（「粋を論じて「伽羅枕」に及ぶ」）

しかし、透谷がいう「恋愛」はけっして自然なものではない。たしかに「粋」は不自然だが、「恋愛」もまた同じである。古代日本人に「恋」はあったが恋愛はなかった。同じように、古代ギリシャ人もローマ人も「恋愛」を知らなかった。なぜなら、「恋愛」は西ヨーロッパに発生した観念だからである。ドニ・ド・ルージュモンが『西欧と愛』のなかでいっていることはやや疑わしいが、確実なのは、西欧の「情熱恋愛」がたとえ反キリスト教的なものであっても、キリスト教のなかでこそ発生しえた「病気」だということである。とすれば、すでに「恋愛」にとらわれた者が、その内面を〝自然〟として観察するとき、実はそうとは知らずに、キリスト教的に転倒された世界を、〝自然〟として受けとっているのだ。

事実上、北村透谷がそうであるように、「恋愛」はキリスト教教会の内部や周辺でひろがった。若い男女が教会に集ったのは、信仰のためか恋愛のためか区別しがたいほどである。さらに、西洋の「文学」を読むことそれ自体が「恋愛」をもたらす。教会にかわって、「文学」に影響をうけた人たちが恋愛の現実的な場を形成していった。花袋の『蒲団』にあらわれる文学少年・少女たちがその例である。恋愛は自然であるどころか、宗教的な熱病である。キリスト教に直接触れなくても、「文学」を通してそれは浸透する。

しかし、キリスト教はもっと直接的に「近代文学」の源泉にあったということができる。『文学界』同人や田山花袋・国木田独歩らがキリスト教徒だったことはいうまでもない。正宗白鳥がいうように、明治二十年代に、キリスト教は、昭和初期のマルクス主義と同じような影響力をもったのである。ニーチェはいっている。《キリスト教は病気を必要とする。ギリシア精神が健康の過剰を必要とするのとほぼ同様に、――病気ならしめるということが教会の全救済組織の本来の底意である》(『反キリスト者』原佑訳、「ニーチェ全集」第一三巻、理想社)。明治の文学史をたどっていくと、明治二十年代に急激に「病気」があらわれていることがわかる。たとえば、坪内逍遥の『小説神髄』にも、福沢諭吉の著作にも「病気」はうかがわれない。日本の「近代文学」は、〝近代化〟する意志とは異質な源泉からはじまったのだ。われわれはそれを文字通り〝教会〟のなかにみることができる。

くりかえしていうが、私はキリスト教の「影響」を論じたいのではない。影響さるべく待ち構えている精神状態なしに、影響はありえない。問題はむしろ、なぜこの時期にキリスト教しかもプロテスタンティズムが影響力をもったかということにある。それについて考えるためには、どんな人間がキリスト教に向かったかをみればよい。

3

たとえば、平岡敏夫は、『日本近代文学の出発』(紀伊國屋書店)を、山路愛山の「精神的革命は時代の陰より出づ」ということばから書きはじめている。愛山は、自身をふくめて、植村正久、本多庸一、井深梶之助などの明治のキリスト教徒がすべて旧幕臣の子弟であることに注目している。《新信仰を告白して天下と戦ふべく決心したる青年が揃ひも揃うて時代の順潮に棹すものに非ざりしの一事は当時の史を論ずるものの注目せざるべからざる所なり。彼等は浮世の栄華に飽くべき希望を有せざりき。彼らは俗界において好位置を有すべき望少かりき》(『現代日本教会史論』明治三八年)

平岡敏夫が重視するのは、事実として、「精神革命」をめざした青年たちが佐幕派の士族の子弟であり、平民ではなかったということである。つまり「精神的革命」は、平民と変らぬ、あるいはそれ以下の状態にありながら、その意識において平民たりえなかった士族から生じたのであり、平民から生じたのではないということである。この指摘は重要である。

「あらゆる宗教の中で、キリスト教のみが、心の内側から働く。キリスト教こそは、異教が多くの涙を流して探り求めていたものである」と、内村鑑三は書いている。しかし、それが心の内側から働いたのは、明治体制から疎外された旧士族においてである。渡来したキリスト教(新教)に敏感に反応したのはもはや武士ではありえない武士、しかも武士たることにしか自尊心のよりどころを見出しえない階層である。キリスト教がくいこんだのは、無力感と怨恨にみちた心であった。新渡戸稲造の『武士道』をはじめとして、武士道がキリスト教に直結して行くものとしてとらえられたのは偶然ではない。なぜなら、彼らはキリスト教徒であることによって、「武士」たることを確保しえたからである。そして、それが明治のキリスト教がそれ自体としてはけっして大衆化しえなかった理由でもあった。

私はついに我を折って神学生になる決心をしたのは、長い、恐ろしい苦悶の後のことだった。すでにしるした通り、私は武士の家に生まれたものである。武士は、すべての実際家と同じく、学問をもてあそぶことや感傷にふけることを、いかなる種類のものにせよ、さげすむ。そして普通の場合、僧侶以上に非実用的なものがあろうか。彼らがこの忙しい社会に提供する商品は、彼らが情緒と呼ぶものである。――このあやふやな、有って無きがごときものは、この世の中の一番のなまけ者も製造することができるものだ。――彼らはそれと引きかえに、食物、衣服、その他の、現実的、実質的な価値のある品物を得るのである。ゆえに、僧侶は人のなさけにすがって生きると言われる。そして、われわれは、生活の手段として、人のなさけにすがるよりは剣にたよる方がはるかに名誉だと信じて来たのである。(『余はいかにしてキリスト信徒となりしか』山本泰次郎・内村美代子訳、角川文庫)

しかし、実際は、江戸時代の平和な時期に、武士はもはや「剣にたよって」生きていたのではない。武士もまた「あやふやな、有って無きがごとき」存在にほかならなかったのであり、その存在理由を確立するためにこそ「武士道」の理念が必要とされたのである。そして、それが通用しえたのは、封建制度が存在するかぎりにおいてである。彼らの「名誉」は実は物質的基盤に支えられていた。封建制度が崩壊するやいなや、武士が「あやふやな、有って無きがごとき」存在であることが露呈する。「名誉」を支えるものはどこにもない。彼らは彼ら自身で立っていると信じていたが、その根拠などありはしないのである。

武士道の倫理は、あくまで「主人」の倫理である。現実的に「主人」でありえないとき、「主人」たらんとするにはどうすればよいか。武士道がそのままキリスト教に転化していった過程は、ある意味で古代ローマ帝国の貴族・知識人層にキリスト教が浸透していった過程に類似している。彼らはある不安におそわれていた。この不安は、ウェーバーが指摘するように奴隷制経済の行きづまりに対応するものだが、彼らはストア派・エピクロス派・懐疑論のように、「現実世界の一切に対して精神を無関心なものとするということをめざした」(ヘーゲル)のである。

キリスト教がもたらしたのは、「主人」たることを放棄することによって「主人」(主体)たらんとする逆転である。彼らは主人たることを放棄し、神に完全に服従することによって「主体」を獲得したのである。明治の没落士族をキリスト教が震撼させたのは、この転倒にほかならなかった。たとえば、西田幾多郎や夏目漱石のように禅によって、すなわち「精神を無関心なものとする」ことによって煩悶をのりこえようとした者がいなかったわけではない。しかし、やはりキリスト教だけが彼らの「新生」を可能にしたといってよい。

注目すべきことは、このような「主体」確立の弁証法でありダイナミズムである。近代的な「主体」ははじめからあるのではなく、一つの転倒としてのみ出現したのだ。一九世紀西洋の近代思想をどんなにとりいれても、このような「主体」は出てこない。平板な啓蒙主義にはこの転倒が欠けている。今日の眼からみて「近代文学」とみえるものが例外なしにキリスト教を媒介していることは、影響といったような問題ではない。そこには「精神的革命」があったのであり、しかもそれは「時代の陰」、すなわちあるルサンチマンにみちた陰湿な心性から出てきたのだ。しかも、「愛」が語られたのは、まさに彼らからなのである。

彼らは「告白」をはじめた。しかし、キリスト教徒であるがゆえに告白をはじめたのではない。たとえば、なぜいつも敗北者だけが告白し、支配者はしないのか。それは告白が、ねじまげられたもう一つの権力意志だからである。告白はけっして悔悛ではない。告白は弱々しい構えのなかで、「主体」たること、つまり支配することを狙っている。内村鑑三はつぎのようにいっている。

私は自分の日記を「航海日誌」と呼んでいる。それは、このあわれな小舟が、罪と涙と多くの悲哀とを通過して、上なる天を目ざして進む、日ごとの進歩を記録したものだからである。あるいは「生物学者の写生帳」と呼んでもよい。一個の霊魂が、種から成長して熟した穀物になるまでの、発生学的成長に関する、形態学上と生理学上のあらゆる変化が、ここに書きとめられているからである。このような記録の一部が今、公にされるのである。読者はそれから、何なりと、思いのままの結論を引き出すことができるであろう。（同前）

これを謙虚な態度とみてはならない。私は何も隠していない、ここには「真実」がある……告白とはこのようなものだ。それは、君たちは真実を隠している、私はとるに足らない人間だが少くとも「真実」を語った、ということを主張している。キリスト教が真理だと主張するのは神学者の理窟である。しかし、ここでいわれている「真実」は有無をいわさぬ権力である。

告白という制度を支えるのは、このような権力意志である。私はどんな観念も思想も主張しない、たんにものを書くのだと、今日の作家はいう。だが、それこそ「告白」というものに付随する転倒なのである。告白という制度は、外的な権力からきたものではなく、逆にそれに対立して出てきたのだ。だからこそ、この制度は制度として否定されることはありえない。また、今日の作家が狭義の告白を斥けたとしても、「文学」そのものにそれがある。

「主体」の確立におけるダイナミックスは、内村鑑三において典型的に示されている。(3)内村は、札幌農学校で上級生たちから「イエスを信ずる者の誓約」に強制的に加入させられた。しかし、彼はそれまで悩んでいた問題から一挙に解放されたのである。彼は信心深い子供で神々の禁止に忠実であろうとしていたが、「神が多種多様なため、それぞれの神の要求が矛盾衝突して、一つ以上の神を満足させねばならぬ場合、良心的な人間の立場は悲惨なものになってしまう。こんなにも多くの神々を満足させ、またなだめなければならなかったから、しぜん私は、いらいらした、臆病な子供であった。私は、どの神にもささげられる一般用の祈禱文を組み立てた」。このような少年にとって、キリスト教的一神教がもった「実際上の利益」は目ざましいものだった。

4

以前の私は、一つの神社が目に入るや否や、心の中で祈りをささげるために会話を中断するのが習いだったのに、今は登校の途中も愉快に談笑をつづけながら歩くからである。私は「イエスを信ずる者」の誓約に強制的に署名させられたことを悲しまなかった。一神教は私を新しい人にした。私は再び豆や卵を食べはじめた。私はキリスト教を理解しつくしたと思った。唯一の神という考えはそれほど霊感的だったのである。この新しい信仰のもたらしたこの新しい精神的自由は、私の心身に健全な影響をもたらし、私は一段と勉強に努力を集中するようになった。自分の身体に新しく授けられた活動力に狂気しながら、野となく山となく当てもなく歩きまわり、谷間に咲くゆりの花、大空に舞う鳥を観察して、天然を通して天然の神と語ろうとした。(同前)

多神教から一神教への転換がこれほど劇的に描かれている例を私はほかに知らない。一神教によって、自然ははじめてただの自然としてあらわれたのであり、内村ははじめて「精神的自由」を、あるいは「精神」そのものを獲得したのである。右の条りだけをとりだせば、それはキリスト教というよりは旧約的である。また、ある意味で、これは「風景の発見」である。自然はそれまでさまざまな禁忌や意味におおわれていたのに、唯一神の造化としてみられたとき、ただの自然となる。そのような自然(風景)は、「精神」において、いいかえれば「内なる世界」においてのみ存在しうるのである。私は先に、国木田独歩――彼もキリスト教徒だった――における「風景の発見」について語ったが、まず内村鑑三を例にあげるべきだったろう。つまり、日本における「風景の発見」は、一種の「精神的革命」によってもたらされたのである。国木田独歩に関して、ロマン派か自然主義派かという議論が空しいのは、それらが西洋の文学史においてのみ意味をもつ表層の区別でしかないからだ。たとえば、ロマン派的な汎神論は一神教の裏返しであって、多神論とはちがう。右の内村の文にある「天然の神」への賛歌はほとんど汎神論的であるが、むろんそれは一神教への転回によって可能なのである。

内村鑑三にとって、一神教が決定的に重要であった。現実のキリスト教は諸派にわかれて争っている。それはいわば多神論における神々の葛藤に似ており、彼はそれを一神教によってのりこえてしまう。すなわち彼は無教会派を提唱したのである。いかなる宗派からも独立した彼のキリスト教が旧約的になるのは当然である。実際彼はイエスよりも予言者エレミアにひかれていた。

全巻を通じて一つの奇跡をも行なわぬ人間エレミアが、人間のあらゆる強さと弱さとをむき出しにした姿で、私の前に示されたのである。「偉人はすべて予言者と呼ばるべきではあるまいか」と私は独語した。そして異教国なる祖国の偉人たちを一人残らず思い出して、その言行をエレミアと比較考量し、次の結論に達した。すなわち、エレミアに語りたもうたと同じ神は、わが同胞の中のある者にも語りたもうたのであ

る。（同前）

『代表的日本人』はこの観点から書かれている。また、彼の非戦論も、「いかにして祖国を救うかについては予言者たちに学んだ」ということに発している。彼は唯一神の前に立つことによって、日本国からも「キリスト教国」からも独立しようとした。逆にいえば、いかなる意味でも服従することを拒む彼の武士的独立心は、唯一神に対する服従によって絶対的な「主体」たることを得たのである。内村による転倒はもっとも激烈だった。したがってまた、彼のキリスト教は、次の世代に最も大きな影響を与えたのである。「主体」はこのような転倒のなかでしか在りえない。明治二十年代の文学はそれをよく示している。主観（主体）―客観（客体）という近代的な認識論はいまや自明にみえるが、この自明さにこそ転倒がおおいかくされている。主体（主観）は、内村鑑三が示すように、多神論的な多様性の抑圧において成立する。いいかえれば、それは「肉体」の抑圧にほかならない。注意すべきことは、それがただの肉体の発見でもあったことである。明治二十年代から三十年代初めにかけてキリスト教的だった人たちが、やがて自然主義に向かっていったのは不思議ではない。彼らが見出した肉体あるいは欲望は、「肉体の抑圧」において存在するものだったからだ。

例外は志賀直哉である。重要なのは、彼が内村鑑三の門下生だったことであり、さらに内村との格闘によって小説家になっていったことである。志賀は、その経験をつぎのように書いている。

基督教に接する迄は精神的にも肉体的にも延び〳〵とした子供でした。運動事が好きで、ベイスボール、テニス、ボート、機械体操、ラックロース、何でも仕ました。（中略）

然し学問の方はそれだけに怠けて居ました。夕方帰つて来ると腹が空ききつて居ますから、六杯でも七杯でも食ふ。で、部屋に入ればもう何をする元気もない、型ばかりに机には向つても直ぐ眠つて了ふと云ふ有様です。これが当時の日々の生活でした。それが基督教に接して以来、全《まる》で変つて了ひました。

基督教を信ずるやうになつた動機と云へば、極く簡単です。自家の書生の一人が大挙伝道といふ運動のあつた時に洗礼を受けたからで、これが動機の総てでしたらう。然しそれからの私の日常生活は変つて来ました。運動事は総てやめて了ひました。大した理由もありませんが、さういふ事が如何にも無意味に思はれて来たのと、一方にはみんなと云ふものと、自分を区別したいやうな気分も起つて来たからです。（中

略）

私は其晩幹事といふ男に会つて退会させて貰ふといつたのです。校風改良といふやうな事も、今日の決議のやうな、総て外側から改革して行く求心的の改良法で出来る筈のものではなく、中心に何ものかを注ぎ込んでそれから自然遠心的に改革されるべきものだ。これは或人の社会改良策の演説中にあつた句ですが私はそれをいつて、遂に脱会して了つたのです。得意でした。これは今まで味つた事のない誇《ほこり》でした。当時宗教によつて慰安されなければならぬやうないたでも何もない私にはこれが宗教から与へられる唯一のありがたい物だつたのです。皆の仕てゐる事が益々馬鹿気て見える。私は学校が済むと直ぐ帰つて、色々な本を見るやうになりました。伝記、説教集、詩集、こんなものをかなり読みました。以前も読書癖のないと云ふ方ではなかつたのですが、それは皆小説類で、真面目な本は嫌ひだつたのです。

暫くはそれでよかつたのです。然し間もなく苦痛が起つて来ました。性欲の圧迫です。（『濁つた頭』明治四四年）

このような書き方から、志賀が「真のキリスト教」に触れていないというのはたやすい。しかし、「過剰な健康」をもっていた志賀だけが、キリスト教的世界が何たるかを了解したというべきだろう。キリスト教は、「精神的にも肉体的にも」健康な男を病的な無力感に追いこんだのである。《キリスト教は猛獣を支配しようとねがうが、その手段は、それを病弱ならしめることである——弱化せしめるというのが、馴致のための、「文明化」のためのキリスト教的処方である》(ニーチェ『反キリスト者』同前)。

志賀にとって、キリスト教のなかで〝姦淫〟ということだけが真剣な問題となっている。しかし、彼にとって〝姦淫〟はたんなる性的放縦ではなく、実はこの当時ありふれていた同性愛を意味していた。そして同性愛はキリスト教のなかではじめて性倒錯となる。フロイトは幼児はすべて多形性倒錯だというが、むしろ〝倒錯〟という概念そのものがユダヤ・キリスト教によってもちきたらされたのである。精神分析の枠組はそれに基づいている。

キリスト教からみれば、「肉体」そのものが倒錯的であり、一つの肉体、すなわち「精神」に対立させられる肉体しかみとめられないのである。志賀はキリスト教に対して理論的に反撥したのではなかった。彼がそこにみたのは、多形的であり多様である肉体(欲望)を中心化させる専制主義だったといえる。彼にとって、「主体」たることは暴力的な抑圧だったのだ。他の連中が「意識」から出発したのに対して、彼にとって「意識」とはせいぜい「濁つた頭」にすぎなかった。

「近代文学」が、一つの主体・主観・意識から出発したとすれば、志賀はそのこと自体の転倒性に反撥したのである。彼は「一つの主観」を疑うところからはじめたのだ。たとえば、『クローディアスの日記』には、驚くべき「殺人」が書かれている。自分(クローディアス)は、「一度でも兄を殺さうと思つた事はない」が、ある秋の夜猟に出て納屋で兄と一緒に寝たとき、次のようなことがおこる。

其内疲労から自分は不知吸ひ込まれるやうに何か考へながら眠りに落ちて行つた。自分はそれを夢と現の間で感じながら眠りに落ちて行つた。そして未だ全く落ちきらない内に不図《ふと》妙な声で自分は気がはつとした。眼を開くと何時かランプは消えて闇の中で兄がうめいてゐる。然し其時直ぐ魘《うな》されてゐるのだなと心附いた。いやに凄い、首でも絞められるやうな声だ。自分も気味が悪くなつた。自分は起してやらうと起きかへつて夜着から半分体を出さうとした。その時どうしたのか不意に不思議な想像がふツと浮んだ。自分は驚いた。それは兄の夢の中でその咽を絞めてゐるものは自分に相違ない、かういふ想像であつた。すると暗い中にまざ〳〵と自分の恐ろしい形相が浮んで来た。自分には同時にその心持まで想ひ浮んだ。──残忍な様子だ。残忍な事をした……もう仕て了つたと思ふと殆ど気違ひのやうになつて益々烈しく絞めてかかる、其自身の様子がはつきりと考へられるのである。(中略)翌朝が何となく気づかはれたが、兄は魘された事も知らぬ様子で其日の狩の計画などを自分に話してゐた。自分もそれで安心はした。然し其想像は其後もどうかすると不図憶ひ出された。其度自分は一種の苦痛を感ぜしめられる。

自分の夢の中で兄を殺したのだとすれば、ありふれている。それが夢なのか現実なのかはっきりしないとしても、やはりありふれている。ここに書かれているのは、それとはまったく異質なのだ。彼は兄の夢のなかで兄を殺したのである。メルロー゠ポンティがあげている次の例は、志賀の発想がどんなものかを説明するように思われる。

それは小さな女の子の話なのですが、彼女はその家の女中ともう一人の女の子のそばに坐りながら、何か不安そうな様子をしているうちに、やがて不意に隣の女の子に平手打ちを食わせ、そしてその理由を聞かれたとき、意地悪で自分をたたいたのはあの子だから、と答えました。その子のひじょうに真剣な様子からすると、でっち上げの嘘を言っているとは思われません。したがって、その子は、誘発されなくても人をたたき、しかもそのすぐあとに、自分をぶったのはあの子だと説明して、明らかに他人の領分に侵入しているわけです。(中略)幼児自身の人格は同時に他人の人格なのであって、この二つの人格の無差別こそが転嫁を可能にするわけです。こうした人格の無差別は、幼児の意識構造の全体を前提とするものです。(「幼児の対人関係」滝浦静雄・木田元訳、『眼と精神』みすず書房、所収)

おそらく志賀が幼児的だとか原始人とかいわれる理由はここにある。しかし、重要なのは、志賀が、私は私であり他者は他者であるという区別に先立ってあるような身体性を感受していたことである。身体という場は、「多方向に同時に生成する関係の網目」(市川浩)としてある。《精神と身体の実体的二分法は、両者の関係はもちろん、人間とものや他者との関係を外面的関係に変え、関係的存在としての人間のあり方をおおいかくしてしまう》(市川浩「人称的世界の構造」)。

『ハムレット』にもとづいて書かれた多くの作品がそれをますます「自意識」の劇に解釈していったのに対して、志賀はそれを根本的に裏返している。ギリシャ悲劇とちがって、シェークスピアの〝悲劇〟がキリスト教的な世界にのみ成立するということを、志賀は直観的に感受していたのである。主体を主体として定立すること自体の転倒性を、志賀はみていた。内村鑑三に対する彼の関係は、たんなる一過的なはしかではなかった。またキリスト教への〝無知〟でもなく、そこには本質的な抗いがあったのだ。すでにいったように、志賀は内村鑑三のなかにある専制主義をみた。この専制主義はなによりも「肉体」に向けられていた。内村における「主体」は、多形的な、多神論的な肉体に対する専制的支配としてあったのである。

主観を一つだけ想定する必然性はおそらくあるまい。おそらく多数の主観を想定しても同じくさしつかえあるまい。それら諸主観の協調や闘争が私たちの思考や総じて私たちの意識の根底にあるのかもしれない。支配権をにぎっている「諸細胞」の一種の貴族政治？　もちろん、たがいに統治することに馴れていて、命令することをこころえている同類のものの間での貴族政治？

肉体と生理学とに出発点をとること。なぜか？　——私たちは、私たちの主観という統一がいかなる種類のものであるか、つまり、それは一つの共同体の頂点をしめる統治者である(「霊魂」や「生命力」ではなく)ということを、同じく、この統治者が、被統治者に、また、個々のものと同時に全体を可能ならしめる階序や分業の諸条件に依存しているということを、正しく表象することができるからである。生ける統一は不断に生滅するということ、「主観」は永遠的なものではないということに関しても同様である。

主観が主観に関して直接問いたずねること、また精神のあらゆる自己反省は、危険なことであるが、その危険は、おのれを偽って解釈することがその活動にとって有用であり重要であるかもしれないという点にある。それゆえ私たちは肉体に問いたずねるのであり、鋭くされた感官の証言を拒絶する。言ってみれば、隷属者たち自身が私たちと交わりをむすぶにいたりうるかどうかを、こころみてみるのである。

（以上、ニーチェ『権力への意志』原佑訳、「ニーチェ全集」第一一・一二巻、理想社）

志賀直哉が内村鑑三に対してなした反措定は、たぶん右の言葉に要約される。しかし、ニーチェがそうであったように、志賀の認識もまたキリスト教という「病気」からやってきた。彼の作品は「告白」なのであり、またそのためにしばしば非難されてきた。だが、志賀の作品を「自己絶対性」として批判するのは見当はずれである。それはいわば「自己」の多数性の世界なのだ。皮肉なことに、「私小説」と名づけられているが、それは「一つの私・主体」とは無縁な世界である。告白をしりぞけようとした者が実際は告白という制度のなかにあるとすれば、志賀は告白のなかで告白という制度と格闘したといえる。

志賀の観点からみれば、明治二十年代における認識論的な布置の組みかえがはっきりとみえる。宗教あるいは文学における主観(主体)の成立は、ある意味で、「近代国家」の成立に対応しているのである。たとえば、少年期の内村鑑三を悩ませた多神論の矛盾は、明治年代にさまざまなレベルで存在した。内村は、「君、父、師は、青年の三位一体を構成する。三者の優劣などは彼の考えのうちにはない。彼を最も悩ませる問題は、この三者が同時におぼれようとして、しかも彼にはただ一人しか救う力しかない場合に、この中の誰を救ったらよいかということである」(同前)と書いている。だが、これは封建時代にはたんに形式的な矛盾としてあったにすぎない。同じことが徳川体制そのものについていえる。そこでは、天皇、将軍、藩大名が並び立っていた。水戸学派のようにその位階性を明確化しようとした尊皇思想はあったが、事実上あいまいなままで放置されていた。矛盾はあったが現実的な葛藤にならなかったからである。

それが現実化するのはペリー来航以来であり、明治維新は天皇を主権とする体制を形成した。が、明治政府は依然として薩長勢力にすぎず、それに対立するグループが割拠していた。それは、少年内村鑑三とはべつの意味で、人々の忠誠あるいはアイデンティティの多神論的葛藤をもたらした。明治国家が「近代国家」として確立されるのは、やっと明治二十年代に入ってからである。「近代国家」は、中心化による同質化としてはじめて成立する。むろんこれは体制の側から形成された。重要なのは、それと同じ時期に、いわば反体制の側から「主体」あるいは「内面」が形成されたことであり、それらの相互浸透がはじまったことである。

今日の文学史家が、明治の文学者らの闘いを、あるいは「近代的自我の確立」を評価するとき、もはやそれはわれわれを浸しているイデオロギーを追認することにしかならない。たとえば、国家・政治の権力に対して、自己・内面への誠実さを対置するという発想は、「内面」こそ政治であり専制権力なのだということを見ないのだ。「国家」に就く者と「内面」に就く者は互いに補完しあうものでしかない。

明治二十年代における「国家」および「内面」の成立は、西洋世界の圧倒的な支配下において不可避的であった。われわれはそれを批判することはできない。批判すべきなのは、そのような転倒の所産を自明とする今日の思考である。それは各々明治にさかのぼって、自らの根拠を確立しようとする。それらのイメージは互いに対立しているが、「対立」そのものが互いに補完しあいながら、互いの起源をおおいかくすのである。「文学史」はたんに書きかえられるだけでは足りない。「文学」、すなわち制度としてたえず自らを再生産する「文学」の歴史性がみきわめられねばならないのである。

第4章　病という意味

1

「真白き富士の嶺《ね》緑の江の島／仰ぎ見るも今は涙／帰らぬ十二の　雄々しきみ霊に／捧げまつらん胸と心」という唱歌は、一昔前ならだれでも知っていた。また、この歌がもとづく「七里ヶ浜事件」も雄々しく可憐な話として知られていた。それは、明治四一年一月、七里ヶ浜で逗子開成中学の六人の学生がボートで遭難死した事件である。しかし、宮内寒弥の小説『七里ヶ浜——或る運命』(新潮社)を読むまで、私はこの事件が実際はどのようなものだったかを考えてみたこともなかった。

この事件がおこったとき、中学の学生寮舎監だった石塚教諭は責任をとって辞職した。この小説は、その後岡山へ流れて行き、そこで結婚し養家の名に改姓したこの教師の息子——今は年老いた無名作家である——が、この事件を解明するというかたちをとっている。それによれば、事実は、たちの悪い六人の中学生が海鳥をうち殺してその肉で蚕食会を楽しむために、舎監の不在を利用して無断で舟出して遭難したということらしい。不在だった舎監が一応責任を問われるのは当然である。しかし、今日でもよくありそうなこの事件が一夜にして神話化されるためには、それ以上の契機がなければならない。たとえば、デモにおける学生の死が一夜にして革命的な死として神話化される場合、べつに不可解なところはない。が、この事件の神話化には、ある不透明な転倒がひそんでいる。

具体的にいえば、この事件は、告別式において、鎌倉女学校教諭三角錫子が作詩し、新教聖歌「われらが家に帰る時」の曲に合わせて女学生たちによって歌われた、右の歌によってにわかに変形されべつのレベルに転移させられたのである。どこにでもいる無鉄砲な中学生の愚行をみごとに美化してしまう、社会的な神話作用はどのようなものだったのか。さしあたっていえるのは、この神話作用がキリスト教的な歌——言葉と音楽——によっていることだ。あるいは、この事件——遭難死という「事実」をのぞいて——を構成しているのは徹頭徹尾「文学」なのだといってよい。

むろん宮内寒弥は必ずしもそれを目ざしているわけではないが、彼の解釈はこの神話化にひそむ淫靡な倒錯をあばきだしている。彼の解釈では、この事件は「真白き富士の嶺……」を作詩した女教師三角錫子のピューリタニズムと自己欺瞞にもとづいている。三九歳の錫子は結核の治療のため鎌倉に転地しそこで教師をしているのだが、「健康のために」結婚を希望する。この「健康のため」という理由づけがどれほど自己欺瞞的かということに彼女はむろん気づいていない。石塚との縁談をとりもった生徒監が、舎監の石塚を鎌倉にひきとめて相談しているあいだに、事故がおこった。一〇歳年少の石塚はこの縁談を承諾するが、事件後、彼女は石塚を無視する。彼はたんに責任をとるためでなく、このことに耐えられなくて辞職し世間から身をかくす。右の歌がこの女のピューリタニカルな性的抑圧の所産であることは明瞭だが、彼女だけでなく石塚の側にも、一言でいえば「文学」が機能している。

その後カラフトで中学の教師をした彼は、息子に結婚するまで小説を読まないように厳命し、その禁を破って息子がひそかに買った世界文学全集を庭で焼いてしまったりする。それに対する反撥から、息子は文学を志し、無名作家として年老いて今日にいたるのである。彼は、小説に対する父の異常な反応から、あの事件より前に父が徳富蘆花の『不如帰』につよく感化されており、逗子に住んだのも、一〇歳年長で肺病の女教師との結婚を承諾したのも、そういうロマンティシズムのためではないかと推察する。そして、『不如帰』を研究しているうちに、六人の中学生がのったボートがかつて原因不明で沈没した旗艦「松島」のものであることや、『不如帰』の浪子のモデルである大山巌陸軍元帥の長女の末弟が「松島」とともに死んだことなど、さまざまな因果の網の目で結ばれている事実を見いだすのである。そして、無名の老作家畑中は最後につぎのような心境にいたる。

何れにしても、自分がこの世に生まれて来たり、心ならずも文学志望の一生を送ったりしなければならなかったのは、小説「不如帰」に端を発した因果関係によるものだった、と考えられる。畑中は、そう信ずるようになった。そして、そう信ずることによって、自分が人生の落伍者であることが決定的となった頃から、亡父と七里ヶ浜遭難事件に対して、人知れず胸の底で燃やし続けてきた怨みの火が――急に消滅して行く思いをした。

この主人公にとってはそれですむのかもしれないし、また「七里ヶ浜事件」にそれ以上の問題があるわけではない。しかし、すべてが小説『不如帰』に発しているということを信じるようになって、「怨みの火」が消えたというとき、私はある苛立ちを禁じえない。彼はこの事件を非神話化しながら、その源泉にある「文学」の神話作用を対象化せず、はじまりから終りまで「文学」の神話に包まれていることに安堵をおぼえているのだ。むろん彼だけでなく、ほとんどの作家はそのような自覚なしにこの円環に安住しているのである。この作家は、彼の文学が「文学」によってはじまっていることに救いを見出している。彼ははじめに「文学」ありき、なのだ。はじまりとしての「文学」は派生的なものなのに、あたかもそれがはじまりであるかのようにみえるところに、「文学」の神話がある。

たしかに、この「七里ヶ浜事件」は、女教師や女学生によって、またそれを好んで受けいれたこの時代の社会によって神話化されている。しかし、ここで問題なのは当事者や社会ではなく、『不如帰』そのものである。たとえば、これは、泉鏡花の『婦系図』(明治四〇年)と並んで、明治末期に最も多く読まれた作品の一つである。これが流行したのはたんに通俗的だからではなく、ある感染力をもった転倒がそこに凝縮されていたからである。

2

周知のように、徳富蘆花の『不如帰』(明治三一―三二年)は、結核で死んでいく浪子をヒロインとする。彼女は母をやはり結核でなくし、気の強い継母にいじめられて育つ。その点で、これは日本古来の「継子いじめ」の物語を踏襲している。また、彼女は姑にいびられるのだが、これも型通りである。柳田国男が指摘したように、継子いじめの物語は、継子いじめが現にあるから書かれるのではない。現になくてもそれは好まれる。おそらくこの型は、父系的な家族制が成立したときにはじまっていると思われる。この制度の不自然さ――といっても母系制が自然だというわけではない――が、継子いじめの物語を要求するのである。この作品は、そのような型を存続させているものを否定するよりも、それにまったく依存している。「近代文学」としてみれば、二葉亭四迷、北村透谷、国木田独歩などのような鋭い転倒性はどこにもない。まったく新派の舞台にふさわしい作品である。しかし、注目すべきことは、浪子を死なせてしまうのが継母や姑や悪玉たちではなく、結核だということである。彼女を夫の武男にとって到達しがたいものにするのは、結核である。人間と人間との間の葛藤が、あるいは「内面」が彼女を孤独にするのではない。いわば眼にみえない結核菌が彼女と世界に距離をもたらすのである。いいかえると、この作品では、結核は一種のメタフォアなのだ。そして、この作品の眼目は、浪子が結核によって美しく病み衰えていくところにある。

色白の細面《ほそおもて》、眉の間やゝ蹙《せま》りて、頰のあたりの肉寒げなるが、疵《きず》と云わば疵なれど、瘠形《やせがた》のすらりと静淑《しお》らしき人品。此れや北風に一輪勁《つよ》きを誇る梅花にあらず、また霞の春に蝴蝶と化けて飛ぶ桜の花にもあらで、夏の夕闇にほのかに匂ふ月見草、と品定めもしつ可き婦人。

然れど解きても融け難き一塊の恨は深く〳〵胸底に残りて、彼が夜々吊床《ハンモック》の上に、北洋艦隊の殲滅と吾討死の夢に伴うものは、雪白の肩掛《ショール》を纏《まと》える病める或人の面影なりき。

消息絶えて、月は三たび移りぬ。彼女猶《なお》生きてありや、なしや。生きてあらん。吾が忘るゝ日なきが如く、彼も思わざるの日はなからん。共に生き共に死なんと誓いしならずや。

武男は斯く思いぬ。更に最後に相見し時を思いぬ。五日の月松にかゝりて、朧《おぼろ》々としたる逗子の夕、吾を送りて門に立出で、「早く帰って頂戴」と呼びし人は何処ぞ。思い入りて眺むれば、白き肩掛《ショール》を纏える姿の、今しも月光の中より歩み出で来らん心地すなり。

このような浪子の形姿は、典型的にロマン派のものである。ロマン派と結核の結びつきはよく指摘されているが、スーザン・ソンタグの『隠喩としての病い』によれば、西欧では一八世紀中葉までに、結核はすでにロマンティックな連想を獲得していた。結核神話が広がったとき、俗物や成り上り者にとって、結核こそ上品で、繊細で、感受性の豊かなことの指標となった。結核を病んだシェリーは、同じ病いのキーツに、「この肺病というやつは、きみのように素晴らしい詩を書く人をことさらに好むのです」と書いている。また、結核を病む者の顔は、貴族が権力ではなくなってイメージの問題になりかけた時代では、貴族的な容貌の新しいモデルとなった。

ルネ・デュボスは、「当時は病気のムードがとても広まっていたため、健康はほとんど野蛮な趣味の徴候であるかのように考えられた」(『健康という幻想』田多井吉之介訳、紀伊國屋書店)といっている。感受性があると思いたい者は、むしろ結核になりたがった。バイロンは「私は肺病で死にたい」といったし、太って活動的なアレクサンドル・デュマは、弱々しい肺病やみにみせかけようとした。

実際に社会的に蔓延している結核は悲惨なものである。しかし、ここでは結核はそれとかけはなれ、またそれを転倒させる「意味」としてある。結核が、あるいは一般に病気がこのような価値転倒をはらむ「意味」として存在したことは、日本にはなかった。のちにのべるように、それはユダヤ・キリスト教的な文脈においてのみあったのだ。西洋における結核の神話化は、たしかに近代におこっているが、この源泉は深い。

たとえば、ソンタグはこうのべている。

十八世紀にいたって(社会的、地理的な)移動が新たに可能になると、価値とか地位とかは所与のものではなくなり、各人が主張すべきものとなる。それは新しい服装観(ファッション)や、病気への新しい態度を通じて、主張された。服装(身体を外から飾る衣装)と病気(身体の内側を飾るものの一つ)とは、自我に対する新しい態度の比喩となった。(『隠喩としての病い』富山太佳夫訳、みすず書房)

『不如帰』がまきちらしたのは、まずそのようなモード・飾りだったといってよい。陸軍中将・子爵の長女浪子と、海軍少尉・男爵川島武男という二人は、イメージとしての貴族性を与えられている。さらに、西欧のサナトリウムとして有名になった地に対応して、逗子がある。「七里ヶ浜事件」の教師を魅惑したのは、そういうイメージにほかならなかった。のちには、結核を病んだ小説家堀辰雄が軽井沢をそのようにモード化するだろう。いずれにしても、結核は現実に病人が多かったからではなく、「文学」によって神話化されたのである。事実としての結核の蔓延とはべつに、蔓延したのは結核という「意味」にほかならなかった。

結核という服装を通して主張されたのは、ソンタグのいうように「自我に対する新しい態度」だといってよい。「第三の新人」にいたるまでの近代文学には、結核と文学の恥ずかしいほどの結合がある。むろん恥ずかしいのは、結核という事実ではなく、結核という意味なのだ。そして、それは『不如帰』にはじまっている。そして、ここにはロマン主義がその一部にすぎないような西洋的な「転倒」が凝縮されている。

これまでにもくりかえし述べたように、私は「文学史」を対象としているのではなく、「文学」の起源を対象としている。『不如帰』にあらわれた結核の意味づけが、あるいはそれとともに生と死に関する意味づけが、どれほど〝倒錯的〟であるかをみるためには、たとえば、ほぼ同時期に書かれた正岡子規の『病牀六尺』をみればよい。

病牀六尺、これが我世界である。しかも此六尺の病牀が余には広過ぎるのである。僅《わず》かに手を延ばして畳に触れる事はあるが、蒲団の外へまで足を延ばして体をくつろぐ事も出来ない。甚《はなは》だしい時は極端の苦痛に苦しめられて五分も一寸も体の動けない事がある。苦痛、煩悶、号泣、麻痺剤、僅かに一条の活路を死路の内に求めて少しの安楽を貪《むさぼ》る果敢《はか》なさ、其れでも生きて居ればいひたい事はいひたいもので、毎日見るものは新聞雑誌に限つて居れど、其れさへ読めないで苦しんで居る時も多いが、読めば腹の立つ事、癪《しゃく》にさはる事、たまには何となく嬉しくて為に病苦を忘るる様な事が無いでもない。年が年中、しかも六年の間世間も知らずに寝て居た病人の感じは先づこんなものですと前置きして……

ここには、ロマン派的な結核のイメージはまったくない。また、子規は、「我邦古来の文学者美術家を見るに、名を一世に揚げ誉《ほまれ》を万載《まんさい》に垂るゝ者、多くは長寿の人なりけり」といい、「外邦にても格別の差異あるまじ」という(『芭蕉雑談』)。夭折する天才というような観念に何の価値も与えていないのである。むろん子規の短歌や俳句の革新は、結核が強いた現実や生理と無関係ではない。しかし、彼は〝意味〟としての結核とは無縁なままであった。『病牀六尺』は苦痛を苦痛としてみとめ、醜悪さを醜悪さとしてみとめ、「死への憧憬」のかわりに生に対する実践的な姿勢を保持している。それに対して、ほぼ同時期に書かれた『不如帰』は、結核をメタフォアにしてしまっている。

3

私はすでに明治二十年代における知の制度の確立が隠蔽するものについて述べてきた。それらは互いに連関しあっている。この時期の「転倒」について語ることの困難さは、本当は、それらが相互的に連関し規定しあうものだというところにある。一つの角度だけで見ることはできない。たとえば、結核の文学的美化は、結核に関する知(科学)に反するものであるどころか、まさにそれとともに生じたのである。たとえば、『不如帰』のなかで、武男の母は次のように説く。

　病気の中でも此病気ばかいは恐ろしいもンでな、武どん。卿《おまえ》も知っとる筈じゃが、彼《あの》知事の東郷、な、卿がよく喧嘩をした彼児《あのこ》の母様《かさま》な、如何かい、彼母《あのひと》が肺病で死んでの、一昨年の四月じゃったが、其年の暮に、如何かい、東郷さんも矢張《やっぱり》肺病で死んで、宜《ええ》かい、其から彼《あの》息子さんも矢張肺病で先頃《このあいだ》亡くなッた、な。皆《みいな》母様のが伝染《うつ》ッたのじゃ。まだ此様な話が幾個もあいます。其でわたしはの、武どん、此病気ばかいは油断がならん、油断をすれば大事じゃと思うッがの。

すでにここでは、結核が結核菌による伝染病であるという医学的知識が前提されている。ちなみに、コッホによる結核菌の発見は一八八二年(明治一五年)である。ところが、この知識こそが浪子を離縁させ、彼女と武男を疎隔させる原因となっている。いいかえれば、結核そのものではなく、結核に関する知識が原因なのである。この作品では、結核菌は作用する主体(ニーチェ)としてある。しかし、このような知識ははたして科学的なのだろうか。

ファイヤアーベントは、科学史において、ある説を真理たらしめるのはプロパガンダだと極言している(『反方法』)。彼はそれをガリレオの事件を例にとって示そうとしたが、おそらく微生物(細菌)の発見とともに生じた事態は、それをもっと歴然と示す例である。すなわち、パストゥールやコッホによって主張された、病気の特異的原因論が、これまでの医学思想を根本的に変えてしまったのである。ルネ・デュボスは次のようにいっている。

病原体説、さらにもっと広くいえば病気の特異的原因論は、ほとんど一世紀にわたって、ヒポクラテスの伝統を打ち破った。おのおのの病気は明確に限定された原因をもち、原因となる作用因子を攻撃することによって、また、これが不可能なら、からだの病気の部分に治療を集中すれば、その撲滅がよくできるというのが、新しい学説の中核である。これは、全体としての患者、さらに患者の環境全体を重視した古代医学からは、かけはなれている。この二つの観点の相異は、パストゥールがパリ医学会で発表を行なった際の論争に、劇的な形であらわれている。(ルネ・デュボス『健康という幻想』同前)

「病原体」が見出されたことは、あたかも従来のさまざまな伝染病が医学によって治療されるようになったかのような幻影を与えている。たとえば、結核はコッホによって結核菌が見出されるまで西洋では遺伝病だと考えられていたが、一九二一年にワクチン（BCG）が完成し、結核の予防が可能となっただけでなく、以後ストレプトマイシンなどが発見され、死亡率がいちじるしく低下している、というのが常識である。しかし、西洋の中世・近世の伝染病は、その「病原体」が見出されたときには、事実上消滅していた。それは、下水道をはじめとする都市改造の結果であるが、むろん都市改造をすすめた者たちは細菌や衛生学について何も知らなかったのだ。同じことが結核についてもいえる。

　たとえば、結核が広く流行した間、いちばん感受性の高い人は若いうちに死にやすいから、子孫も残らない。これに反して、生き残った多くの人は、遺伝的に高度の自然抵抗力をもっており、それを子孫に伝えていく。現在の西欧社会にみられる結核死亡率の低下は、部分的には、感受性の高い家系を滅ぼしさった、十九世紀の大流行で生じた、淘汰作用の結果である。（同前）

つまり、結核菌は結核の「原因」ではない。ほとんどすべての人間が、結核菌やその他の微生物病原体の感染をうける。われわれは微生物とともに生きているのであって、むしろそれがなければ消化もできないし、生きていけない。体内に病原体がいることと、発病することとはまったくべつである。西洋の一六世紀から一九世紀にかけて結核が蔓延したことは、けっして結核菌のせいではないのだし、それが減少したのは必ずしも医学の発達のおかげではない。それでは何が窮極的な原因なのかと問うてはならない。もともと一つの「原因」を確定しようとする思想こそが、神学・形而上学的なのである。

デュボスのいうように、「人間と微生物との闘争」というイメージは、まったく神学的なものである。そこでは、細菌はいわば眼にみえないが遍在している「悪」なのだ。明治二十年代に、結核についての学説が普及したとき、それがはらむ神学的なイデオロギーもまた普及したのである。『不如帰』にはこの学説のイデオロギー的側面が浸透している。そこでは、結核はあたかも原罪のように存在している。そして、浪子はキリスト教に魅かれる。ベストセラーとなったこの小説は巧妙なプロパガンダであって、それは結核菌そのものにはないような感染力をもっていたのである。

4

『不如帰』以来、結核は文学的なイメージにおおわれたが、いま問題にするのは、その医学的イメージそのものである。それらは相互連関的なものであって、同じ源泉をもっている。

たとえば、スーザン・ソンタグは癌患者になった経験から、病気がいかに隠喩として使われているかに気づき、「そうした隠喩の正体を明らかにしそれから解放される」べきだと考える。《私の言いたいのは、病気とは隠喩などではなく、したがって病気に対処するには――最も健康に病気になるには――隠喩がらみの病気観を一掃すること、なるたけそれに抵抗することが最も正しい方法であるということだ》(『隠喩としての病い』同前)。そのなかでは、結核と癌が最も代表的なメタフォアであるが、結核は治療可能となったために、癌がいまや凶々しい隠喩として豊富に用いられている。たとえば、ある事件・状況が手の施しようもないほど徹底的に悪いものであることを極めつけるために、それを癌とよぶ。「東京都政の癌は……」というように。ソンタグの意見では、癌の正体が明らかになり治癒可能となれば、そのような隠喩は消えるだろう、という。

しかし、癌患者は、癌がそのような隠喩として用いられているがゆえにそれだけ被害をうけているとはいえない。結核は明瞭に伝染的であるために、患者は『不如帰』の浪子のようにタブーにされてしまうことがあるが、癌というメタフォアは、癌患者とはほとんど無関係である。癌というメタフォアから患者が解放されることに特に意味はない。しかも、癌が治療可能となれば、そのメタフォアから解放されるだろうと彼女がいう場合、そのとき癌患者は癌そのものから解放されているのだから、意味をなさない。一方、癌という隠喩でよばれている事態の方は、それがなくならないかぎり、またべつの隠喩でよばれるだろう。

ところで、病気そのものと隠喩としての病気とを区別することはできるだろうか。つまり、一方に明瞭な「肉体的病気」があり、他方にその隠喩的使用があるということができるだろうか。病気は、それが分類され区別されるかぎりで、客観的に存在する。たとえば、医者がそう命名するかぎりでわれわれは病気なのだ。当人が病気を意識しない場合でも〝客観的には〟病気なのであり、当人が苦しんでいても病気でないとされることもある。いいかえると、病気は諸個人にあらわれるのとはべつに、ある分類表、記号論的な体系によって存在する。それは個々の病人の意識をはなれたところにある社会的な制度である。病気はそもそもの最初から意味づけなのであって、「最も原始的な文化では、病気を敵意のある神や他の気まぐれな力の訪れと考えている」(『健康という幻想』同前)。個々人の病識から自立し、また医者―患者の関係からも自立し、さらに意味づけからも自立するような〝客観的〟な病気は、実は近代医学の知的体系によって作り出されたものである。

問題は、ソンタグのいうように病気がメタフォアとして用いられることなどではなく、逆に病気を純粋に病気として対象化する近代医学の知的制度にある。それが疑われないかぎり、近代医学が発展すれば、人々は病気から、したがって病気の隠喩的使用から解放されるだろうというようなことになってしまうほかない。しかし、そのような考えこそ「健康という幻想」(ルネ・デュボス)なのであって、病気を生じさせるものは悪でありその悪を除去しようという神学の世俗的形態にすぎない。科学的な医学は、病気にまつわるもろもろの「意味」をとりのぞいたが、それ自体もっと性の悪い「意味」に支配されている。たとえば、ニーチェは、西欧の精神史は病気の歴史だといっている。つまり、彼は病気をメタフォアとして濫用したのだが、しかし、彼は「健康という幻想」から程遠かった。彼が攻撃したのはいわば「病原体」という思想にほかならない。

あたかも一般人が稲妻をその閃きから引き離し、閃きを稲妻とよばれる一つの主体の作用と考え、活動と考えるのと同じく、民衆道徳もまた強さを強さのあらわれから分離して、自由に強さをあらわしたりあらわさなかったりする無記な基体が強者の背後に存在しでもするかのように考えるのだ。しかしそういう基体はどこにも存在しない。作用・活動・生成の背後には何らの「存在」もない。「作用者」とは、たんに想像によって作用につけ加えられたものにすぎない。作用がすべてなのだ。実際をいえば、一般人は稲妻というものを閃かしめるわけだが、これは作用の重複、作用＝作用というべきものであって、同一の事象をまず原因として立て、次にもう一度それの結果として立てるのだ。自然科学者たちは、「力は動かす、力は原因になる」などというが、これもよりすぐれた表現ではない。――あらゆる彼らの冷静さ、感情からの自由にも拘らず、現今の科学全体はなお言語の誘惑に引きずられており、「主体」という魔のとりかえ児の迷信から脱却していない。（『道徳の系譜』信太正三訳、「ニーチェ全集」第一〇巻、理想社）

たとえば、「病と闘う」というのは、病気があたかも作用する主体としてあるかのようにみなすことであり、科学もそのような「言語の誘惑」に引きずられている。ニーチェにとって、そのように病原＝主体を物象化してしまうことが病的なのだ。「病気をなおす」という表現もまた、なおす主体（医者）を実体化する。西欧的な医療に存する枠組はそっくりそのまま神学的である。逆にいえば、神学的な枠組は医療の枠組に由来している。

ヒポクラテスの医療において、病気は特定の、あるいは局部的な原因に帰せられるのではなく、身心の働きを支配する各種の内部因子の間にある平衡状態がそこなわれたものとみなされている。そして、病気を癒やすのは医者ではなく、患者における自然の治癒力である。これはある意味で東洋医学の原理である。そして、西欧においてヒポクラテスの医学が神学・形而上学的な思考の下に抑圧されていったのと類似したことが、明治時代のきわめて短い時間のうちにおこっている。

たとえば、同じ結核という病に関して、『不如帰』が神学的な枠組を与えているのに対して、正岡子規の『病牀六尺』は、ただ病気は苦しいと率直にいうだけだ。それはニーチェの次のような言葉を想い出させる。

仏教は、くりかえしいえば、百倍も冷静で、誠実で、客観的である。仏教はもはや、おのれの苦を、おのれの受苦能力を、罪の解釈によって礼節あるものたらしめる必要がない、——仏教はその考えるところを率直にいう、「私は苦しい」と。これに反して野蛮人(キリスト教徒)にとっては苦それ自体がなんら礼節あるものではない。野蛮人は、おのれが苦しんでいる事実をみずから認めるためには、まず一つの解釈を必要とするのである(その本能はかえって苦の否認を、ひそかに苦を忍ぶことを指示する)。ここでは「悪魔」という言葉は一つの恩恵である。強力な怖るべき敵がいたのである、——そうした敵で苦しむことを恥とする必要はなかったのである。(『反キリスト者』同前)

もちろん、正岡子規の姿勢は、彼が仏教徒であるか否かとは無関係である。先に述べたように、子規の姿勢は写生文、あるいはその根底にある「俳諧」の精神に由来するというべきである。同様に、徳富蘆花がキリスト教徒だったということも大して問題ではない。重要なのは、『不如帰』という作品が『病牀六尺』からみて完全にねじまげられた構造をもつこと、そしてそのゆえに感染力をもつということである。

5

周知のように、明治以後、東洋医学は制度的に排除されている。西洋医学だけが医学となり、それ以後、国家による認定をうけない医療は、民間療法、迷信とみなされている。知と非知がこれほど露骨に分割された領域はほかにはない。

むろん明治の法制度において、医学的制度は部分的なものにすぎないようにみえる。しかし、江戸時代において許容された西洋の「知」がオランダ医学だけだったということ、また明治維新をブルジョア的革命たらしめるイデオロギーがすべて蘭学者を通して与えられたということを考えるならば、明治期の西洋医学派の権力獲得は、部分的であるどころか、最も象徴的なものである。他のいかなる領域においてよりも、近代医学は「知」の権力となったのである。われわれは、医療が国家的制度であるということに慣れているので、むしろそのことに気づきもしない。しかし、服部敏良は、江戸時代に来日したオランダ人の医師たちの眼に映った日本の医療について次のようにのべている。

わが国の当時の医療制度は外国と異なり、何人も自由に医師となり、医業を行うことができた。したがって、外国人の眼には、この制度が異常に感じられ、すでに室町時代、ルイス・フロイスがこれを指摘し、シャルルヴォアもまた日本の医師は、外科医であり、薬種商であり、同時に本草学者でもあるといい、日本の医師が自ら調剤し、直接病人に薬剤を投与することに奇異な感じを抱いていた。

ツンベルグは、日本の医師には内科医、外科医のほかに、〝もぐさ〟を使用する灸医師、鍼を刺す鍼医師、按摩を主とする按摩医師があるとし、しかも、往来を流し歩いて特異な叫び声をあげて客を呼ぶ按摩もまた医師であるとしていた。このうち内科医が最も格式も高く、学問もすぐれている。（『江戸時代医学史の研究』吉川弘文館）

オランダ人の医師がそれを異常に感じたのは、その当時の西洋の医学がすでに中央集権化されたものだったからである。ミシェル・フーコーは、フランスの場合、一八世紀における流行病の状況およびその研究によって、医学が国家的な規模で情報収集、管理、拘束する必要にせまられ、一七七六年政府によって王立医学協会が設立されたことに、その起源を見出している。このころに二つの神話が形成された。その一つは国家化された医療であり、医者は一種の聖職者となる。もう一つは、健全な社会を建設すれば病というものは一切なくなるだろうという考えである。したがって、「医師の最初のつとめは政治的なものである」(『臨床医学の誕生』神谷美恵子訳、みすず書房)。医学はもはやたんなる治療技術とそれが必要とする知識の合成物でなく、健康な人間と健康な社会に対する知識をも意味し、「人間存在の管理の上で、医学は規範的な姿勢をとることになる」(同前)。

このようにみるならば、蘭学者たちのなかから明治維新のブルジョア的イデオローグが出てきたのは偶然ではない。医学を媒介としてではなく、医学そのものが中央集権的であり、政治的であり、且つ健康と病気を対立させる構造をもっていたのである。

日本で国家的な医療制度が実質的に確立したのは、あらゆる法制度と同様に、明治二十年代である。しかも、それは西欧において病原体理論が支配しはじめた時期にあたっている。医学史という文脈でみるとき、病原あるいは病気という「想像的な主体」(マルクス)が制度的に支配しはじめたことは明白である。しかし、文学史においても同じことがおこったことは忘れられている。実際、明治二十年代の「国文学」は、国学、漢文学を制度的に排除し中心化することによって確立されたのである。が、もっと忘れられているのは、国家に対して自立するような「内面」「主体」が、国家的な制度によってこそ成立しえたということである。この社会は病んでおり、根本的に治療せねばならぬという「政治」思想もまた、そこからおこっている。「政治と文学」は、古来から対立する普遍的な問題であるどころか、互いに連関しあう〝医学的〟思想なのである。

明治二十年代から三十年代にかけてロマン派的だった文学者がやがて自然主義に移行していったのは、べつに偶然ではない。自然主義はもともと医学的な理論なのだ。文学史的な名称は、そこにある関係性をおおいかくしてしまう。それらを「事実」として切りはなしてしまうことが、問題をみえなくさせるのである。

くりかえしていうように、結核の蔓延という事実があったから、結核の神話化がおこったのではない。結核は、イギリスと同様に、日本でも産業革命による生活形態の急激な変容とともにひろがっている。結核は、昔からある結核菌によってではなく、複雑な諸関係の網目におけるアンバランスから生じている。事実としての結核そのものが、解読さるべき社会的・文化的徴候なのだ。しかし、結核を、物理的(医学的)であれ、神学的であれ、一つの「原因」に還元してしまうとき、それは諸関係のシステムをみうしなわせる。

今日では、癌という厄介な病気は、それが特異的な原因によるのではないこと、むしろ生命と進化の根源にかかわる問題であることをわれわれに教えている。癌という隠喩は、それから解放さるべきものであるどころか、結核によって与えられた「意味」を解体する鍵としてある。

第5章　児童の発見

1

児童文学史家たちは、日本における「真に近代的な児童文学」の生誕が小川未明（『赤い船』明治四三年）あたりであるという点で、ほぼ一致しているようにみえる。また、こうした「童心文学」が出現したことについては、石川啄木のいう「時代閉塞の現状」の下での文学者のネオ・ロマンティックな逃避として、さらに西欧の世紀末文学の影響としてみられている。たぶんこれは文学史的な通説だといってもよいが、児童文学者の内部では、逆にそのこと、つまり児童文学が大人の文学者の詩、夢、退行的空想として見出されたことが批判の的となっている。そこにある児童は大人によって考えられた児童であって、まだ「真の子ども」ではないというのだ。たとえば、小川未明はつぎのように批判される。

一九二六年、小説と童話を書き分ける苦しさを解消し、以後童話に専心することを宣言してから、未明の作品の世界は大きく変化した。かつての未明童話を特徴づけていた空想世界は徐々に姿を消し、代わって現実的な児童像が描かれ始めた。それとともに、未明の作品には濃厚な教訓臭が感じられるようになった。「わが特異な詩形」としての童話を書いている間、未明は子どもの賛美者であり得た。子どものもつ諸々の特性こそが、空想世界の支えであると感じられていたからである。しかし、いよいよ子どもを対象として作品を書く決意をした時、未明は現実の子どもと向き合わざるを得なかった。そして未明は子どもたちが環境と調和して生きられるように「忠告」する必要を感じるようになる。なぜなら、現実の子どもを目の前にすれば、未明の観念のなかにあった子どものように「無知」「感覚」「柔順」「真率」な子どもは存在しないことに気付かないわけにはいかなかったからである。

空想的な童話を書いている時期にも、教訓的な童話を書いている時期にも、未明は子どもの側に立って発想してはいなかったと言えよう。すでに見たように、未明は自らの内部を表現するために童話の空想世界を必要としたのであったし、「わが特異な詩形」を捨てて、「子どものために」書こうと努めるようになった時には、おとなの立場に立って、子どもに現実の中で調和的に生きる道を教示したのであったから。いずれにしても、未明は、子どもの眼で世界を見ることはしていなかったのである。

未明の「童話」が根本的には「子ども不在」の文学であったにせよ、多くの追従者をもった。それは未明の「童話」が、それまでに存在しなかった独自の美をもった作品を生んだことにもよるが、一番大きな原因は、日本の近代のおとなの多くが、未明と同様、真の子どもの発見者ではなかったことによるのである。(猪熊葉子「日本児童文学の特色」、日本児童文学会編『日本児童文学概論』東京書籍)

ここでは、小川未明における児童は、「現実の子ども」から見ると、ある転倒した観念にすぎないといわれている。未明における「児童」がある内的な転倒によって見出されたことはたしかであるが、しかし、実は「児童」なるものはそのように見出されたのであって、「現実の子ども」や「真の子ども」なるものはそのあとで見出されたにすぎないのである。したがって、「真の子ども」というような観点から未明における「児童」の転倒性を批判することは、この転倒の性質を明らかにするどころか、いっそうそれをおおいかくすことにしかならない。児童文学史家がどんなに克明に明治期の児童文学の起源を明らかにしても、そこには本質的に「起源」というものに関する考察が欠けている。

児童が客観的に存在していることは誰にとっても自明のようにみえる。しかし、われわれがみているような「児童」はごく近年に発見され形成されたものでしかない(1)。たとえば、われわれにとって風景は眼前に疑いなく存在する。しかし、それが「風景」として見出されたのは、明治二十年代に、それまでの外界を拒絶するような「内面性」をもった文学者によってである。それ以後、「風景」はあたかも客観的に実在し、それを写すことがリアリズムであるかのようにみなされる。あるいは、ひとはさらに「真の風景」をとらえようとする。しかし、そのような「風景」はかつては存在しなかったのであり、それは一つの転倒のなかで発見されたのである。

まったく同じことが「児童」についていえる。「児童」とは一つの「風景」なのだ。それははじめからそうだったし、現在もそうである。したがって、小川未明のようなロマン派的文学者によって「児童」が見出されたことは奇異でも不当でもない。むしろ最も倒錯しているのは「真の子ども」などという観念なのである。「明治以来の作家たちの多くが、おとなの立場から発想し、子どもの側に立って発想してこなかったことこそ、おそらく日本児童文学の最大の特色であろう」(猪熊葉子)というのは、明らかにまちがっている。第一に、それは日本児童文学の特色ではなく、西欧においてももともと「児童」はそのようにして見出されたのである。第二に、もっと重要なことだが、児童文学が見出されるためには、まず「文学」が見出されねばならなかったのであって、日本における児童文学の確立がおくれたのは、「文学」の確立がおくれたからにすぎない。しかし、私がこれまで一連の論考で問題にしてきたのは、このおくれではなく、また西欧文学との差異でもなくて、西欧においては長期にわたるために隠蔽されるが日本においてはほぼ明治二十年代に集中的に検証しうる、「文学」という制度の問題なのである。

小川未明や鈴木三重吉らによって確立された「児童文学」が、「文学」より十年あまりおくれているのは、不思議ではない。児童文学を孤立的にとり出して、それを歴史的な連続性においてみることがまちがっているのだ。同時代にすでに西欧で児童文学が発達していたからといって、それと比較するのは馬鹿げている。たとえ彼らがどんなに西欧の児童文学を読み、その影響を受けていたとしても、日本の児童文学が〝影響〟からただちに出てくることなどありはしなかったと断定できる。それは「文学」の形成過程からみて明白である。たとえば、ロシア文学に震撼されていた二葉亭四迷は、『浮雲』第一編においてなかば人情本や滑稽本の文体におし流されざるをえなかった。彼がすでにどんなに「内面的」であったとしても、いわば手がそれを裏切るのだ。つまり、表現さるべき「内面」や「自己」がアプリオリにあるのではなく、それは「言文一致」という一つの物質的形式の確立において、はじめて自明のものとしてあらわれたのである。かつてのべたように、「言文一致」とは、言を文にうつすことではなく、もう一つの文語の創出にほかならなかった。したがって、たんに口語的に書く山田美妙や二葉亭四迷の初期の実験は、森鷗外の『舞姫』(明治二三年)が登場するやいなや、たちきえるほかなかった。

当時の読者にとって、学童にとってさえ、「言文一致」の方がかえって読みづらかったことを忘れるべきではない。(2)　硯友社系で言文一致を試みていた巌谷小波が書いて大反響をよんだ『こがね丸』(明治二四年)は、文語体で書かれている。それを批判された巌谷小波はつぎのように答えている。

元来言文一致なるものは、彼の落語講談の速記とは大に異なりて、元是一種の文体なれば、只通常の俗語を並列して以《もっ》て足れりとなすにはあらず。必ずや其間に緩急あり疎密あり抑揚ありて、尋常美辞学的の諸要素は、一も欠く可きものにあらず。只《ただ》用うる新俗語多きが故に、他の文体に比して稍々《やや》解し易きも、書き方によりては却て雅俗折衷のある一体よりは、遥かに解し難きことあり。之を以て余は彼の黄金丸を綴るに、当初は言文一致を以て試みたるも、少しく都合ありて文体を改めたり。

これについて、菅忠道は、「子どものために文学を創造するということが文壇的にも社会的にも認められていなかった」時代だから、小波が「あのように凝った文体で書いたのには、意識的な文学的ポーズがあったのではないだろうか」(『日本の児童文学』大月書店)という。しかし、そういうことばはむしろ現在の児童文学者にあてはまるだろう。このころ、巌谷小波は、言文一致をとろうととるまいと、まだ「文学」を、あるいは「児童」というものを見出していなかったのである。小川未明までの児童文学がおもに硯友社系の作家によって担われたという事実は、「児童文学」の生誕がたんなる歴史的連続性においてではなく、一つの切断・転倒として、あるいは物質的形式(制度)の確立として見られねばならないことを示している。「児童」の発見は、「風景」や「内面」の発見において生じたのであって、それはけっして「児童文学」に限定されるような問題ではない。

2

児童文学者たちが「子供」という観念を疑わないばかりか、さらに「真の子ども」を追求しようとしているのは、児童が事実として眼前に存在しているからである。風景と同様に、児童は客観性として存在し、観察され研究されている。そのことを疑うことは困難である。しかし、児童に関する〝客観的〟な心理学的研究が進めば進むほど、われわれは「児童」そのものの歴史性を見うしなっている。むろん児童は昔から存在したが、われわれが考えるような、対象化するような「児童」は、ある時期まで存在しなかったのだ。子供に関する心理学的探究が何を明らかにするかというよりも、「子供」という観念が何をおおいかくすかが問題なのである。

「子供」について、それぞれ異なった角度からだが、最初に疑った心理学者として、ヴァン・デン・ベルクとミシェル・フーコーをあげることができる。彼らはいずれも、心理学そのものを歴史的なものとしてみる視点をもったので、その過程で「子供」の歴史性を問題にしたのである。ヴァン・デン・ベルクは、「子供を子供として最初に見出して子供を大人として扱うのをやめた」のはルソーであって、それ以前に「子供」は存在しなかったという(Jan Hendrick Van Den Berg, *The Changing Nature of Man.*)。《人は子供というものを知らない。子供についてまちがった観念をもっているので、議論を進めれば進めるほど迷路にはいりこむ》(ルソー『エミール』)。これはちょうど、それまでたんなる障害物にすぎなかったアルプスが、ルソーの『告白録』において自然美として見出されたのに対応している。その意味でも、「児童」は「風景」なのだ。

ヴァン・デン・ベルクは、たとえばパスカルの父親が息子に与えた教育について述べているが、それは今日からみれば驚くべきほどの早期教育である。もっとのちのゲーテも、八歳までにドイツ語、フランス語、ギリシャ語、ラテン語を書くことができた。つまり彼らは「子供として扱われなかった」のである。むろん、彼らは、現在も高名な人々だからといって、とくに例外的だったわけではない。また、それはとくに西欧に特徴的なことでもない。日本でも漢学の早期教育は当然とされており、江戸時代の儒学者のなかには、十代で昌平黌で講義をした者もいる。才能が結果的に問題になるとしても、子供は子供としてでなく小さな大人として教育されたことに変りはない。むろん、そのような教育は、いわば学者の家でだけありえたわけだが、そうでない家庭においても結局おなじことがいえる。今日でも歌舞伎役者の家では、子供は早くから役者として育てられている。

彼らがいかに早熟だからといって、たとえばパスカルを「天才」とよぶべきではない。「天才」はロマン派によって考えられた観念であるし、また「天才」はそれ以後にしかあらわれないのである。ルネッサンスの短い期間内にフィレンツェに輩出したいわゆる天才たちについて、エリック・ホッファーは、彼らが「職人や工芸家のもとで徒弟時代をすごした」ことを指摘している。つまり、彼らはわれわれが考えるような「児童」の時期をもたなかったし、そのように扱われもしなかったのである。注目すべきことは、そのような天才たちには、たとえのちにそのように彩られるようになったとしても、ロマン派的天才がもったような青年期(youth)、したがって成熟(maturation)の問題がみられないということである。

このことは、青年期の出現が「子供と大人」を分割したということであり、逆にいえばその分割において青年期が不可避的に出現するということでもある。心理学者が「発達」や「成熟」を自明のものとみなすとき、彼らはこの「分割」が歴史的所産であることをみないのだ。子供としての子供はある時期まで存在しなかったし、子供のためにとくにつくられた遊びも文学もありはしなかった。そのことを早くから洞察していたのは、柳田国男である。

児童に遊戯を考案して与へるといふことは、昔の親たちはまるでしなかつたやうである。それが少しも彼らを寂しくせず、元気に精一ぱい遊んで大きくなつてゐたことは、不審に思ふ人が無いともいはれぬが、前代のいはゆる児童文化には、今とよつぽど違つた点があつたのである。

第一には小学校などの年齢別制度と比べて、年上の子供が世話を焼く場合が多かつた。彼らはこれによつて自分たちの成長を意識し得たゆゑ、悦んでその任務に服したのみならず、一方小さい方でも早くその仲間に加はらうとして意気ごんでゐた。この心理はもう衰へかけてゐるが、これが古い日本の遊戯法を引継ぎやすく、また忘れ難くした一つの力であつて、御蔭でいろ〳〵の珍しいもの〻伝はつてゐることをわれ〳〵大供も感謝するのである。

第二には小児の自治、かれらが自分で思ひつき考へだした遊び方、物の名や歌ことばや慣行の中には、何ともいへないほど面白いものがいろ〳〵あつて、それを味はつてゐると浮世を忘れさせるが、それはもつと詳しく説くために後まはしにする。

第三には今日はあまり喜ばれぬ大人の真似、小児はその盛んな成長力から、ことのほか、これをすることに熱心であつた。昔の大人は自分も単純で隠しごとが少なく、じつと周囲に立つて視つめてゐると、自然に心持の小児にもわかるやうなことばかりをしてゐた。それに遠からず彼らにもやらせることだから、見せておかうといふ気も無かつたとはいへない。共同の仕事にはもとは青年の役が多く、以前の青年は殊に子供から近かつた。故に十二三歳にもなると、子供はもうそろ〳〵若者入りの支度をする。一方はまた出来るだけ早く、さういふ仕事は年下の者に渡さうとしたのである。今でも九州や東北の田舎で年に一度の綱曳といふ行事などは、ちやうどこの子供遊びとの境目に立つてゐる。もとは真面目な年占ひの一つで、その勝ち負けの結果を気にかけるくせに、夜が更けてくると親爺まで出て曳くが、宵のうちは子供に任せて置いて、よほどの軽はずみでないと青年も手を出さない。村の鎮守の草相撲や盆の踊などもみなそれで、だから児童はこれを自分たちの遊びと思ひ、後にはそのために、いよ〳〵成人が後へ退いてしまふのである。（『こども風土記』）

ここには、「子供として扱われていない」子供の姿がある。すでにのべたように、これは村落共同体の子供だけでなく、知識階級の子供についてもあてはまる。職業や身分によってちがっていても、子供が「子供」として扱われていないことにちがいない。柳田国男が右のような子供の姿をみとめるとき、同時に彼は大人をわれわれが考える大人とはちがったものとして見ていた。いいかえれば、「子供と大人」の分割以前の姿を見ようとしていたのである。

子供が「子供」として扱われるようになったのはきわめて近年のことであるにもかかわらず、それがわれわれにとってあまりに自明であるために、過去にもそれを適用しようとする慣性を断ち切ることは困難である。それは、あれほど西欧中心主義的な偏見から自由であろうとし、また子供＝未開人＝狂人というアナロジーの神話を否定したレヴィ＝ストロースでさえ、次のような〝偏見〟に侵されていることからも明らかだろう。

ナムビクワラ族の子供は遊びを知らない。ときおり、ワラを巻いたり編んだりして、何か作っていることがあるが、相撲やぐるぐる回しのほかには、何も気ばらしの仕方を知らない。そこで大人たちの生活を猿まねして、日を過ごしている。（『悲しき熱帯』）

行為にあてはめて、彼らが「遊びを知らない」といっているにすぎない、といっている(『反発達論』現代書館)。逆にいうと、ナムビクワラ族の大人たちは、われわれが考えるような「労働」をしているわけでもない。遊びと労働は厳密に分けられていないのである。それは一昔前までいた職人たちの仕事ぶりをみても明らかだし、のみならず、サンフランシスコの港湾労働者だったエリック・ホッファーは、熟練労働者は「遊ぶように」仕事をするということ、またオートメーションの導入が彼らの仕事を「労働」に変えてしまったことを体験的に語っている(『現代という時代の気質』)。

実は、「遊びと労働」の分割は、「子供と大人」の分割と深く関連している。今日たとえばホイジンガを引用して遊びについてどんなに語っても、われわれはもう労働から分割されたものとしての「遊び」しか表象できない。それはわれわれが「子供」としての子供しか考えることができないのと同じである。いいかえれば、「児童の発見」という事態は、それだけ切りはなしてではなく、伝統的社会の資本主義的な再編成の一環として見られねばならない。しかし、それは「資本主義」によってすべてを説明することを意味するのではない。「児童の発見」という事態は、その固有のレベルにおいて考察されるべきである。

3

柳田国男がいうように、昔話は子供のために語られたものではなく、一般に子供のための遊びが存在しなかった。しかし、そのような認識だけでなく、彼は実際にも「児童文学」を毛嫌いしていたようにみえる。それは彼がまさに「文学」を嫌っていたからだ。彼が正確に理解していたのは、子供のために書かれる文学は、「文学」以前にもありえないということであった。子供についてあれほど言及した柳田が「子供」に眼もくれなかったのは、ちょうど常民についてあれほど語りながら、知識人の自意識がみいだすあの「大衆」という観念と無縁だったことと対応している。しかし、彼ははじめからそうだったわけではない。そこには一つの決定的な転回があった。たとえば柳田は国木田独歩・田山花袋らとともに新体詩集『抒情詩』を出している。

かのたそがれの国にこそ
こひしき皆はゐますなれ
うしと此世を見るならば

我をいざなへゆふづゝ
やつれはてたる孤児を
あはれむ母が言の葉を
しづけき空より通ひ来て
われにつたへよ夕かぜ

（『文学界』明治三〇年二月）

たとえば、この詩は、実際に、少年期から縁の薄かった両親をあいついで亡くして、「何をする気もなくなり林学でもやつて山に入らうかなどとロマンチックなことを胸に描くやうになつた」（『故郷七十年』）経験にもとづいているかのようにみえる。また「かのたそがれの国」は、晩年の柳田が珍らしく実証的な手つづきをとびこえて主張した『海上の道』につながるような、彼の内的な希求のありかを示しているかのようにみえる。

しかし、柳田国男はつぎのように回想している。

私は文学界に新体詩を出したことがある。藤村の勧めがあつたのかも知れない。しかし、連中の詩は西洋の系統から来て居るので、胸の中の燃えるやうなものをそのまま出すのが詩といふものだと考へてゐた。私の方は初めに和歌の題詠で稽古してゐるのだから、全く調子が違ふ。それが日本の短歌の特徴でこれこれの詠題で、例へば深窓の令嬢にでも「恨む恋」などといふ題を与へて歌をよませたものだ。出されたお嬢さんの方は困るが、それでも「和歌八重垣」とか「言葉の八千草」とか色々の本ができてゐるので、その中から適当な部分を探し出して、歌を組立てるわけである。通例、使はれる言葉が三十か五十か並んでるから、それを組合せて歌をデッチ上げるわけであつた。これが昔の題詠といふもので、それを盛んにやつて達者になつておき、他人から歌を云ひかけられたときなど、直ぐに返歌が出来るやうになつてゐなければならないといふ所に重きがおいてあつたわけである。

いはばお座成り文学といふ気持があつた。私ら後には、題詠でうんと練習しておかなければ、いざ詠みたいといふ時にも出ないから、そのために題詠をやるんだナンテ云つたりしたが、まあ、藤村あたりの叙情詩とは大分距たりがあつたのは事実である。

（『故郷七十年拾遺』）

このような回想は、柳田の仕事を彼の「抒情詩」の延長においてみることを峻拒している。しかし、そこに両義性が存したことはたしかであって、すくなくとも柳田は独歩・藤村らロマン派と共通の地平においてあらわれたのである。むろんそこに多少の異和感があったとしても、それは、その後の花袋や藤村との対立のなかで確認され、むしろ誇張されて右のような回想になっていったというべきである。

日本の文学史家は、花袋や藤村がロマン派から自然主義派へと移行していったというようなことを平然といったりするが、それはロマン主義というものを浅薄にしか理解しないことである。藤村や花袋が抒情詩から散文(小説)へ移行したことは、彼らにとって「成熟」を意味した。が、そのような「成熟」こそ、ロマン主義が強いる不可避的なコースなのであり、ロマン主義の一環なのである。自然主義は反「自己意識」的であるが、ジオフリー・ハートマンがいうように、「ロマン主義と反自己意識」は不可分離であるだけでなく、われわれは成熟という「問題」に現在も閉じこめられている。小林秀雄にせよ、『最後の親鸞』の吉本隆明にせよ、つぎのようなロマン主義の圏内にある。《知を通しての無知——第二の無知への回帰という考えは、ドイツ・ロマン派のあいだではありふれている》(ハートマン『フォルマリズムをこえて』)。

「成熟」という問題はまた、中村光夫の『作家の青春』や江藤淳の『成熟と喪失』以来べつの角度から論じられている。それは前者のような逆説性をもたないために、最も普及している。今日では、エリック・エリクソンのアイデンティティやモラトリアムという概念が応用されているが、それはもはや〝批評〞の名に値しない。なぜなら、それは「成熟」という問題そのものの歴史性をみることなしに、あたかもそれが人間にとって固有の問題であるかのように考えているからだ。

人間社会に一般的にみられる「通過儀礼」(成人式・元服式)は、「成熟」とはまったく異質である。たとえば、われわれは新井白石の自伝『折たく柴の記』に、青春期という問題をみることはできないし、みるべきでもない。通過儀礼において、子供が大人になるのは、いわば仮面をぬぎかえることであって、文化によって異なるが、髪型、服装、名前などを変え、刺青、化粧、割礼などをほどこすのである。それらを通して、ひとは別の自己となる。いわば仮面が自己であって、仮面の底に真の自己があるのではない。通過儀礼が存在する社会では、子供と大人はまったく区別されている。しかし、それは近代における子供と大人の「分割」とは異質である。通過儀礼においては、ひとは仮面をとりかえれば別の人となるが、それらの底に同一の自己は存在しない。ところが、近代社会においては、同一の自己が徐々に発展し成熟していくと見なされる。それが〝青春〞あるいは〝成熟〞という困難な問題をもたらすのである。

ところで柳田がいう「題詠」は「代詠」ともいいかえられるが、実はそれを理解しないかぎり、「文学」以前の文学をけっして理解できないのである。同一の充実した「自己」がないところでは、「題詠」や「代詠」が自明であり、そもそも「自己表現」などありえないのだ。西欧文学においても、シェークスピアの「自己表現」という考えが出てきたのはドイツ・ロマン派を通してであって、元来そこにはオリジナリティという観念は存在しない。引用、模倣、本歌取り、合作が自在になされている。

とはいえ、ヘーゲルが西ヨーロッパの芸術一般を「ロマン的形式」と名づけた意味において、それがすでにロマン主義的だといえなくはない。ニーチェは、古代ギリシャ人やローマ人がシェークスピアを読んだら、狂人のたわ言としか読めないだろうという意味のことをいっている。つまり、ロマン主義的なものの源泉はキリスト教にある。ニーチェやハイデッガーがはるかギリシャ芸術に向かって遡行するのは、この「ロマン的形式」の圏外に出るためであった。しかし、明治三十年代の柳田国男にとって、それはただ身辺をふりかえればすむことだった。とはいっても、それがたやすいことだったわけではない。ニーチェが根本的にロマン的だったように、柳田も終生そうだったといえる。ただ、花袋や藤村が自然主義文学へとごく自然に「成熟」していったのに対して、柳田はいわば意識的に「文学」そのものを相対化しようとしたのである。

それとはべつであるが、「子供」が西ヨーロッパにおいて見出されたことは、その固有性を示している。《ギリシャ人、とくにスパルタ人においては、幼児殺しは人種優生学の思想に彩られていた。虚弱な、あるいは不恰好な新生児は遺棄された。……そういうわけで西欧世界で幼児殺しの禁止が見られるためにはキリスト教徒の皇帝のときまで俟たねばならない》（G・ブートゥール『幼児殺しの世界――過密をいかに救うか』宇佐見英治訳、みすず書房）。実際日本においては、柳田国男が『小児生存権の歴史』などで述べているように、子殺しは日常茶飯事であった。したがって、子供を大切にするという思想は、一つの特異な宗教的観念としてあらわれたのであって、自明の理ではない。

くりかえしていえば、昔話は子供のために語られたのではない。《狐や狸の化けた騙《だま》したといふ話の如きは、如何に無頓着な昔の親たちでも、之を最初から子供にして聴かせる話として発明して置かう筈《はず》が無い。殊に自分等が早くからさう思つて居たのは、五大昔《むかし》噺《ばなし》の一つとして有名なカチカチ山、婆を汁の実にして爺に食はせるだの、流しの下の骨を見ろだのといふが如き話が、小児の趣味に似つかはしからうなどゝは、誰だつて想像し得ないことである》（柳田国男『昔話覚書』）。「童話」として書きなおされたとしても、なおそのような残酷さ・不条理は残っている。そして、それはどんな「文学」――幻想文学であれリアリズム文学であれ――にもないような、〝現実〟の感触をとどめている。おそらくリアリズムの極点にいたカフカのような作家だけが「童話」を再現しえたといってもよい。

私の考えでは、坂口安吾もまたそのような童話を書いた作家であって、彼は三つの残酷な童話(昔話)を例にあげて、つぎのようにいっている。

モラルがないということ自体がモラルであると同じように、救いがないということ自体が救いであります。私は文学のふるさと、或は人間のふるさとを、ここに見ます。文学はここから始まる——私は、そう思います。

アモラルな、この突き放した物語だけが文学だというのではありません。否、私はむしろ、このような物語を、それほど高く評価しません。なぜなら、ふるさとは我々のゆりかごではあるけれども、大人の仕事は、決してふるさとへ帰ることではないから。(中略)

だが、このふるさとの意識・自覚のないところに文学があろうとは思われない。文学のモラルも、その社会性も、このふるさとの上に生育したものでなければ、私は決して信用しない。そして、文学の批評も。私はそのように信じています。(『文学のふるさと』)

安吾がここでいう物語は、「物語」そのものを突き破るものとしてある。ヴラジーミル・プロップの『民話の形態学』以来、神話や昔話が諸要素の構造的組み替えにほかならないことが明らかにされている。口承としての昔話は、まさにそのために、構造論的規則に厳密に従うのである。しかし、安吾が「ふるさと」とよんだものは、そのように規則化されねば人間存在を自壊させてしまうような、ある過剰性・混沌だといってよい。そして、それは、「文学」という新たな物語を「突き放す」ものとしてありつづけている。

4

子供と大人の分割は、たんにそれだけをとりだすことができないような構造的に連関する事態であるが、ここではそれを児童心理学あるいは心理学一般において考えてみよう。たとえば、ルソーが最初に子供を発見したといわれるのは、けっして彼がロマン派的な「童心」を夢みたからではなく、いわば子供の科学的観察を試みたからである。しかし、彼のいう子供＝自然人は歴史的・経験的なものではない。ルソーは、現在の累積された幻想としての「意識」を批判するために、あるいは歴史的な形成物としての制度の自明性を批判するために、方法的に「自然人」を仮設する。それは、「人間社会の現実の基礎にかんする知識をわれわれの眼から隠している無数の困難をとりのぞくための、われわれに残された唯一の手段」(ルソー)である。すなわち、子供とは実体的ではなく、方法的な概念である。

しかし、逆にいえば、そのような方法的眼差のもとで、はじめて子供は観察可能なものとなる。というより、観察対象としての子供は、伝統的な生活世界(Lebenswelt)から隔離され抽象された存在なのである。ピアジェにいたるまでの児童心理学は、そのような子供を相手にしてきたのである。

むろんピアジェは、ロック以来のタブラ・ラサ(白紙状態)の仮説、すなわち人間は経験や環境によって形成されるという経験論的仮説を破っている。彼は起源にすでに「構造」を見出し、それを進化によって与えられた先天的な構造だという。チョムスキーの『デカルト派言語学』も同じ結論に達し、また動物学者ローレンツはそれとはちがった角度から経験論的な文化論を批判している。だが、彼らの「子供」に関する考察は実はまったく抽象的なのである。

それに対して、神経症の考察から出発したフロイトは、幼児期への固着や退行を見出し、また「小さな大人」としての幼児期を見出している。たしかにこれはとりわけ一九世紀に支配的だった「子供らしさ」という神話を破壊するものであった。が、それを普遍的なものだということはできない。というのは、神経症そのものが子供と大人の「分割」の結果にほかならないからだ。ミシェル・フーコーはつぎのようにいっている。

幼児時代への退行が、神経症にあらわれるとしても、それは一つの結果にすぎない。幼児的行為が患者にとって、逃避の場となり、こうした行為の再現が、還元不能な病的事象とみなされるには、次のような条件が揃わなくてはならない。まず、個人と過去と現在との間に、社会が或る距離を設け、だれもこれをとび越えることはできないし、またとび越えてはならない、とする必要がある。また文化が過去を統合するさいに、過去をむりやりに消滅させるという方法だけにたよる、という必要がある。ところでわれわれの文化は、たしかにこうした特徴をおびている。一八世紀において、ルソーやペスタロッチを通して意図されたのは、子どもの発達に沿う教育学的原則にしたがい、子どもの尺度に応じた世界をつくり出そう、ということであった。これによって子供たちのまわりに、おとなの世界とは全然関係のない、非現実的な、抽象的な、原始的な環境をつくることが許された。現代の教育学は、おとなの葛藤から子供をまもろうという、非難の余地なきねらいをもって、発展してきている。これは人間の子ども時代の生活と、おとな時代の生活とのあいだの距離を大きくするばかりである。以上幼年時代と現実の生活との間の矛盾こそ、もっとも重要な葛藤となるはずだが、のやりかたでは、子どもにいろいろな葛藤を避けさせてやるために、かえって彼をこの大きな葛藤に出会う危険にさらしてしまうことになる。さらにつけ加えるならば、文化に内在するいろいろな葛藤や矛盾は、現実の姿のままで教育制度の中に投影されず、さまざまの神話を通して間接に反映されるものである。こうした神話は、その文化を免罪し、正当化し、幻想的な統一の中で、これを理想化するものである。さらに付け加えるならば、或る社会は、教育学の中で自己の黄金時代を夢想するものである(プラトン、ルソーの教育学、デュルケムの共和制、ヴァイマール共和国の教育学的自然主義を考えてみるがよい)。以上を考えてみると、病的な固着とか退行とかは、或る種の文化の中でしか、起こりえないことがわかる。また、過去を精算し、過去を現在の経験内容に同化することを、社会形態が許さない場合には、その度合いに応じて、固着や退行が多く生じる、ということがわかる。退行による神経症は、幼年時代が神経症的な性質のものであったことを示しているのではなく、幼年時代に関するもろもろの制度が、ひとを未開化する性質のものであることを告発しているのである。こうした神経症という病の背景となっているのは、一つの社会に内在する葛藤であって、それは幼児教育のかたちと、おとなたちに与えられる生活条件との間の矛盾である。社会は幼児教育の中に自己の夢をひそかにかくしておくが、おとなの生活の中に

は、社会の現実とそのみじめさが読みとられるのである。（『精神疾患と心理学』神谷美恵子訳、みすず書房）

神経症が隔離され保護された「幼児期」の産物であって、そのような文化にしか発生しないという指摘は重要である。いいかえれば、青春期が子供と大人を「分割」しない社会では、そのような病は「病」として存在しない。フーコーは、一七世紀後半から狂人が「狂人」として隔離されるようになって以後、心理学（精神病理学）が存在するようになったのだから、心理学が「狂気」を解明する鍵をもっているのではなく、そのような在り方としての狂人こそ心理学の秘密をにぎっているのだともいっている。同じいい方をすれば、児童心理学や児童文学が「真の子ども」を明らかにするのではなく、分離されたものとしての「子ども」こそ前者の秘密をにぎっているのである。

現代の作家たちは、あたかもそこに真の起源があるかのように、幼年期にさかのぼる。それは「自己」にかんする物語をつくるだけなのだ。それは時には精神分析的な物語であったりする。しかし、幼年期に「真実」が隠されているわけではないのだ。われわれに隠されているのは、精神分析をも生みだしているところの制度なのである。

こうして「成熟」という問題がわれわれをとらえている。だが、この問題をまともに相手にすべきではない。むしろ、われわれは隔離された幼年期をもったがゆえに成熟不可能なのではなく、成熟をめざすがゆえに未成熟なのだ。

ところで、ルソーは必ずしもフーコーがいう意味での教育学者ではなかった。『エミール』は彼にとって「哲学的著作」にほかならず、彼の課題は、累積されてきた転倒を遡行することにあった。むしろ問題は、それを教育学として読んだ側にある。同様のことがフロイトについていえる。彼の考えでは、幼年期に何らかの外傷体験があれば、神経症が生じるというのではない。その逆であって、神経症が生じている場合には、必ず幼年期に問題がある、というのだ。いいかえれば、彼は構造論的因果性として遡行的に「幼年期」を見出しているにすぎない。しかるに、彼の理論は教育論や育児論に転化する――アメリカの精神分析はそうであるが――やいなや、逆に幼年期からいっそう葛藤や矛盾をとりのぞき子供を保護しようとするものとなる。それは結果的に神経症の可能性を高める。それはまさに精神分析によって作り出された病であって、これはフロイトの思いもよらぬところであった。とりわけアメリカにおいては、伝統的な規範がないためと、「成熟せねばならぬ」という規範があるために、精神分析がそれ自身広汎に病を生み出している。

しかし、科学としての心理学・児童心理学がそのようなものに転化してしまうのは、たんなる誤解によるのではない。それは近代科学そのものの本質である。フッサールが『ヨーロッパ諸科学の危機と超越論的現象学』のなかで明らかにしたように、ガリレオにはじまる「純粋科学」は本来的に無目的的であるがゆえに、いかなる目的とも結びつけられる。近代科学とは基本的に応用科学である。たとえば、純粋に理論的な研究としてあった分子生物学は、遺伝子工学にいつでも転化できる。行動主義的であろうと、構造主義的であろうと、心理学者が対象とする子供は、いわば生活世界(フッサール)から引きぬかれた存在であって、そのようにして得られた「知」は、どんな「目的」にも応用できるのだ。フッサールが意識した「危機」は、科学がその歴史性を忘却しているというところにあった。「児童」にかんする知を云々する前に、「児童」そのものの歴史性をみるべきなのである。

5

ここまで、私は「児童」というものの「起源」について、つまり「児童」という一つの視えない制度について語ってきた。最後に、私は顕在的な制度についてのべておく必要がある。しかし、私がそこにみようとするのは、制度が目的とするもの、意図するもの、すなわち制度の内容ではなく、制度それ自体が「意味するもの」としてあるということである。

近代日本の教育にかんして、その内容がいかに問題にされても、すこしも疑われていないのは、義務教育制度そのものである。何がそこでどのように教えられるかではなく、この学制それ自体が問題なのだが、教育論はすべてこのことの自明性の上に立っている。かりにそれ以前の教育が歴史的に考察されるとしても、寺子屋や私塾のようなものを恣意的にとり出すだけである。あたかもそれらが拡大し一般化したのが「学制」であるかのように。

このような教育概念の自明性を疑ったのは、やはり柳田国男だった。たとえば、彼が「国語教育」という場合、この教育は国語教師や文士のいうようなものとは異質である。さきに引用した文章にも、こう書かれている。《第一には小学校などの年齢別制度と比べて、年上の子供が世話を焼く場合が多かつた。彼らはこれによつて自分たちの成長を意識し得たゆゑ、悦んでその任務に服したのみならず、一方小さい方でも早くその仲間に加はらうとして意気ごんでゐた》。柳田にとって、これもまた教育の重要な一環にほかならなかったのである。そこから見ると、逆に明瞭になるのは、近代日本の「義務教育」が、子供を「年齢別」にまとめてしまうことによって、従来の生産関係・諸階級・共同体に具体的に属していた子供を抽象的・均質的なものとして引きぬくことを意味したということである。

明治三年に、小学校規則と徴兵規則が定められ、同五年には「学制公布」と「徴兵の詔書発布」がなされる。明治の革命政権がまっさきに実行した政策がこの二つだったということは興味深い。徴兵制と学制は、おそらく当時の庶民にとって理解しがたいものだったはずである。徴兵制に対しては、〝血税〟という表現の誤解から暴動がおこった例もあるが、たとえ〝血〟をしぼられないとしても、徴兵制は従来の社会的生活から青年層を奪いとるものだったからである。学制にかんしても、人々の消極的な抵抗があった[3]。農民・職人・商人たちにとって、子供を小学校に取られることは、従来の生産様式を破壊されるにひとしかったからである。

徴兵制についてはしばしば否定的に言及されることはあっても、学制それ自体が問題にされないのは奇妙というほかはない。それらが並んで出てきたことの意味が考えられたことがないのだ。それらが「富国強兵」の基礎として実施されたことはいうまでもないが、そこにはもっとべつの意味がある。たとえば、軍隊は西洋列強に対する防衛と対抗の「目的」で形成された。しかし、軍隊の内実は、それまで諸階級・諸生産様式に所属していた人間に、集団的規律と機能的在り方を〝教育〟するものである。軍隊そのものが「教育」機関なのである。

今日でも、エリック・ホッファーはこういっている。《アメリカ黒人の劣等から平等への移行が、他のどこよりも軍隊においてなされているということは意味深い。現在のところ、軍隊は、黒人がまず人間であって、黒人であるのはほんの二次的なことだといえる唯一の場所である。同様に、イスラエルでも、軍隊が多国語を話す移住者を自尊心あるイスラエル人に変える唯一無比の機関となってきている》(『現代という時代の気質』同前)。もちろん、それは軍隊の明示的な目的ではないが、日本において、その内容が反動的なものだったとしても、軍隊は、従来の生産様式と身分から独立した「人間」を形成したのである。一言でいえば、徴兵制と学制が、「人間」を作り出したのだ。これらの制度は、そこでいかなるイデオロギーが注入されようとも、民主主義的イデオローグの言説よりはるかに強く機能したといってよい。

明治の学校教育が天皇制イデオロギーにもとづくこと、したがって、それを民主主義的あるいは社会主義的に変えることが「教育」の進歩だと考える者は、「教育」というものそれ自体の歴史性をみないのである。

たとえば、レーニンは次のようにいっている。

われわれがすでにその深遠な思想を知っている新『イスクラ』の同じあの「実践家」は、私が党を中央委員会という支配人を頭にもった「巨大工場」と考えていると非難するのである。この「実践家」は、自分がもちだしたこの恐しい言葉が、プロレタリア組織の理論も実践も知らないブルジョア・インテリゲンツィアの心理を、一挙にさらけだしていることに、気づきもしないのである。人によってはお化けにしかみえないこの工場こそ、プロレタリアートを結合し、訓練し、彼らに組織を教え、彼らをその他すべての勤労・被搾取人階層の先頭にたたせたところの、資本主義的協業の最高形態にほかならない。資本主義によって訓練されたプロレタリアートのイデオロギーであるマルクス主義こそ、不安定なインテリゲンツィアに、工場のもつ搾取者的側面(餓死の恐れにもとづく規律)と同じく組織者としての側面(高度に発達した技術からくる共同労働にもとづく規律)との相違を教えてきたし、今も教えている。ブルジョア・インテリゲンツィアがなかなか獲得できないこの規律と組織を、プロレタリアートは、まさしくこの工場という「学校」のおかげで、きわめて容易に自分のものにしてしまう。(「一歩前進、二歩後退」)

工場は「学校」であり、また軍隊も「学校」であり、逆にいえば、近代的な学校制度そのものがそのような「工場」である。工場あるいはマルクスのいう産業プロレタリアートがほとんどない国で、革命権力がまっさきにやるのは、実際の工場を作ること――それは不可能である――ではなく、結局「学制」と「徴兵制」であって、それによって国家全体を工場＝軍隊＝学校として組織しなおすのである。その際のイデオロギーが何であってもよい。近代国家は、それ自体「人間」をつくりだす一つの教育装置なのである。

　日本の児童雑誌は、明治二十年代に、そのような学校教育の補助として、あるいは「学童」のために出現している。その内容を批判するまえに、学制がすでに新たな「人間」あるいは「児童」をつくり出していたことに注意すべきである。むろん学校においても児童雑誌においても、その教育思想は儒教的であった。しかし、本来中国において士大夫のイデオロギーである儒教は、江戸時代に武士階級のイデオロギーとして導入されたのであって、農民・町民(上層部をのぞく)にとっては無縁であった。だから、明治の学校において普及された儒教的イデオロギーは、すでに抽象的なものである。「忠孝」といっても、学校という葛藤のない抽象的世界で教えこまれるものにすぎず、世間に出ればたちまち矛盾にさらされる。この矛盾意識が青春期にほかならない。江戸時代の武士の子供が教えこまれる「忠孝」はもっと具象的なものであった。

　明治期における教育思想が批判されるとき、いつも学制そのものの意味作用がみおとされている。したがって、「教育」そのものが疑われずに残る。良心的でヒューマニスティックな教育者・児童文学者らは、明治以来の教育内容を批判し、「真の子ども」、「真の人間」をめざしているのだが、それらは、近代国家の制度の産物にすぎないのである。ユートピアを構想する者は(そのユートピアでの)独裁者だと、ハンナ・アーレントがいっているが、「真の人間」、「真の子ども」を構想する教育者・児童文学者はそのような〝独裁者〟でしかありはしない。しかも、いつもそのことをまったく意識しないのである。

明治三十年代に、それまで個々の例外的な突出としてあった「近代文学」が一般化するにいたったのは、「学制」が整備され定着してきたことと関連している。そして、その上で、小川未明らによる「児童の発見」が可能だったのである。

江戸以来の徒弟制を引きずっていた硯友社系の作家らは、そのような「児童」を見出すことができなかった。しかし、われわれはその周辺に、子供のために書かれたものではないが子供のことを書いたすぐれた作品を見出すことができる。樋口一葉の『たけくらべ』である。[4] 彼女が書いたのは、子供と大人との間にアドレッセンス(青春)のような一期間がないような世界である。樋口一葉こそ、子供時代について書き、しかも「幼年期」や「童心」という転倒をまぬかれた唯一の作家であった。

第6章　構成力について——二つの論争

その一　没理想論争

1

いわゆる近代以前の文学を読むとき、われわれはそこに「深さ」が欠けているように感じる。しかし、たとえば、江戸時代の人々が深さを感じていなかったわけではないだろう。事実として、彼らはさまざまな恐怖、病い、飢えに日常的にさらされ、そのことを感受しながら生きていたはずである。にもかかわらず、彼らの文学に「深さ」がないとは、どういうことなのか？　われわれはそれを彼らの「現実」や「内面」に帰すべきではないし、またそこに「深さ」をむりに読みこむべきでもない。逆に、「深さ」とは何であり、何によってもたらされたのかと問うべきである。

この問題は、文学のかわりに絵画を例にとると、わかりやすい。近代以前の日本の絵画には何かしら「奥行」が欠けている、いいかえれば、遠近法が欠けているようにみえる。だが、われわれがすでに慣れてしまったために自然のようにみえるこの遠近法は、もともと自然なものではない。西欧においても、近代の遠近法が確立されるまでの絵画には、「奥行」がなかった。この奥行は、数世紀にわたって、消失点作図法という、芸術的というよりは数学的な努力の過程で確立されたのであって、それは現実に、つまり知覚にとって存在するのではなく、もっぱら〝作図上〟存在するのである。この作図法は、《幅・奥行・高さのすべての値をまったく一定した割合に変え、そうすることによってそれぞれの対象に、その固有の大きさと眼に対するその位置とに応じた見かけの大きさを一義的に確定する》(パノフスキー『〈象徴形式〉としての遠近法』木田元他訳、哲学書房)。こうした遠近法的空間に慣れると、われわれはそれが〝作図上〟存在することを忘れ、まるでそれまでの絵画が〝客観的〟な現実をみていないかのように考えがちである。

たとえば、江戸時代の画が「写実」的であったとしても、それはわれわれが考えるような「写実」ではない。なぜなら、彼らはそのような「現実」をもっていないからであり、逆にいえば、われわれのいう「現実」は、一つの遠近法的配置において存在するだけなのである。

同じことが文学についていえる。われわれが「深さ」を感じるのは、現実・知覚・意識によってではなく、近代の文学における一種の遠近法的な配置によるのである。われわれは、近代文学の配置が変容されていることに気づかないために、それを「生」や「内面」

の深化の帰結として見ることになってしまうのだ。近代以前の文学が「深さ」を欠くということは、彼らが深さを知らないということではなく、「深さ」を感じさせてしまう配置をもっていないということでしかない。

また、われわれは近代以前の文学に対して、そこに何気なく入りこめないように感じる。それは必ずしも描かれた背景が疎遠だからではないし、また人物が等身大に描かれていないからではない。たとえば、近松の「世話物」においては——これは世界的に異例であるが——、並の背丈をもった人物が「悲劇」の主人公である。にもかかわらず、われわれは、そこから一つの膜でへだてられているように感じる。そこには、「まるで自分のことが書かれている」という、あの感じがない。これはどういうわけだろうか。

この点においても、絵画が参考になる。たとえば、遠近法ができている絵画は、画面がそのまま見ているわれわれの方向に、連続的にひろがっている。そのような絵に対しては、題材が何であれ、われわれはそこに入って行けるように感じる。遠近法が不安定であるときには、その感じは損われる。文学においても、感情移入、あるいは「自分のことが書かれている」というあの感じは、われわれの「意識」に求められてはならない。また、それが人間に固有の本性だと考えられてはならない。なぜなら、それは一つの特定の遠近法的配置によってこそ可能なものだからである。しばしば〝想像力〟豊かな研究者は、われわれをへだてている膜を突きぬけて、近代以前の文学に〝深く入って〟行くのだが、さしあたって重要なのは、むしろその手前にとどまることである。

明らかなことは、第一に、近代以前の文学に「深さ」がないように感じられるのは、たんにそれを感じさせる配置をもっていないということであり、第二に、しかし、そのような遠近法的配置は、なんら文学的価値を決定しないということである。まるで「内面的深化」とその表現が文学的価値を決するかのような考えが、「文学史」を支配している。しかし、文学は、そのようなものである「必然」をすこしももっていない。

すでにいったように、西欧の絵画における遠近法の確立には「作図」に関する数世紀の努力が必要であった。しかし、この作図法は「まったく数学的な問題であって芸術的な問題ではない」し、「それは芸術的価値にはなんらかかわりがない」と、パノフスキーはいっている。近代の遠近法が「数学的問題」としてあったということは、それが美術の上でなされたとはいえ、本来美術とは無関係な形式の問題が美術と結合されてしまったということ、のみならずそれが「芸術的価値」の問題であるかのようにとりちがえられてしまったということを意味している。

文学に関しても同じことがいえる。文学は、現在われわれが自明とし価値評価の軸にしているような「文学」である必然をすこしももっていないのだ。しかし、そういったところで、われわれの自明性がくつがえされるわけではない。パノフスキーもいっている。《しかし、遠近法は芸術的価値の契機ではないとしても、それはやはり様式の契機ではあるのだし、さらにそれ以上のものでさえある》。したがって、われわれはこの遠近法をあらためて検討してみなければならない。というのも、遠近法は絵画や文学だけでなく、あらゆる「パースペクティヴ」にかかわる問題だからである。

2

通常われわれが遠近法と呼んでいるのは、幾何学的遠近法である。それは、古典古代(ギリシア・ローマ)あるいは中国・日本などの絵画における遠近法とは異質である。それはどのように出現したのだろうか。一般に、それは古典古代(ギリシア・ローマ)にあった遠近法の延長あるいは再生であると考えられていた。そのような見方をくつがえしたのがパノフスキーである。彼の考えでは、近代遠近法は、古典古代の遠近法の延長または再生としてではなく、それに対する完全な拒否、すなわち中世美術からしか出てこない。古典古代の遠近法には、中世美術がもつ「等質的空間」が存在しない。《古典古代の芸術は、純粋な立体芸術であった。これは、たんに見えるというだけではなく、手でつかむこともできるようなものだけを芸術的現実と認めるのであり、また素材の上でも三次元を占め、機能や均衡の上でも固体として規定されており、したがってつねになんらかの仕方で擬人化されている個別的要素を、しかも絵画的に空間的統一体に結びつけるのではなく、建築的ないし彫塑的に群構造に組み上げるものであった》(『〈象徴形式〉としての遠近法』同前)。

古典古代の美術においては、個物が「空間」とはべつにあった、つまり諸個物が不等質な空間に属していた。中世美術はそれら個物の実在性をいったん解体し、平面の「空間的統一体」のなかに統合した。ここで、世界は「等質的な連続体」に改造される。それはデカルト)は、そこからのみ出現しうるのである。《芸術がこのように単に無限で「等質的」だというだけでなく、また「等方向的」でもある体系空間を獲得するということが、「測定不可能」で「無次元的な流動体」であるが、測定可能な近代の体系空間(ガリレオ、(後期ヘレニズム・ローマ期の絵画がどれほど見せかけの近代性をもっていたにしても、やはり)どれほどまで中世の展開を前提として必要としているかも、明らかに見てとれよう。というのも、中世の「大規模様式」によってはじめて、表現基体の等質性もつくり出されたのであって、この等質性がなければ空間の無限性のみならず、その方法に関する無差別性も思い描かれえなかっただろうからである》(同前)。

くりかえすと、近代遠近法における「奥行」が、いったん古典古代的な遠近法が否定されることによってしか出てこなかったということに注目すべきである。もちろん、古典古代においても、プラトンは、遠近法は事物の「真の大きさ」をゆがめ、現実やノモスのかわりに主観的な仮象や恣意をもちだすという理由で、それを否定していた。遠近法を斥けた中世の空間は、いうならば、「知覚空間」をしりぞけるネオ・プラトニズム＝キリスト教的な形而上学のなかで形成されたのである。そうだとすれば、奥行、測定可能な等質空間、あるいは主観―客観という認識論的な遠近法は、ネオ・プラトニズム＝キリスト教的な形而上学に対立するのではなく、まさにそれに依拠しているといわねばならない。

幾何学的遠近法は絵画の問題、つまり、三次元空間のものを二次元にとりこむことから生じた問題である。しかし、それは別の遠近法(パースペクティヴ)の問題とつながっている。たとえば、われわれが自然史や人類史を見るとき取るようなパースペクティヴを考えてみよう。現在、われわれは自然史・人間史を、進化論的であれ弁証法的であれ、無限遠点からこちらに向かって発展してくるものとして見ている。このような見方はどこから来たか。中世ヨーロッパのキリスト教においては、世界は神によって創造されたのであるから、それが発展するということはない。であれば、進化論的な見方はキリスト教以外のところから出てきたのであろうか。

自然史にかんしていえば、たとえば、リンネの分類表がなければ進化論はありえなかっただろうとレヴィ＝ストロースはいっている。リンネ自身は、種は神によって創造されたと信じており、進化論など考えてもいなかった。しかし、リンネが空間的に表示した系統樹的な分類が時間的に変換されたとき、進化論が生まれたのである。では、アリストテレスあるいは中世のスコラ哲学による分類表からは、なぜそのような変換が生じえないのか。注目すべきことは、したがって、リンネと進化論の差異よりも、アリストテレスとリンネの差異である。アリストテレスにとって、個物は異質な場所（トポス）に属しているのに対して、すでにリンネは「等質的空間」を前提していた。つまり、彼においては、種の分類表は比較解剖学的になされており、相異なる種はもはや〝異質〟ではない。だからこそ、そこから進化論的な時間への変換が可能なのである。

しかし、そのような進化論はまだダーウィンのそれではない。彼以前のラマルク、あるいはライプニッツやヘーゲルにあった進化論である。つまり、それは、感性的なものから理性的なものへの発展として目的論的な遠近法によって考えられるような進化論である。実は、ダーウィンの進化論とは、そのような進化論における遠近法を解体しようとして出てきたものなのだ。それは、簡単にいえば、二つの過程からなる。体系の中での個体が偶然に変異すること、そしてそのような個体によって体系そのものが変わることである。進化に目的はない。たんに偶然の変異が事後的に合目的的に理解されるだけである。ところが、皮肉なことに、ダーウィンの進化論は、一般に前ダーウィン的な進化論と似たようなものとして受けとられている。

同じことがフロイトについてもいえる。たとえば、ミシェル・フーコーは、一八世紀フランスで、狂人を空間的に排除・監禁するような事態、いいかえれば、「理性と狂気」の分割がおこったという。さらに、フーコーはいう、フロイトは狂気を言語の次元でふたたびとりあげ「非理性との対話の可能性」を復活させた、ただし医師と病人という「分割」は解消しえなかったとしても、と。しかし、そのようにいうとき、フロイトよりも前にそのような「分割」を否定する思考があったこと、むしろそのほうが優位であったことを見落としてはならない。たとえば、ヘーゲルの『精神哲学』はそれを典型的に示している。そこには、「理性と非理性」という分割はない。精神は時間的な発展段階においてある。精神がその発展において、どの段階であれ、低次の段階に固執するとき、それが「病」なのである。

古典古代でも、中世でも、理性と狂気の区別はむろんあった。しかし、狂人が別の聖なる次元の世界に生きていると思われている間、彼らは異質な存在とみなされても、空間的に排除されなかった。彼らが空間的に排除されたのは、彼らがもはや聖なる次元に属さず、同じ人間でありながら、たんに理性を欠いているとみなされたときである。いわば「等質的空間」が想定されたとき、狂人は異質な存在として空間的に排除されたのである。しかし、ロマン主義において、非理性は時間的に低次の段階に置かれた。いいかえれば、非理性は無意識あるいは深層として位置づけられたのである。

このことは、幾何学的遠近法が古代的な遠近法から発展してきたのではなく、まさにそのような遠近法を否定する「等質的空間」から生じたということと類似するだろう。ヘーゲルがいうような、低次の段階への固執あるいは自律としての疾病という概念を支えるのは、一つの遠近法にほかならない。一見すると、それはフロイトの病の概念と類似している。しかし、まさに低次の段階、あるいは深層という考えこそフロイトが斥けたのである。彼が精神医学に入った時代、すでに「深層心理」や「無意識」が重視されていた。むしろ彼はそのような「深層」を拒絶したのである。それは、彼がブロイヤーの催眠療法からはなれて、患者との対話および自由連想法をとったことに示されている。つまり、フロイトは「深層」のかわりに、自由連想または夢において表層的にあらわれる情報の連合と統合の配置に注目したのだ。フロイトが「無意識」とよぶものは、われわれの「意識」の遠近法的配置(線的・統合的)において、無意味・不条理なものとして排除されるような表層的配置である。アイロニカルなことは、フロイトの本質的な新しさが「深層」の拒否にあったにもかかわらず、「深層」の発見者とみなされてしまったことである。

一般に、フロイト派精神分析はヘーゲル的な観点に帰着しがちである。たとえば、フロイトの理論をエディプス・コンプレクスあるいは性的解釈への固執から解放し、「アイデンティティの危機と克服」を生の諸段階に見ようとしたエリック・エリクソンの場合は、まったくヘーゲル的なものとなっている。ただそこでは、もはやヘーゲルが忘れられており、同時に、そうした階層的遠近法をもたらしたのが一つの形而上学であることが忘れられているだけだ。

さらにヘーゲル的な遠近法を批判した者として、マルクスをあげないわけにはいかない。ヘーゲルが階層的発展の「原因」を対立や矛盾に見出したのに対して、マルクスは、実は対立や矛盾がいつも「結果」(終り＝目的)からみられたものにすぎないことを指摘した。対立や矛盾はいわば〝作図上〟存在するのであり、「原因」もまたそうである。マルクスは、それに対して、「自然成長的」な生成、あるいは自然成長的に変化するような多重構造体を「下部構造」と呼んでいる。このような見方が遠近法的に構成された歴史(弁証法的であれ進化論的であれ)に対する批判として出てきたことはいうまでもない。ヘーゲルのいう「精神」とは、始原である消失点から歴史を一望するような視点である。マルクスが否定したのはそのような「精神」のみならず、その唯物論的な変形、たとえば、フォイエルバッハの「人間」(類的本質)であった。マルクスはいう。《人間とは社会的諸関係の総体にすぎない》(『フォイエルバッハに関するテーゼ』)。

マルクスにおける「人間の死」やニーチェにおける「神の死」は、実は、神とか人間とかいった存在のことをさしているのではない。それは、事物・言説を透し見ることを可能にするようなものが、消失点作図によってもたらされた仮構にほかならないということを宣告することなのだ。だが、結局は、それもまた見透し(パースペクティヴ)あるいは歴史主義的な展望(パースペクティヴ)のなかに吸収されてしまう。すでに述べたように、マルクスやフロイトの仕事は「深層の発見」として理解されている。彼らが注視したのはいわば表層にほかならなかったし、それによって、深層を在らしめている階層化の遠近法(目的論的・超越論的)を解体しようとしたのにもかかわらず。しかし、逆にいえば、それは彼らを「深層」の発見者にさせてしまう「知の遠近法」がどれほど強力であるかを示している。

3

私は先に、一八世紀ヨーロッパの古典主義においてたんに空間的に分類されていたものが、後半のロマン主義の時期に、時間的な階層に変換されたことについて述べた。それと同じ事態は、明治二十年代における森鷗外と坪内逍遥のいわゆる「没理想論争」において、劇的に露出している。文学史家たちにそれが見えなかったのは、それが隠されているからではない。いわば文学史という「遠近法」がそれを見ることをさまたげるのである。明治二十年代に形成された「国文学」あるいは「文学史」は、あたかも古代から中世、近世、近代へ向かう文学の「進化」、「深化」、「発展」があるかのように過去の作品を配置した。いま必要なことは、そのようなパースペクティヴに対して、べつのパースペクティヴ(たとえば「反近代主義」のような)を提示することではなく、ただたんにそれらを可能にし且つ自明にしている配置そのものを注視することである。

この論争において、何が「問題」だったのかと問うてはならない。「問題」は、つねに対立あるいは矛盾として形成される。だから、論争という形態こそが「問題」を在らしめている。論争(対立)として形成される「問題」は、何かを明るみに出すと同時に、何かを隠蔽している。これは「政治と文学」論争であれ、「戦後文学」論争であれ、同じことである。対立が隠蔽するのは差異的多様性である。「没理想論争」を読むためには、彼らが対立することによって意味をなし「問題」をなしている場を、ずらしてみなければならない。

まず坪内逍遥はつぎのように述べている。

評釈といふにも二法ありて、有りの儘《まま》に字義、語格等を評釈して、修辞上に及ぶも一法なり。作者の本意もしくは作に見えたる理想を発揮して、批判評論するも評釈なるべし。予《よ》はじめは「マクベス」を義訳して、専ら第二の評釈の法を取らばやと思ひたりしが、又感ずることありて、むしろ第一義の評釈のかたを取るべしと決しぬ。其の故如何といふに、第二義の評釈、即ち「インタープリテーション」は若《も》し見識高き人に成れる時は、読みて頗《すこぶ》る感深く、益もあるべけれど、識卑《ひく》き人の手に成れる時は徒らに猫を解釈して虎の如くに言ひ做《な》し、迂濶なる読者をして、あらぬ誤解に陥らしむる恐れあり。こはシェークスピヤの作の甚だ自然に似たるより生ずることなり。此の点は大切の事なれば、いはでもの論に似たれど、左に少しく弁じ置くべし。

予がシェークスピヤの作を甚だ自然に似たりといふは、彼れが描ける事件、人物が、実際のに同じとにはあらず。彼れが作は読む者の心々にて、如何やうにも解釈せらるゝことの酷だ造化に肖《に》たるをいふなり。（「『マクベス評釈』の緒言」）

これは論争文として書かれたものではないが、論争の過程において、逍遥は結局、シェークスピアのテクストに関する右のような考えを述べることに終始している。彼のいう

「理想」とは、テクストを見とおすような意味・主題のことにほかならない。シェークスピアのテクストは、これまでさまざまな「解釈」を受けてきたが、そのどれにも還元されない、つまり「殆ど万般の理想をも容《い》れて余りあるに似たり」と、彼はいう。《蓋し造化の捕捉して解釈しがたきが如く、彼が作の変幻窮りなくして一定の形なく、思ひ做《な》し次第にて、黒白紫黄、いかさまにも解せらるゝが故なるべし》。

シェークスピアは「大哲学の如く」、また、その作品は「理想」の外化のごとくみなされる。しかし、シェークスピアを称賛するというのなら、「むしろ其の没理想なるをたゝふべきのみ」と、逍遥はいう。《然るに、(中略)古人多くは没理想の作を、やがて大理想と解釈して、其の作者を神の如く、聖人の如く、また至人の如く評したるものあれど、没理想必ずしも大理想なるにはあらず、小理想もまた没理想と見ゆることあり》。逍遥は、「没理想の作」が「大理想」として解釈されてしまう転倒を指摘するとともに、「没理想」なるものはそれ自体「目的」ではないというのである。鷗外が逍遥のいう「没理想」をゾライズムと比肩したりするのは、当たっていない。自然主義とは、いわば「没理想と見ゆる」「小理想」にすぎないからだ。

逍遥は、一貫して、シェークスピアのテクストについて語っている。シェークスピアという作者が「没理想」を掲げていたというわけでもなければ、また、「没理想」をめざせといっているわけでもない。ただ、シェークスピアのテクストがどんな「理想」にも透過的に還元されないこと、したがって、「第一義の評釈」つまりテクスト・クリティクからやるほかないこと、ただそういうことをくりかえしているだけなのである。

逍遥は、また、「空理を後にして、現実を先きにし、差別見を棄てゝ平等見を取り、普《あまね》く実相を網羅し来りて、明治文学の未来に関する大帰納の素材を供せんとする」という。『小説神髄』も根本的にこうした姿勢で書かれており、一言でいえば、それは帰納的な方法による、小説の「分類」なのである。それが非歴史的で空間的なものであることは、西洋・日本・中国の小説をたんにその形態から分類していることから明らかだし、また、『マクベス評釈』の緒言」においても、「近松もしエリザベス時代に生れて、英文にて世話物を書き残し……」というふうに、歴史的な遠近法をもっていない。だが、それは「理想」(意味)からではなく形態から小説をみようとする姿勢をつらぬいている。つまり、時と所を異にする小説を、それらの差異を捨象する「平等見を取り」、フォーマリスティックに考察し分類しているのである。

西洋人がこのような発想をするようになるのは、西洋をその外の世界から非中心化する時期にいたってからにすぎない。しかし、今日からみるとかえって新鮮にみえる逍遥の論が、当時においても(ある意味では現在においても)鷗外に圧倒されたようにみえるのも、実はそのためなのだ。逍遥には「深さ」の遠近法が欠けている。

鷗外の要約にしたがえば、逍遥は小説を三つに分類している。第一に、固有派・主事派・物語派。これは「事柄を先にし、人物を後にす」るもので、「大かたの事変は、主人公の性行より起らしめずして、偶然外より来らしむ」ものである。例として、馬琴、種彦、外国では中古の物語類、フィールディング、スモーレットなどがはいる。第二に、折衷派・性情派・人情派。これは「人を主とし、事を客とし、事を先にし、人を後にす」る。つまり、前者は「人の性情を活写する」という意味であり、後者は「事によりて性情を写」すという意味である。例としてサッカレーがあげられる。第三に、人間派。これは「人を因とし、事を縁とす。その因とするところは人の性情にして、その縁とするところは事変なり」というようなもので、例として、ゲーテ、シェークスピアがあげられている。

鷗外が批判するのは、こうした分類がたんに併列的なものとしてあるという点である。「逍遥子とても、固有、折衷、人間の三目を立てゝ流派とせしは、あながち尊卑を其間に置かざりしにはあらざるべし」と、鷗外はいう。彼にはすでに歴史的なパースペクティヴがあり、たとえば、「詮ずるところ人間主義の小説界に入りしは、一九世紀に於ける特相といふも誣言《ふげん》にあらじ」という。もちろん、この程度の歴史主義的認識を〝あながち〟逍遥がもっていなかったわけではない。しかし、逍遥のすぐれた点は、のちに漱石がロンドンで『文学論』を構想したときそうしたように、西洋の「文学史」をあえて受けいれなかったところにあるといってよい。彼は、彼のなじんでいた江戸以来の日本の小説を西洋の小説と併置して、〝没理想〟的に位置づけようとしたのであり、それを「改良」はしても「切断」をしなかったのである。それに対して、森鷗外はこうのべている。

然はあれど固有、折衷、人間の三目は逍遥子立てゝ派となしつ。類想《ガツツングスイデエ》、個想《インヂヴィツアルイデエ》、小天地想《ミクロコスモスイデエ》の三目は、ハルトマン分ちて美の階級としつ。二家はわれをして殆岐に泣かしめむとす。

ハルトマンが類想、個想、小天地想の三目を分ちて、美の階級とせし所以は、其審美学の根本に根ざしありてなり。彼は抽象的《アブストラクト》理想派の審美学を排して、結象的《コンクレエト》理想派の審美学を興さむとす。彼が眼にては、唯官能上に快きばかりなる無意識形美より、美術の奥義、幽玄の境界なる小天地想までは、抽象的より、結象的に向ひて進む街道にて、類想と個想(小天地想)とは、彼幽玄の都に近き一里塚の名に過ぎず。(「柵草紙の山房論文」)

鷗外の主張は、いいかえると、逍遥が併列させている「三派」は階級(階層)的なものであり、発展段階にほかならないということである。彼はそのことをハルトマンに拠って主張する。しかし、鷗外自身がいうように、そのためには必ずしもハルトマンに依拠する必要はなかっただろう。

ハルトマンの「無意識哲学」とは、ある意味では、ヘーゲルの「理念」とショーペンハウアーの「意志」とを統合したようなものである。ヘーゲルと異なるのは、絶対者が合理的な「理念」ではなく、非合理的な「意志」すなわち「無意識者」だという点である。また、べつの意味では、それはヘーゲルの弁証法的進化論とダーウィン的な進化論を統合したようなものであって、世界は「無意識者」の自己分裂による階層的発展としてとらえられている。だが、「無意識」という深層が目的論的遠近法のなかでのみ見出されていることに注意すべきだろう。だから、結局それはヘーゲル主義的なものに帰着するのであり、それを破ってはいない。

しかし、ハルトマンの哲学がどうであってもよい。重要なのは、むしろ鷗外がその時期に支配的であった歴史主義や実証主義をとらずに、極端な一元的観念論をとったということである。われわれは、このことを、哲学的内容によってではなく、配置においてみなければならない。つまり、鷗外が「理想」(理念)を主張することによってもたらそうとしたのは、逍遥における併列的なカテゴリーを時間化(階層化)することであり、いいかえれば逍遥における奥行の遠近法を深さ(上下)の遠近法に変容することであった。これはドイツの思想的文脈においてハルトマンの哲学が意味したこととはほぼ無関係である。ハルトマンの前にはすでにヘーゲルがいるからだ。しかし、鷗外においては、先行するものは何もなく、ただ逍遥ひとりが体系的な理論をもって存在していたのである。この「没理想論争」において、鷗外が終始攻撃的だったのはそのためである。

逍遥における「理想」と、鷗外における「理想」の意味はまったくちがっていた。くりかえしていうと、鷗外のいうような「理想」は、テクストを、ある〝消失点〟によって見とおすことができるように配置しなおすことによって生じる。たとえば、「時代精神」とは、ある時代の多様な諸言説を一つの中心(消失点)をめぐって配列しなおすことにほかならない。その上で、観念論は、逆に、テクストをそのような「時代精神」の外化(表現)とみるわけである。したがって、観念論を批判するためには、「時代精神」のかわりに「経済的下部構造」等々をもってきたりするのではなく、いわば消失点作図法それ自体を批判することが必要なのだ。すでにいったように、マルクスがやったのはそのような企てである。

しかし、鷗外がこのとき必要としたのは、逆に、そのような遠近法をもたらすことである。彼のいう「理想」は、江戸文学的なものの「改良」ではなく、その配置を全面的に再編成し中心化するような〝消失点〟にほかならない。厳密にはそこからのみ「近代文学」があらわれる。むろん私は鷗外の理論そのものから「近代文学」が出てきたといっているのではない。この論争において、対立し「問題」を形成したのは鷗外である。鷗外は、明治二十年代において併存し多様な差異性としてあったもの——逍遥はそれを「没理想的」に肯定している——を、「対立」として構成したのであり、江戸文学的な流れを「下位」として位置づけ、且つそのことを「必然」化したのである。

4

興味深いのは、しかし、鷗外が大正期に入ってほとんど唐突にこのような配置に抗いはじめたことである。以前私は「歴史と自然——鷗外の歴史小説」(『意味という病』所収)というエッセイでそれを指摘したことがあるが、あらためてのべておきたい。たとえば、鷗外は、乃木将軍の殉死のあと、一気に『興津弥五右衛門の遺書』を書きあげ、それが彼の歴史小説に入りこむきっかけとなった、といわれている。しかし、重要なのは、一気に書かれた初稿ではなく、彼が八ヵ月後にそれを大幅に改稿したという事実である。

初稿では、遺書はつぎのように終っている。

最早《もはや》某《それがし》が心に懸かり候事毫末も無之《これなく》、只々老病にて相果候が残念に有之《これあり》、今年今月今日殊に御恩顧を蒙《こうむり》候松向寺殿の十三回忌を待得候て、遅馳《おくればせ》に御跡を奉慕《したいたてまつり》候。殉死は国家の御制禁なる事、篤《とく》と承知候へ共《ども》壮年の頃相役を討ちし某が死遅れ候迄なれば、御咎《とがめ》も無之歟と存候。（中略）

此遺書蝋燭の下にて認《したため》居候処、只今燃尽候。最早新に燭火を点《ともし》候にも不及《およばず》、窓の雪明りにて、皺腹搔切《しわばらかっきり》候程の事は出来可申《もうすべく》候。

初稿では、右のように、「国家の御制禁」である殉死を、「窓の雪明り」の下で決行することになっている。ところが、改稿によれば、弥五右衛門は、主命を得て、「いかにも晴れがましい」場所で切腹するのである。しかもそのあとがきに、「仮屋の周囲には京都の老若男女が堵《と》の如くに集つて見物した」とある。この違いは何を意味するのだろうか。

初稿はたしかに乃木将軍を想起させる。事実、それが発表された『中央公論』誌上に、この作品は「万治元年先君に殉死せる遺書に擬せる作なり」と銘打って、乃木殉死に関する諸家の論評と併載されたのであり、疑いなく鷗外は初稿を、乃木殉死に関する解釈として書いたのである。したがって、初稿には明確な「主題」があり、凝縮された緊迫感がある。ところが、改稿ではそういう緊迫感はなく、「主題」もあいまいになってしまっている。初稿と改稿で「主題」が異なるというよりも、鷗外は改稿においてむしろ「主題」そのものを否定しようとしたのである。

　鷗外の「歴史小説」がはじまるのは、厳密には、この改稿の時点からである。それまでの鷗外の作品が大なり小なり「意味」を表現したものとすれば、この改稿以後の作品は、そのような超越論的な「意味」を拒絶している。それは、作品における配置を非中心化することによってなされる。そこでは、互いに矛盾しさえする諸断片が「意味するもの」として併列されており、それらを見とおすことを許すような「消失点」はない。

　たとえば、『阿部一族』において、阿部一族と家族ぐるみのつきあいのあった隣人柄本又七郎の、一族を討ったあとの様子はつぎのように描かれている。

> 阿部一族の死骸は井出の口に引き出して、吟味せられた。白川で一人一人の創を洗つて見た時、柄本又七郎の槍に胸板を衝き抜かれた弥五兵衛の創は、誰の受けた創よりも立派であつたので、又七郎はいよ〱面目を施した。

悲劇的な物語を予期しながら読みつづけてきた読者は、ここではぐらかされる。われわれには柄本という男の「内面」がさっぱりわからない。それはたんに鷗外が「外面」描写に徹しているからではない。つまり、表面から深さを暗示させようとする文体をとっているからではない。もともと柄本という男には、われわれが考えるような「内面」がないのであって、鷗外は右のような断片を併置することによって、「深さ」に到ろうとする読者を突き放すのである。

鷗外は、彼の「歴史小説」が一つの「物語」として読まれてしまうことを斥けるために、さまざまな工夫を凝らしている。註や後記は、彼の作品の場合、作品を理解するのを助けるためではなく、それが一つの焦点を結ぶことがないように意図的に附されている。これは「史伝」においてはもっと徹底される——つまり、それはもはや「作品」であろうとすること自体を拒んだ作品なのである。にもかかわらず、鷗外の「歴史小説」を、心理的・歴史的に解釈し、且つ批判する研究者が跡を絶たない。

鷗外のこうした「転回」にかんして、私は以前に書いたことをこれ以上くりかえすかわりに、それを「没理想論争」からとらえなおしてみたいと思う。鷗外はつぎのようにいっている。

……わたくしの前に言つた類の作品は、誰の小説とも違ふ。これは小説には、事実を自由に取捨して、纏まりを附けた迹がある習《ならい》であるに、あの類の作品にはそれがないからである。わたくしだつて、これは脚本ではあるが「日蓮上人辻説法」を書く時なぞは、ずつと後の立正安国論を、前の鎌倉の辻説法に畳み込んだ。かう云ふ手段を、わたくしは近頃小説を書く時全く斥けてゐるのである。

なぜさうしたかと云ふと、其動機は簡単である。わたくしは史料を調べて見て、其中に窺はれる「自然」を尊重する念を発した。そしてそれを猥に変更するのが厭になつた。これが一つである。わたくしは又現存の人が自家の生活をありの儘に書くのを見て、現在がありの儘に書いて好いなら、過去も書いて好い筈だと思つた。これが二つである。

わたくしのあの類の作品が、他の物と違ふ点は、巧拙は別として種々あらうが、其中核は右に陳べた点にあると、わたくしは思ふ。(「歴史其儘と歴史離れ」大正四年)

鷗外は忘れていたかもしれないが、これは逍遥がシェークスピアのテクストについてのべたこととほぼ同じである。彼はひとまわりして、明治二十年代の論敵の境位に到達したかのようにみえる。むろんこのひとまわりこそ、つまり、近代文学の配置を先駆的に形成した鷗外自身がそれを非中心化しようとしたということが重要なのである。

問題は、鷗外の転回が先端を切りひらくというよりは、一種の本卦帰りというかたちでなされていることである。彼はたんに「厭になつた」のである。鷗外がやったような転回は、西洋の作家においてはおそらく途方もない知的緊張を要したし、今も要するだろう。しかし、鷗外においては、それはいわば老いるのと同じ自然過程としてなされている。これは鷗外だけの問題ではなかった。「纏まりを附け」ることへの嫌悪、いいかえると「構成」への嫌悪は、大正期において、鷗外の「歴史小説」への傾斜と平行して、いわゆる「私小説」として支配的な傾向となっているからだ。意味内容においてではなく配置においてみるならば、それらは共通する一つの傾向性にほかならない。

たとえば、「私小説」は、ある均質空間としての「社会」のかわりに具体的な血縁の空間をとりあげ、またそのような「社会」に対応する「私」のかわりに、気分・知覚といった前コギト的領域を書く。したがってまた、それは本質的に「構成」を嫌悪し、一九世紀西欧の小説を「不純」あるいは「通俗」として軽蔑しさえするのである。逆説的なことは、こうした反「文学」的志向が「純文学」を形成したということである。だが、この嫌悪はどこからくるのか。いうまでもなく、それは遠近法的な配置、超越論的な意味(消失点)への嫌悪である。むろん彼らはそのことをはっきり自覚してはいなかったし、する必要もなかった。それを明確に自覚したのは、構成的な作品に嫌悪をおぼえはじめた晩年の芥川龍之介だけだといってよい。われわれはそれを、谷崎潤一郎との、いわゆる「「話」のない小説」論争に見ることができる。

その二 「「話」のない小説」論争

1

私が論争をとりあげるのは、そこに何らかの解決さるべき「問題」を見出すためではない。まったくその逆であって、対立として意識された「問題」を一つの症候として解読するためにすぎない。マルクス主義の枠内での「文学論争」とちがって、突発的におこり芥川の自殺によって立ちきえてしまった「「話」のない小説」論争は、とりわけそのようなものとしてある。

この論争において、芥川は「「話」のない小説」についてのべ、「話」は「芸術的価値」とは無関係だといっている。それに対して、谷崎は、「筋の面白さは、云ひ換へれば物の組み立て方、構造の面白さ、建築的の美しさである。此れに芸術的価値がないとは云へない」という。したがって、一見すると、この論争では、断片化(非中心化)することと、構成化(中心化)することとが対立しているようにみえる。しかし、たとえば、芥川が否定する「話」と、谷崎が肯定する「話」は、微妙にくいちがっている。それは逍遥のいう「理想」と、鷗外のいう「理想」がくいちがっていたのと類似している。「話」をめぐる彼らの対立は、「話」が何であるかを明らかにすることによって、まったくちがった様相を呈するだろう。芥川が「話」によって意味するものと、谷崎が「話」によって意味するものとは異なっている。いいかえると、芥川が「話」を否定することで対立しているのは谷崎ではないかもしれないし、谷崎が「話」を肯定することで対立しているのは芥川ではないかもしれない。だから、「話」という語の同一性にまきこまれることで互いに対立してしまうとはいえ、彼らは暗に手を結びあっているのかもしれないのである。「「話」のない小説」論争が、「問題」としてではなく「症候」として読まれなければならないのは、そのためなのだ。

丸山真男は、日本における論争は論理的に煮つめられないまま感情的対立に終るため、同じ「問題」が何年か経つと前とは無関係に議論されるといっている。しかし、日本であろうと、西洋であろうと、「問題」が論理的に解決されたりすることなどありはしない。ヴィトゲンシュタインがいうように、「問題」はそれが「問題」でなくなったときにのみ解決されるのだからである。さらに、たとえば西欧中世の実在論と唯名論の論争にしても、その「対立」は論理的に解決されたのではないし、そのような「対立」を形成しているのは論理そのものとはべつのものだ。まして、「「話」のない小説」論争に関しては、芥川と谷崎が駆使するロジックにとらわれることはできないのである。

たとえば、佐伯彰一は、「……その論旨の提示ぶりから議論の展開の仕方まで、芥川の方が終始押され気味で、じりじりと後退をつづけるばかりであった。その態度、筆勢からして、ほとんど一方的に負け戦で、どう見ても芥川に勝ち味はなかった」と書いている。むろんそのあとでつぎのようにのべている。

……わが国の二十世紀小説のその後の推移について考えるなら、谷崎・芥川論争における現実的な勝利者はむしろ芥川の方であった。と認めざるを得ない。基本的な定義の曖昧さ、論法と細部におけるしどろもどろの遅疑逡巡ぶりにもかかわらず、芥川の小説論上の主張の方が、はるかに強力に生きのびたと思われる。

ここに不思議な文学史のアイロニイがある。論争における明らかに敗者の側の文学的主張の方が、根づよく生きのびて、かえって勝者を圧倒する勢いを示したのだ。

（『物語芸術論』講談社）

この論争を「勝負」としてみるなら、なるほど「不思議な文学史のアイロニイ」がそこにみつかるかもしれない。しかし「症候」としてみるなら、彼らの「対立」が相互に逆転してしまうようにみえるのは、アイロニイでも何でもない。対立の形式が、本当は網目状にからまりあっている様態を切りすててしまっているからにほかならない。

2

現代絵画は一九世紀半ばから幾何学的遠近法への反撥から起こっている。後期印象派のセザンヌは複数の消失点をもつ絵を描いた。さらに、キュービズムや表現主義にあっては、遠近法そのものが拒否されてしまった。彼らの遠近法への疑いは、幾何学的遠近法における「等質的空間」が、作図によって与えられたものであり、「知覚」によって与えられるものとは乖離しているという意識にはじまっている。パノフスキーはいう。

正確な遠近法的作図は、精神生理学的空間のこうした構造を原理的に捨象している。(中略)この遠近法は、われわれが固定した一つの眼で見るのではなく、つねに動いている二つの眼で見ており、そのため「視野」が球面状になるという事実を見落としている。この遠近法は、可視的世界がわれわれに意識される際の心理学的に条件づけられた「視像」と、われわれの物理的な眼球に描かれる機械的に条件づけられた「網膜像」との重大な区別を考慮にいれていない。(『〈象徴形式〉としての遠近法』同前)

知覚はたんに視覚に限定されない。それはたとえば「手でつかむ」運動をもふくむのである。また、知覚は諸感覚としてばらばらに切りはなされてはならない。知覚は、それゆえ、身体は錯綜した構造体としてある。絵画におけるキュービズムや表現主義の反遠近法は、哲学における知覚・身体に対する現象学的な注視に対応しているのである。それは小説においては、三人称客観という視点の虚構性への反撥としてあらわれる。先に述べたように西洋においては、それを最初に指摘したのはサルトルであった(1)。

しかし、この論争で、芥川が「話」を否定したとき、まさにそのようなことを意味していたのである。

「話」らしい話のない小説は勿論唯身辺雑事を描いただけの小説ではない。それはあらゆる小説中、最も詩に近い小説である。しかも散文詩などと呼ばれるものよりも遥かに小説に近いものである。僕は三度繰り返せば、この「話」のない小説を最上のものとは思つてゐない。が、若し「純粋な」と云ふ点から見れば、——通俗的興味のないと云ふ点から見れば、最も純粋な小説である。もう一度画を例に引けば、デッサンのない画は成り立たない。(カンディンスキイの「即興」などと題する数枚の画は例外である。)しかしデッサンよりも色彩に生命を託した画は成り立つてゐる。幸ひにも日本へ渡つて来た何枚かのセザンヌの画は明らかにこの事実を証明するのであらう。僕はかう云ふ画に近い小説に興味を持つてゐるのである。(『文芸的な、余りに文芸的な』)

芥川自身が絵画を例にとっているということからみても、彼のいう「「話」のない小説」がいかなる文脈で語られているかは明瞭であろう。芥川のいう「話」とは、見透しを可能にするような作図上の配置にほかならない。しかし、重要なのは、たんに芥川が第一次大戦後の西欧の動向に敏感だったということではなく、また彼がそのような作品を書こうとしたことですらもなくて、西欧における動向を日本の「私小説」と結びつけたことである。いいかえると、芥川は「私小説」を世界的に最先端を行くものとして、いわばアンチロマンとして、意味づけたのである。

こうした視点は、当の私小説家たちにとっては不可解だったはずである。むろん谷崎潤一郎もそれを理解していない。私小説家たちは、「私」をありのままに書くのだと考えていたのだし、また西欧の作家と同じことをやっているのだと考えていた。だが、彼らの実際にやっていることはそうではなかった。芥川がそこに見たのは、告白か虚構かというような問題ではなくて、「私小説」というものがもつ遠近法的な配置の在りようだったといえる。芥川は、それを中心をもたない断片の諸関係としてみたのである。

私小説において、「在りのままに書く」ということは、鷗外がそういった意味で、もはや「纏まりを附け」ないことである。いわゆるリアリズム（一九世紀的）は、作図上の空間に属しているのであるから、私小説家たちが同一の語を用いたとしても、内実はまるでちがっている。同じことが、「私」という語についてもいえる。私小説においては、実は「私」は現象学的な意味でカッコにいれられているのである。

近代西欧における「私」は、デカルトがそうであったように、一つの遠近法的配置においてである。西欧においては、この配置があまりにも自明かつ自然であるために、それが作図上の配置であることに気づくこと自体が容易ではなかった。のみならず、この配置を還元（カッコいれ）して、それが変形し隠蔽している原初的な〝配置〟の在りようをみるためには、むしろ不自然な意志と方法的な仕掛けを必要とする。フッサールやベルクソンがそれぞれ払った努力を考えてみればよい。日本の私小説家においては、その逆である。彼らにとって、西欧的な「私」を自然たらしめている幾何学的遠近法あるいは三人称客観のような配置こそ、不自然であり人工的であるとみえたからである。

したがって、注意すべきことは、私小説的なものが、西欧における反西欧的な動向とは、まったくべつの文脈にあるということだ。芥川は、「或論者の言ふやうにセザンヌを画の破壊者とすれば、ルナアルも亦小説の破壊者である」という。しかし、志賀直哉をそのような意味で「小説の破壊者」としてみることはできない。彼の「破壊」は、あまりに自然的である。さきに、私が鷗外の「歴史小説」における転回が、私小説的なものの抬頭と通底するものであり、一種の自然過程だといったのは、そのことである。

志賀直哉における「私小説的なもの」は、内村鑑三に対する反撥としてあらわれている。それはキリスト教的な配置に対する反撥であると同時に、近代「文学」の配置に対する反撥である。志賀におけるこの嫌悪が激烈でのっぴきならぬものであったことは疑いないが、芥川の場合にはそれはむしろ疲労としてあらわれている。それが、芥川が谷崎に追いつめられているように映る理由である。実際、この論争のあと、芥川は自殺している。しかし、嫌悪であろうと、疲労であろうと、「私小説的なもの」が支配的な潮流を形成したのは、一般に近代「文学」の配置が不自然なものと思われたからである。この意味で、大正期の文学は、明治二十年代に確立された「文学」に対する潜在的なリアクションとして位置づけられるだろう。しかも、そのことは、西欧文学がいっそう浸透したコスモポリタン的雰囲気のなかで生じたのである。

私小説の「私」はコギトではない。いいかえれば、それは等質的空間に対応するものではなく、異質な空間に対応している。したがって、私小説は「個人の明瞭な顔立ち」(小林秀雄)を示す。このような異質空間を否定するためには、つまりこのような異質空間を均質化するためには、もはやたんに西欧文学の教養を対置するだけでは不十分だった。批評家たちがどんなにフィクションの必要を説いてもむだなのだ。

こともあろうに芥川をたてにとってそのようにいう「近代主義的批評家」に対して、吉本隆明は、つぎのように述べている。

文学の形式的構成力が作家の生意識の社会的基礎の函数であるかぎり、井上良雄のいう「性格上のゲエテ的完成」も、作品上の精緻な形式的完成も、志賀にとっては、易々たる自然事にすぎなかった。これに対し、中産下層を生意識上の安定圏とする芥川にとって、作品の形式的構成すらも、爪先立った知的忍耐の結果に外ならなかったのは当然であった。形式的構成力を、知的能力の大小にのみ左右されるものと誤解している批評家たちが、芥川の造型された物語作品を、芥川の本領のように誤解したのも当然である。(「芥川龍之介の死」)

しかし、ここで「構成力」が、作家の「自己の社会的安定圏」によって左右されるという指摘は、留保を要する。というのは、芥川が志賀の小説に「『話』のない小説」をみたように、志賀にとって「精緻な形式的完成」は「易々たる自然事」ではありえなかったからだ。唯一の長編小説を書きあげるのに十数年を要した事実一つをとっても、彼が「形式的構成力」をもっていないことは明白である。ただ右の指摘において重要なのは、構成力が知的な能力や意志だけでどうにかなるような問題ではないということである。実際それは「意識」の問題ではない。ユング派の心理学者河合隼雄は、臨床経験から、西欧人の夢がストラクチュアをもっているのに対して、「日本人のは、なんかダラダラしていて、私小説じゃないけれども、どこで切ってもいいような、いつでも終りにできるようなものが多い」(中村雄二郎『精神のトポス』青土社)といっている。

私小説的な配置を変容しうるものは、すでに明治二十年代にキリスト教がそうだったように、有無をいわさぬ強力な観念としてあらわれるのであって、日本におけるマルクス主義はまさにそのようなものとして機能したのである。小林秀雄は、その点を正確につかんでいた。

併しこゝにどうしても忘れてはならない事がある。逆説的に聞えようと、これは本当の事だと僕は思つてゐるが、それは彼等は自ら非難するに至つた、その公式主義によつてこそ生きたのだといふ事だ。理論は本来公式的なものである、思想は普遍的な性格を持つてゐない時、社会に勢力をかち得る事は出来ないのである。この性格を信じたからこそ彼等は生きたのだ。この本来の性格を持つた思想といふわが文壇空前の輸入品を一手に引受けて、彼等の得たところはまことに貴重であつて、これも公式主義がどうのかうのといふ様な詰らぬ問題ではないのである。

成る程彼等の作品には、後世に残る様な傑作は一つもなかつたかも知れない、又彼等の小説に多く登場したものは架空的人間の群れだつたかも知れない。併しこれは思想によつて歪曲され、理論によつて誇張された結果であつて、決して個人的趣味による失敗乃至は成功の結果ではないのであつた。

わが国の自然主義小説はブルジョア文学といふより封建主義的文学であり、西洋の自然主義文学の一流品が、その限界に時代性を持つてゐたに反して、わが国の私小説の傑作は個人の明瞭な顔立ちを示してゐる。彼等が抹殺したものはこの顔立ちであつた。思想の力による純化がマルクス主義文学全般の仕事の上に現はれてゐる事を誰が否定し得ようか。彼等が思想の力によつて文士気質なるものを征服した事に比べれば、作中人物の趣味や癖が生き生きと描けなかつた無力なぞは大した事ではないのである。
（「私小説論」）

「社会化した私」という言葉の解釈をめぐっておびただしい考察がなされたこのエッセイのなかで、小林秀雄はべつに難しいことをいっているわけではない。それは、「私」が心理（意識）的な問題ではなく、遠近法的配置の問題だということにすぎない。公式的マルクス主義は、作家の「顔立ち」、いいかえれば私小説がもつ異質な個別空間を打ちくだいた。それは、明治二十年代に、内村鑑三のような激烈なピューリタニズムが「内面」を形成したのと同じである。しかし、それは結局私小説に帰着している。それに関しては、昭和期のマルクス主義も同じであった。それらが「封建主義的文学」（小林秀雄）を完全に打ちくだいたわけではない。現に、小林秀雄が右のように書いているのは、マルクス主義文学が打ちくだかれて私小説が再び蔓延しはじめたあとなのである。

逆説的なことは、西洋におけるマルクス主義が近代的な主観性あるいは実存を限定し相対化する視点をもたらしたものであったのに、日本ではそれは、私小説における「私」とちがった私（実存）を生みだすものとして機能したことである。それに対して、いわゆる

「戦後文学派」に流れている、構成的意志と実存主義的な関心は、公式的マルクス主義による強力な配置変容の所産である。

3

マルクス主義もまた「話」を実現する。だから芥川と谷崎の論争(昭和二年)は、その勢威の下にかすんでしまったかのようにみえる。しかし、谷崎のいう「話」は、そのような「話」とはまた異質であった。彼は芥川を批判してこういっている。

構造的美観は云ひ換へれば建築的美観である。従つてその美を恣《ほしいまま》にする為めには相当に大きな空間を要し、展開を要する。俳句にも構成的美観があると云ふ芥川君は茶室にも組み立ての面白さがあると云ふだらうが、しかし其処には物が層々累々と積み上げられた感じはない。芥川君の所謂「長篇を絮々《じょじょ》綿々書き上げる肉体的力量」がない。私は実に此の肉体的力量の欠乏が日本文学の著しい弱点であると信ずる。

失礼ながら私をして忌憚なく云はしむれば、同じ短篇作家でも芥川君と志賀君との相違は、肉体的力量の感じの有無にある。深き呼吸、逞しき腕、ネバリ強き腰、——

短篇であつても、優れたものには何かさう云ふ感じがある。長篇でもアヤフヤな奴は途中で息切れがしてゐるが、立派な長篇には幾つも〳〵事件を畳みかけて運んで来る美しさ、——蜿蜒《えんえん》と起伏する山脈のやうな大きさがある。私の構成する力とは此れを云ふのである。(『饒舌録』)

谷崎は意地の悪い言い方をしているけれども、こうした構成力の差は、むろん文字通りの「肉体的力量」の差ではなく、いわば「観念的力量」の差なのだ。谷崎自身が芥川や志賀とちがって、長編小説を老年にいたるまで続々と書きつづきえたのは、彼がマルクス主義と異なるとはいえ、やはりほとんど公式的といっていいほどの観念的枠組に依拠していたからである。この意味では、谷崎の「肉体的力量」は、肉体(性)を自然なものとして受けとらなかった、彼のマゾキズムと関連しているかもしれない。

だが、谷崎が堂々たる「構成力」をもっているとしても、また私小説をそこから批判しているとしても、彼もまた「近代文学」がもつ配置とは異質だった。谷崎のいう「話」とは、いわば「物語」なのだ。そして、「物語」とは、明治二十年代の制度的確立、あるいは遠近法的な均質空間によって排除され、且つ排除されることで顕在化しはじめた「空間」である。この意味で、それは私小説的な「空間」と共通するものをもっている。それらはいずれも制度としての「近代文学」の配置のなかで生じたそれに対する反撥なのであり、実は通底しているといってもよい。むしろそれらは同じところから分岐したものである。それを象徴するのは、柳田国男と田山花袋の「対立」である。柳田が激しく花袋の「私小説」を批判するのと、谷崎が芥川を攻撃するのとは非常によく似ている。それは、彼らの対立よりもむしろ親近性を示しているのである。

ところで、「物語的なもの」とはなにかをみるためには、やはりその配置に注目しなければならない。たとえば、山口昌男は、素戔嗚・日本武尊の記紀神話、『源氏物語』のような物語、『蟬丸』のような謡曲を構造分析して、それらに共通する「モノガタリ」の構造をとり出している。

> 話を素戔嗚＝日本武尊のレヴェルに戻すならば、この二人の役割は、王権が混沌と無秩序に直面する媒体であったといえる。従って王が中心の秩序を固めることによって、潜在的に、そうした秩序から排除されることによって形成される混沌を生み出して行くように、王子の役割は、周縁において混沌と直面する技術を開発することによって、混沌を秩序に媒介するというところにある。（中略）律令制のもとに完成された位階制の秩序の中で、常人の政治的世界における運動が昇進という名にことよせた求

心運動であったのに対し、王子の運動が、神話論的に遠心的な方向、中心からの離脱によって、王国の精神的な境域を拡大する方に向いていたということは、光源氏の物語の主人公としての境遇の中にも反映されている。(『知の遠近法』岩波書店)

山口昌男は、古代国家が中国から導入した法制度(律令制)によって秩序を確立したとき、その「中心の秩序におさまり切らない諸力(特に暴力的)は、天皇制神話の中に代償作用を見出した。こうして公的な世界を代表する天皇制の宇宙にも民俗的論理が貫かれることになる」というのである。(2)

この分析はおそらく明治二十年代に西洋から導入した法制度が確立された時期にもあてはまるばかりでなく、私は、むしろ日本の「民俗学」そのものがそのようにして出現したのではないかと思う。民俗学とは、明治の「公権力」のために農政学の基礎を確立した官僚であり、「文学界」のプリンスでもあった柳田国男の「貴種流離」にほかならないからだ。日本の民俗学が柳田国男の存在をおいて語りえないのはそのためである。そして、柳田の民俗学は、たんなる「反権力」ではありえない。山口昌男がいうように、「王権が秩序の確立ばかりでなく、神話象徴論的次元で反秩序=混沌を〈なつきつかせる〉装置を組み込んでいる」とするならば、柳田の民俗学それ自体がそのような「装置」のなかにあるといわねばならない。後述するように、この意味で、「私小説的なもの」も「物語的なもの」も、けっして近代文学の制度をくつがえすものではなく、逆にそれを補完し活性化する装置のなかにあるといってよいだろう。

谷崎の小説は、現代を舞台にしている場合でも、基本的にそのような「モノガタリ」の配置を反復している。『痴人の愛』や『卍』を例にとると、主人公は女に対して日常的秩序において上位にあるが、この日常的時間はしだいに澱み腐敗しはじめる。それが活性化されるためには、日常的には下層にある女を〝貴種〟として転倒させ、彼女の放縦と混沌のなかに屈服し没入する祝祭が不可欠である。こう書けば、谷崎の小説が反復される祭式にほかならないことがわかるだろう。このことは、彼が実際に日本の物語文学に傾倒した事実よりも、重要である。もっと根本的に、彼は「モノガタリ」作家なのだ。

ところで、芥川もまた、佐伯彰一がいうのとはちがった意味で、物語作家だったということができる。そのことは、『羅生門』以来の彼の作品に示されているし、また泉鏡花や柳田国男への彼の関心にも示されている。漱石は芥川の初期作品を評価したが、芥川を漱石のような作家の系譜においてみるのは見当ちがいになるかもしれない。芥川はついに漱石的な意味での「小説」を書いたことがなかったし、「物語」しか書かなかったといえる。しかし、芥川の物語は、谷崎のそれのような祭式的な構造をもっていなかった。たとえば、

『羅生門』において、「混沌」への下降があり、『鼻』において、上昇することの居心地の悪さがある。これらは芥川の「階層コンプレクス」(吉本隆明)として読まれてしまうのがつねであるが、しかし物語はもともと〝階級的〟な問題なのである。むしろ芥川の物語に欠如していたのは、上の階級と下の階級が逆転し、「相反するものの一致」が可能になるような配置だったといえる。

こうしてみると、「話」をめぐる芥川と谷崎の論争はまったくべつの相貌を呈する。谷崎は、芥川の作品に物語をみただけでなく、たぶん『暗夜行路』をも物語として読んだはずである。実際、『暗夜行路』は「私小説」というよりも「物語」的配置をもっており、神話＝祭式的な空間をはらんでいる。この意味では、芥川の「造形的意志」なるものに、知性的なものをみるのは的はずれである。芥川のいわゆる「知性」は、「物語的なもの」を抑制していただけであって、谷崎がそれを馬鹿にしたとしても不思議ではない。

4

「物語」は、小説《ストーリー》でもなければ、小説《フィクション》でもない。物語を書くことは、「構成的意志」とは異質である。物語はパターンであり、それ以外の何ものでもない。それは、私小説的なものと逆説的に一致している。一方に構造しかないとすれば、他方には構造がない。芥川や谷崎がそれぞれ西洋文学を例にとりながら主張していることは、本当は西洋文学と無関係なのだ。逆に、彼らが漱石や鷗外がもったような異和感なしに西洋文学を引用しているところにこそ、いいかえれば大正期のコスモポリタン的雰囲気のなかにこそ、「私小説的なもの」と「物語的なもの」が露出してくることに注目すべきなのである。

ところで、構成力は、物語の「構造」とはまたべつの問題である。たとえば、山口昌男の構造分析においては、神話と物語と劇が同一的にみられている。だが、文学においては、構成的パターンではなく、構成の量的かつ質的な差異こそが問題なのだ。この意味で、構成力は、「モノガタリ」ではなく、文字によって書かれるときにはじめて可能なのである。いいかえると、日本の物語は、もはや神話ではなく、すでに一定の構成力を前提することによってしかありはしなかった。(3)

谷崎潤一郎はつぎのようにいっている。

筋の面白さを除外するのは、小説と云ふ形式が持つ特権を捨てゝしまふのである。さうして日本の小説に最も欠けてゐるところは、此の構成する力、いろ〳〵入り組んだ話の筋を幾何学的に組み立てる才能、に在ると思ふ。だから此の問題を特に此処《ここ》に持ち出したのだが、一体日本人は文学に限らず、何事に就いても、此の方面の能力が乏しいのではなかろうか。そんな能力は乏しくつても差支へない、東洋には東洋流の文学がある、と云つてしまへばそれ迄だが、それなら小説と云ふ形式を択ぶのはをかしい。それに同じ東洋でも、支那人は日本人に比べて案外構成の力があると思ふ。(少くとも文学に於いては。)此れは支那の小説や物語類を読んでみれば誰でも左様に感ずるであらう。日本にも昔から筋の面白い小説がないことはないが、少し長いものや変つたものは大概支那のを模倣したもので、而《しか》も本家のに比べると土台がアヤフヤで、歪んだり曲つたりしてゐる。(『饒舌録』)

谷崎が日本文学における構成力の欠如を、東洋的なもの一般の特徴とみなしていないのは見識である。それは、中国やインドと比較していえるだけでなく、日本と同様に中国の〝周辺文化〟である朝鮮と比べてもはっきりしている。たとえば、儒教は朝鮮において完全に〝肉化〟されているのに対して、日本ではそうではない。仏教にせよ、また仏教哲学の衝撃を儒教的に消化した朱子学にせよ、そうした体系的理論に対しては、日本では最初は熱狂するとしても、次第に持続的関心をうしない、親鸞や伊藤仁斎のように〝実践的〟なものに、〝発展〟させられてしまう。マルクス主義についてもそれはあてはまる。

これはどういうことなのだろうか。それについて、私は、日本が極東の島国であり、外国の文化がたんに〝文物〟として受けいれられるにとどまるような地理的条件をもったからだという、ありふれた答えしかできない。しかし、どんなにありふれているとしても、このことは今もってわれわれが拭いさることのない特異な条件なのである。構成力が欠けているということは、構成力をさほど必要としないということであり、また、構成的なものがそのつど〝外〟から導入されたということである。山口昌男の説を敷衍していえば、日本の「公権力」は、外圧をまぬかれているとき、それ自体「村落的世界」のレベルになり、異物を排除してしまうのだといえる。しかし、山口昌男のいう「天皇制の深層構造」は、一般的な記号論的分析によって解消されることはできないのであって、象徴形式としての「天皇制」を存続させてきたのは、地理的な特異性なのだ。実際に、その意味での「天皇制」が近代において機能しはじめるのは、幕末以来の対外的緊張から解放された日露戦後(大正期)であり、「私小説的なもの」や「物語的なもの」こそその徴候なのである。くりかえしていうように、それは排外主義ではなくコスモポリタン的な雰囲気のなかにこそ生ずる。

だが、そのような地理的条件が可能にしたものが、あたかも日本の「思想」であるかのように抽出されるとき、いわば無原理性が原理として定位されるのである。本居宣長がやったのはそのような逆転であった。『源氏物語』について、彼はつぎのようにのべている。

此物語のおほむね、むかしより、説どもあれども、みな物語といふものゝこゝろばへを、たづねずして、たゞよのつねの儒仏などの書のおもむきをもて、論ぜられたるは、作りぬしの本意《ほい》にあらず。たま〳〵かの儒仏などの書と、おのづからは似たるこゝろ、合へる趣もあれども、そをとらへて、すべてをいふべきにはあらず。大かたの趣は、かのたぐひとは、いたく異なるものにて、すべて物語は、又別に物がたりの一つの趣のあることにして、はじめにもいさゝかいへるがごとし。かくて古《ふ》ル物語は、こゝらあるが中にも、此源氏のは、一きはふかく心をいれて、作れる物にして、そのよしは、猶《なお》末に別にくはしくいふべし。(『源氏物語玉の小櫛』)

宣長は、『源氏物語』は儒仏の書と似たところもあるけれども、そうではないこと、また『源氏物語』だけでなく、古物語は「一つの趣」をもっており『源氏物語』の作者はそのことをはっきり自覚していたということを主張している。曲亭馬琴を斥けて小説それ自体の「趣」、いいかえれば小説の存在理由を確立しようとした坪内逍遥の『小説神髄』は、この意味で、宣長の考えを受けついでいる。「もののあはれ」のかわりに、「人情」というだけである。

しかし、ここで注意すべきことは、『源氏物語』が儒仏の書と似て非なるものであり、シナの文学とも異質であるとしても、その「構成力」は後者なくしてありえなかったということである。『源氏物語』の構成は、司馬遷の『史記』を愛読していた紫式部の教養と知性にもとづいている。これを民俗学的な、あるいは記号論的なアプローチによって解消することは絶対に不可能である。

源氏物語は肉体的力量が露骨に現はれてゐないけれども、優婉哀切な日本流の情緒が豊富に盛り上げられてゐて、首尾もあり照応もあり、成る程我が国の文学中では最も構造的美観を備へた空前絶後の作品であらう。しかし馬琴の八犬伝になると、支那の模倣であるばかりか大分土台がグラついて来る。（『饒舌録』）

谷崎のいう『源氏物語』の「構造的美観」あるいは「肉体的力量」は、漢文学なくしてはありえなかった。宣長は、まるで「構成力」一般が漢意であるかのようにいいがちであるが、実は儒仏の「観念」を斥けたとしても、それがもっている構成力なくしては『源氏物語』はありえなかった。のみならず、和文でつづられた宣長の文章の論理的骨格の確かさは、彼が排撃した漢学にもとづいているといってよい。構成的なものへの嫌悪は、それが「原理」たりうるには、やはり構成力を必要とするのだ。『源氏物語』の特異性は、それが内部に「モノガタリ」のパターンをもっているだけではなく、〝公的な〟ものとしての漢文学の構成力をとりこみながら、まさにそのなかでそれを逆転しようとしたところにある。『源氏物語』は、二重の意味で「物語」的なのである。

「「話」のない小説」論争を症候として読むとき浮かび上ってくるのは、芥川によって、また今日の私小説への再評価においていわれるような「世界的同時性」ではなくて、そのような「物語」にほかならない。こうして「没理想」論争と、「「話」のない小説」論争は一つの円環を結んでいる。前者が「文学」を制度的に確立しようとするものだとすれば、後者はそれに対する不可避的なリアクションである。しかし、「私小説的なもの」と「物語的なもの」は、制度にたんに対立するものではなく、むしろそれを〝活性化〟するものである。事実また、それらの文学は、そのような両義性のゆえにこそ依然として活力をもちつづけている。

小林秀雄はいっている。《私小説は亡びたが、人々は「私」を征服したらうか。私小説は又新しい形で現れて来るだらう。フロオベルの「マダム・ボヴァリーは私だ」といふ有名な図式が亡びないかぎりは》(「私小説論」)。しかし、われわれはむしろこう問うべきである。物語は亡びたが、人々は「物語」を征服したろうか、と。

第7章　ジャンルの消滅

1

一九〇五年三八歳のとき、漱石は、『吾輩は猫である』を書き始めた。その二年後に、東京帝国大学の教授の地位を捨て、朝日新聞社に入社し職業的な作家となった。彼の作品はすべて、以後十年ほどの活動の産物である。一般には、このことは、漱石が理論家から作家に変わったことと理解されている。そして、初期の作品から最後の『明暗』にいたるまでの成熟と発展が考察される。しかし、すでに『文学論』を書いていた漱石にかんして、わずか十年ほどの間に、文学観が大きく変わったと考えることはできない。彼の作品は、根本的に、彼の「理論」と切り離せないのである。

漱石の作品が驚くべきなのは、それが多様なジャンルにわたっていることである。ジャンルに関して、ノースロップ・フライは『批評の解剖』において、フィクションをつぎの四種類のジャンルに分類している。ノヴェル、ロマンス、告白、そしてアナトミー。

まず「小説」にかんして、フライは、デフォー、フィールディング、オースティン、ジェームスといった作家の作品をあげているが、「小説」が何であるかを直接的に定義しているわけではない。それはむしろ残る三つのものとの関係において示される。たとえば、フライは小説とロマンスの本質的な違いは、性格造型の考え方にあるという。

ロマンス作者は「ほんとうの人間」を創造するというより、むしろ様式化された人間、人間心理の原型を表わすまでに拡大した人物像をつくり出すのである。ロマンスの中に、ユングのいうリビドー、アニマ、影がそれぞれ主人公、女主人公、悪役となって反映されているのをわれわれは見る。ロマンスが実にしばしば、小説に見られぬ主観の強烈な輝きを発し、またロマンスの周辺にはつねにアレゴリーの影が忍びこんでくるのは、このためなのである。人間性格の中のある種の要素がロマンスの中に解放されるので、これは本来小説よりも革命的な形式となっている。小説家は人格を扱うのであり、登場人物はペルソナ、つまり社会的な仮面をかぶっている。彼は安定した社会の枠組を必要とするのであって、優れた小説家の多くは小心翼々といってよいほど因習を重んじてきた。ロマンス作者は個性を扱う。登場人物は真空の中に存在し、夢想によって理想化される。そしてロマンス作者がいかに保守的な人物であろうとも、彼の筆からはしばしば何か虚無的で野性的なものが送り出されるのである。（N・フライ『批評の解剖』山内久明他訳、法政大学出版局）

「ロマンス」には神話や物語だけでなく、歴史小説、そして今日でいえば、SFなどがふくまれる。むろん、フライはそれらを低くみているのではない。

次に、フライは「告白」を独立の散文形式と見なしている。《われわれがもつ最上の散文作品のいくつかが、「思想」だというので文学とは断定できず、また「散文体の模範」だというので宗教や哲学とも言いきれずに、漠然と隅の方に追いやられているが、告白形式を認めることで、これらの作品はフィクションとして明確な位置を得ることになる》。フライはそれをアウグスティヌスの伝統に見ているが、ある意味で、これは日本にもある。たとえば新井白石の『折たく柴の記』などである。フライが強調するのは、「告白」において、「宗教、政治、芸術などについての知的理論的関心がほとんどいつでも主導的な役割を演ずる」ということである。《ルソー以後、いや実際はルソーにおいても、告白は小説の中に流れこみ、そしてこの混合から、虚構の自伝、芸術家小説の他の類似の形式が生まれてくる》。この点で、日本の私小説はそのような系譜において見られているが、「告白」というジャンルには入らない。なぜなら、そこには「知的理論的関心」が欠落しているからである。

最後に、「アナトミー」とはリチャード・バートンの『メランコリーの解剖』という本から取られた言葉であり、フライの『批評の解剖』という書名もたぶんそれにもとづいている。《それは、抽象観念や理論を扱うことができるという点で告白と似ており、性格造型の点で小説とは異なる――すなわち自然主義的というも様式的な性格描写を行ない、また人間を観念の代弁者として見るのである》。アナトミーの特徴は、百科全書的でありペダンティックであることだ。この系列には、ラブレー、スウィフト、ヴォルテールなどが入る。

「小説」はデフォーに始まるようなリアリズム小説である。そのような考えが支配的になったのは一九世紀後半からである。しかし、われわれが小説と呼んでいるものは、実際には、これらジャンルの混合なのである。たとえば、リアリズム小説の代表者とされるフロベールは『ブヴァールとペキュシェ』あるいは『紋切り型辞典』その他の作品においていわば「アナトミー」を書いている。フロベールのいわば「小説」的側面のみを取り上げリアリズム小説の元祖に祭り上げたのは、自然主義者であった。そして、それが近代文学の基準となったのだ。

たとえば、マサオ・ミヨシが、漱石をふくむ日本の小説を、西洋の novel から区別された shosetsu であるというとき、そうした基準に暗黙に従っている(『オフ・センター』佐復秀樹訳、平凡社)。というのは、アメリカの小説の場合、ホーソンの『緋文字』は「ロマンス」であり、メルヴィルの『白鯨』は「ロマンス」であるとともに鯨にかんする百科全書的な記述をもった「アナトミー」でもある。要するに、純粋な西洋の novel などというものは、かりにあったとしても、今日読まれてもいないのである。むしろ、novel とは、西洋であれ、非西洋世界であれ、多種多様なものをすべていれることができる形式であり、その意味で、これまでのジャンルをディコンストラクトする形式だと考えた方がよい。

たとえば、リチャードソンの『パミラ』(一七四〇年)、フィールディングの『ジョゼフ・アンドルーズ』(一七四二年)が書かれたのち、一七六〇年にはすでに、スターンの『トリストラム・シャンディ』の最初の二巻が出版された。イギリスで近代小説が確立された時期に、すでにそれを根本的に解体してしまうような作品が書かれてしまったのである。しかし、むしろそれが novel というものなのだ。漱石は『吾輩は猫である』から書きはじめたとき、そのことを十分に意識していた。したがって、そこから最後の『明暗』に向かって発展するというような見方は、根本的にまちがっているのである。漱石が長生きすれば、再び『吾輩は猫である』のようなものを書いた可能性がある。

このようなジャンルの観点から漱石の作品を見ると、いうまでもなく、『吾輩は猫である』は「小説」ではなく「アナトミー」である。ここには、ペダンティックな対話があり、百科全書的な知識の披瀝がある。さらに、初期の短編、『幻影の盾』や『薤露行』は文字通りアーサー王伝説・円卓の騎士をめぐるロマンスにもとづいている。他界や神秘を扱った『琴のそら音』や『一夜』、『趣味の遺伝』、さらに『夢十夜』、要するに『漾虚集』はロマンスなのである。そして、一見そう見えないが、フライの定義にしたがえば、『虞美人草』もロマンスである。なぜなら、ここに出てくるのは一種典型的な人物であって、アレゴリーに近いからだ。その結果、のちに述べるように、この作品は自然主義者から「現代の馬琴」と見なされたのである。さらに、リアリスティックに見える『こゝろ』でさえも、フライがいう「告白」の形式に近い。結局、漱石は、一九世紀ノヴェルらしきものを最後の『道草』と『明暗』にいたるまで書いていないのである。

漱石が近代小説になじまない大衆的読者の間で人気を博したのはそのためである。そして、同じ理由で、彼は当時支配的な自然主義的文壇において低く評価されていた。このように多様なジャンルの作品を短期間に書き分けた作家は日本だけでなく、たぶん外国にもいないだろう。しかし、それはたんに漱石の文才とか器用さを意味しているのではない。むしろ、それは漱石が近代文学の中にありながら、なおそれに異議をとなえ、別の可能性を見いだそうとしたことを意味する。だが、そのことが今日に至るまでほとんど理解されていない。「理論家」としての漱石が孤立していたとすれば、作家としての漱石も孤立していたのである。

2

ノースロップ・フライのジャンル論は、西洋一九世紀的な小説を規範とした文学史と批評に反対する企てであった。ここで注目すべきことは、坪内逍遥がその『小説神髄』(一八八五年)において、ジャンルの問題に焦点を当てていたことである。彼は「仮作物語《つくりものがたり》」を形式的にあらゆる面から考察している。たとえば、次のような「小説の種類を表する略図」は、独自のジャンル論だといってよい。

また、逍遥は「小説三派」において、小説を三つに分類している。事柄を主に、人物を後におく「主事派(物語派)」と、人物の性格が必然的に事柄を生じさせるような「人間派」、およびそれらの中間である「折衷派(人情派)」。しかも、彼はそれらに価値判断を与えない。いわゆる「没理想論争」において鷗外が非難したのは、その「没理想的」形式主義である。鷗外が主張したのは、平たくいえば、小説は歴史的に発展してきており、今や「人間派」が優位にあるということである。鷗外は、ロマン主義からリアリズムへという一九世紀西洋の小説の変遷を自明の前提にしている。彼にとって、逍遥のいうような並列的なジャンル(種類)はありえず、ハルトマンのいう「美の階級」がある。

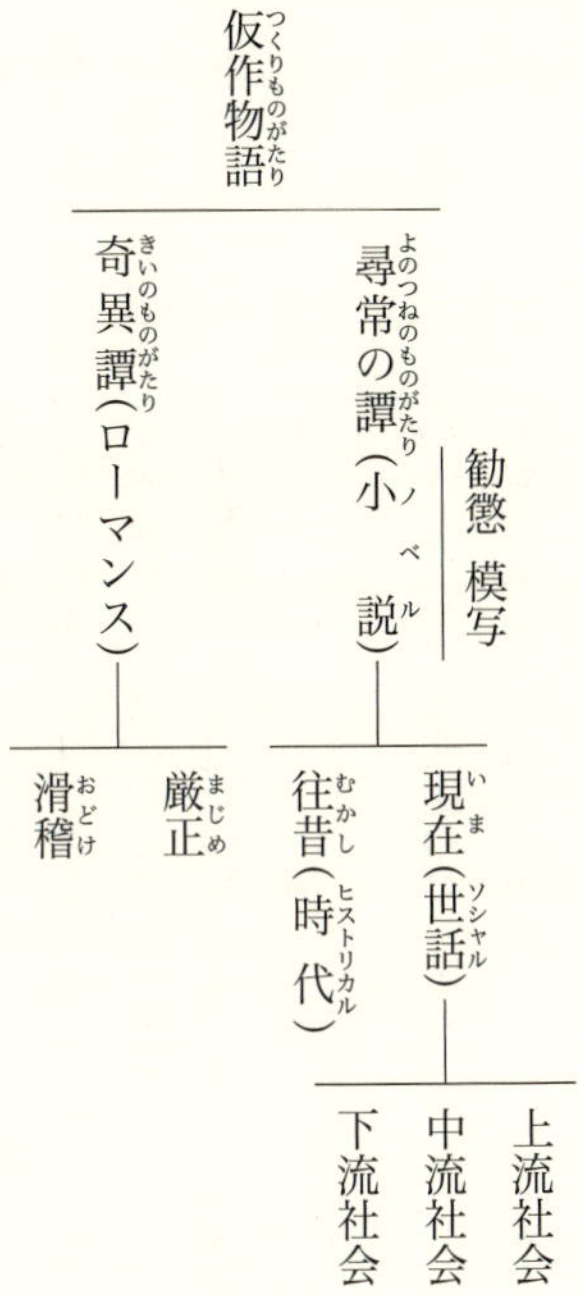

坪内逍遥『小説神髄』より

第六章で見たように、森鷗外がこの論争で優位に立ったのは、一九世紀西洋の小説が優位に立っていたからである。鷗外は逍遥が区別したジャンルを時間的発展の順序に置き換えた。しかし、鷗外と逍遥の間においてみると、漱石の特異性が明らかとなるだろう。ある意味で、漱石は、鷗外のいうような小説の歴史的発展の必然性を否定した点で、逍遥に与したといってよい。だが、逍遥は結局、江戸の小説の域を超えることはなかった。創作家として、江戸小説の諸ジャンルを受け継いでそれを新たなものとしたのは、逍遥ではなく漱石であった。たとえば、『吾輩は猫である』は江戸の「滑稽本」の延長としてあったし、『虞美人草』は江戸の「読本」の延長としてあった。事実、この作品は自然主義者から「現代化された馬琴」と酷評されたのである。一方、小説の歴史的発展を説いた鷗外は、晩年において、江戸時代の「史伝」――フライのいう「アナトミー」に属する――に行き着いた。それに対して、漱石は『明暗』、つまり一九世紀西洋の小説に向かって発展を遂げたように見えるのである。もちろん、事実はそうではない。しかし、漱石がこのように多様な形態の小説を書き得た秘密は、逍遥の形式主義や鷗外の歴史主義の対立において示されるジャンル論では理解できないのである。

それについて考えるために、私はM・バフチンのジャンル論を参照したい。彼は、ジャンルの形式的・非歴史的分類に終始したフライと違って、それを時間的に見ようとした。しかし、歴史的発展としてみるかわりに、むしろ近代文学において消滅させられ、痕跡としてしか残っていないような形式として見たのである。そして、そのような形式に、近代文学を超える契機を見出そうとした。

文学ジャンルはその性質上、文学発展のもっとも「悠久」不易な運動を反映している。ジャンルにはつねに死ぬことのない古風アルカイックな要素が保存されている。まことに、この古風はその絶えざる再生、いわば現代化によってのみ生きながらえる。

ジャンルはつねに古く、そして新しい。(中略)ジャンルとは文学の発展過程における創造的な記憶の代表者である。(中略)ジャンルを正しく理解するためには、その源にまでさかのぼる必要があるのはそのためである。(M・バフチン『ドストエフスキイ論』新谷敬三郎訳、冬樹社)

彼はたとえば、ドストエフスキーの作品の「源」に、メニッポスの諷刺のようなジャンルを見いだし、さらにその「源」に「カーニバル的世界感覚」を見いだしている。《そこで、こうした雑多な要素をジャンルの有機的な全一性にまとめあげる粘着力のもとがカーニバルであり、その世界感覚であったといえる》(同前)。また、彼はラブレーについて論じて、そこに「グロテスク・リアリズム」を見出している。その主要な特質は、格下げ、下落であって、高位のもの、精神的、理想的、抽象的なものをすべて物質的・肉体的次元へと移行させることである。そして、それを成り立たせているのは民衆の笑いである。バフチンによれば、ラブレーのようなルネサンス文学にあった「グロテスク・リアリズム」は以後衰退した。

プレ・ロマンティシズムとロマン主義初期にグロテスクの復活が見られるが、そこで根本的な意味変化が起こる。グロテスクは主観的、個人的世界感覚の表現形式となり、過去数世紀の民衆的・カーニバル的世界感覚からは遠いものとなる（後者の要素のいくらかは残存しているが）。新しい主観的グロテスクの最初の重要な現われは、スターンの『トリストラム・シャンディ』である。（これはラブレー的・セルバンテス的世界感覚の新時代の主観的言語への独特な移し換えである。）（中略）ロマン派のグロテスクに本質的な影響を与えたのはスターンであって、彼はかなりの意味合いでこのジャンルの創始者とみなすこともできよう。（中略）

ロマン派のグロテスクにおいて最も本質的な改変を受けたのは笑いの原理であった。もちろん、笑いそのものは残された。なぜなら一枚岩のごとき厳粛さの中では、――いかに臆病なものでも――どんなグロテスクも不可能だからである。しかしロマン派のグロテスクにあって笑いは縮小されて、ユーモア、アイロニー、皮肉の形式をとる。喜ばしき歓喜する笑いたることをやめる。笑いの原理の積極的な再生的契機はその最小限にいたるほど弱められる。グロテスクを成り立たせている笑いの原理の変質、そのことによる再生の力の喪失は、その結果、中世、ルネッサンスのグロテスクとロマン派のグロテスクを本質的に区別する一連の相違を生み出す。最も明白にこの相違が現われるのは、恐しきものとの関係においてである。ロマンティックなグロテスクの世界は多かれ少かれ、人間とは無縁の、恐ろしい世界である。(『フランソワ・ラブレーの作品と中世・ルネッサンスの民衆文化』川端香男里訳、せりか書房)

西ヨーロッパの、共同体の解体と資本主義化が進展した地域において、「グロテスク・リアリズム」を回復することは難しい。バフチンは、ローレンス・スターンに「ラブレー的・セルバンテス的世界感覚の新時代の主観的言語への独特な移し換え」を見ている。そこでは、「笑いは縮小されて、ユーモア、アイロニー、皮肉の形式をとる」と彼はいう。しかし、それさえ、一九世紀においては文学の傍流として否定されてしまった。

他方、それを復活させたのは、一九世紀前半のロシアにおけるゴーゴリである。ドストエフスキーは彼自身の表現によれば、ゴーゴリの「外套」の下から出てきた。バフチンによれば、ドストエフスキーの小説が主観的心理的な近代小説と根本的に異質なのは、そこに「カーニバル的な世界感覚」あるいは「グロテスク・リアリズム」が保持されているからである。ゴーゴリの作品はしばしばシュールレアリスムと同一視されたりする。しかし、そこにあるグロテスク・リアリズムは一九世紀においても共同体が濃厚に存続していたロシアの社会的後進性から来るものである。同様のことが二〇世紀中国の魯迅についてもいえるだろう。

この点で、われわれは、ゴーゴリやドストエフスキーに早くから親近性を覚えた二葉亭四迷に注目すべきである。二葉亭は江戸文学の「滑稽本」にその類似物を見た。しかし、それは、逍遥がそれらを形式的に同一的ジャンルと見なしたこととは似て非なるものである。むしろ二葉亭は「滑稽本」そのものではなく、そこに残存している「カーニバル的な世界感覚」を求めていたのである。実際に滑稽本の文体を模倣したとき、彼はその結果に失望するほかなかった。

こうして見ると、バフチンの考察をロシア文学に通じていた二葉亭四迷について適用することは可能であり、また実際になされている。しかし、私にとってバフチンの考察が興味深いのは、漱石が当時イギリスでの評価に反して高く評価していたスターンを、ラブレー的な文学の流れの中にみているからである。一般には、スターンの文学は「個人的世界感覚の表現形式」と見られる。いいかえれば、過敏な自意識の表現と見なされる。しかし、バフチンは、主観化されたものであるにせよ、そこに「ラブレー的・セルバンテス的世界感覚」が回復されていることを認めたのである。

この点で、漱石が写生文についてつぎのように述べていることは注目に値する。《かくの如き(写生文家の)態度は全く俳句から脱化して来たものである。泰西の潮流に漂ふて、横浜へ到着した輸入品ではない。浅薄なる余の知る限りに於ては、西洋の傑作として世にうたはるるもののうちに、此態度で書かれたものは見当たらぬ》(「写生文について」)。これは写生文の世界的ユニークさを主張することではない。たとえばそれにつけ加えて、漱石は、ディケンズの『ピクウィック』、フィールディングの『トム・ジョーンズ』、セルヴァンテスの『ドン・キホーテ』などに、「多少此態度を得たる作品」を見いだしているからである。なぜか漱石はここでは言及しなかったが、スターンの『トリストラム・シャンディ』や『センチメンタル・ジャーニー』に、写生文に最も近い「態度」が見出せることはいうまでもない。

漱石がスターンに写生文に似た態度を見出したとき、それはたんなる比較文学の問題ではなかった。彼はそのとき「ジャンル」という世界史的な問題に最も深く触れていたのである。彼は英文学においてスターンを評価する一方、そのことを通して、友人の正岡子規がはじめた写生文にグローバルな視野を与えたのである。写生文は「俳句から脱化して来たもの」だと漱石はいう。これはたんに俳人の子規が始めたという事実を指すのではない。写生文の源泉には近世の俳句のみならず、さらに遡って俳諧連歌がある。つまり、写生文がもつ「世界感覚」は「俳諧的なもの」に由来するのである。それはバフチンがいう「カーニバル的世界感覚」にほかならない。

連歌の歴史は以下のようなものだ。それは古代からあったが、上層貴族文化人たちによって和歌的情趣を好む有心連歌としてしだいに洗練されてしまった。しかし、他方で、連歌が発生当初から持ちつづけていた俳諧性が底流化しながらも生きつづけた。それは一五世紀末には『竹馬狂吟集』という俳諧連歌集を生み、室町時代末期には山崎宗鑑の『犬筑波集』のような作品をもたらした。封建制が解体される室町時代後期から戦国時代にかけて、連歌の俳諧性が先鋭化されたのである。これは、バフチンがルネサンス期に、民衆の笑いの文化が文学の上層に入り込んだと言ったことに対応するだろう。

この過程はルネッサンス期に完成した。中世の笑いはラブレーの小説において最高の表現を得ることとなった。笑いはここで新しい、自由で批判的な歴史的意識のための形式となった。笑いのこの最高段階はすでに中世において準備されていたのである。
(『フランソワ・ラブレーの作品と中世・ルネッサンスの民衆文化』同前)

中世的なもの、封建的なものが転倒されたルネサンス期に、「民衆の笑いの文化」は「自由で批判的な歴史的意識のための形式」となりえたのである。同じことが一六世紀日本の俳諧についてもいえる。古代からあった連歌は一六世紀にピークを迎えたのである。それ以後の俳諧連歌に関しても、バフチンの次のような指摘があてはまるといってよい。

十六世紀は笑いの歴史の頂上であり、この頂上のピークがラブレーの小説である。これ以後、すでにプレイヤッドからかなり急な下り坂が始まる。前の箇所ですでに笑いに対する十七世紀の観点の特性を明らかにしておいた。笑いが世界観的展望との本質的なつながりを失い、否定、それもドグマ的否定と結合し、私的なあるいは私的な型通りの領域に局限され、歴史的ニュアンスを失ってしまったということである。物質的・肉体的原理と笑いとのつながりは確かに保持されているが、この原理自体が低次元の私的生活風俗の性格を獲得することになる。(『フランソワ・ラブレーの作品と中世・ルネッサンスの民衆文化』同前)

それ以後に、「笑い」を「世界観的展望との本質的なつながり」をもつものとしてとりかえすことは至難である。しかし、何らかのかたちでそうした「世界感覚」を取り返そうとする動きがやむことはない。バフチンは一九世紀ロシアにおいて近代小説が覇権をにぎる一方で、ゴーゴリやドストエフスキーに「カーニバル的な世界感覚」のめざましい復活を認めている。日本ではどうか。すでに述べてきたように、明治二十年代に近代小説が確立されつつあったとき、それに対する抵抗がいわば「俳諧的なもの」の復活としてなされたのである。それは一方で「俳句の革新」、他方で「西鶴の復活」というかたちをとっている。

たとえば、正岡子規は芭蕉を批判し、俳諧連句を否定した。しかし、それは俳諧的なものの否定であるどころか、その再建を目指すものであった。実は、その意味では、連歌を否定し俳句(俳諧連句)を提唱した芭蕉においてすでに「俳諧的なもの」を回復する意図が見いだされるのである。それについて、廣末保は次のようにいっている。

以上、わたしは、蕉風連句を詩として、あるいは文学として評価してきた。しかし、連句は複数の人間の集まりによって構成される「場」の芸術でもあった。というよりも、場の芸術という性格は、連句にとって決定的なものであった。一人でよむ独吟連句という形式もあるにはある。しかし、その場合も、自分のよんだ句を、次の瞬間、対象化し、異なった位置から次の句をつける。自己を他者に転化しながら、句を付けていくのである。むろん、場の芸術という点では中世連歌も同じである。だが、中世連歌の場合、その「場」は、予定調和を前提としており、その意味で、はじめから一つの秩序的な場として約束され、用意されている場であった。それにくらべて、乾坤の変とかかわり、多義的な可能性へむかって姿勢をひらく蕉風連句の場は、連歌的な

「場」の限界性をこえるための場であった。閉鎖的、主観的な個の場を、対話の発想によってこえるばかりでなく、階層的・職業的な場のセクト性をも、それはこえようとするものであった。したがってそれは、その場を離れても客観性をもつことができる。具体的なかたちとしては、文字にうつされた文学作品としても価値をもつということになる。（廣末保『芭蕉』平凡社ライブラリー）

芭蕉は連歌を否定したとき共同体的・ギルド的な場を否定した。しかし、そのことによってむしろ新たな俳諧的なアソシエーションの場を開こうとしたのである。むろんそれは長くは続かず、蕉風と呼ばれる閉鎖的なギルド的集団に転化してしまった。明治二十年代に子規は蕉風を否定し連句を斥けたが、興味深いことに、それはむしろ芭蕉が連歌を否定し俳句を創始したときに似ているのである。子規の前にあった蕉風とは宗匠を仰ぐ閉鎖的な集団と「予定調和」的な精神にすぎなかった。子規がそのような集団を否定したのはいうまでもない。彼が求めたのは「俳諧的なもの」としての写生であって、「リアリズム」としての写生ではなかった。ところが、子規の死後、高浜虚子は宗匠(家元)システムを確立したのである。「俳諧的なもの」が生き延びたのは、子規の盟友漱石の写生文においてであった。

一方、「俳諧的なもの」は俳句の領域においてだけ考えられてはならない。たとえば、芭蕉と同時代に、俳諧師井原西鶴は「俳諧的なもの」をむしろ小説において実現しようとした。しかし、それは江戸時代の後半において完全に忘れられたのである。明治時代に西鶴が評価されたとき、それは西洋近代のリアリズムに該当するものを日本に見いだすことであったように見える。しかし、実際はむしろ、それに対抗するような「世界感覚」を回復するものとして西鶴が見いだされたのである。少なくとも、二葉亭四迷、斎藤緑雨、樋口一葉の仕事にはそれがある。だが、近代文学が一層確立されるとともに、結局それらは周縁的なものにおとしめられていったのである。

あとがきおよび外国語版への序文

初版あとがき

本書につけ加えるべきことはとくにないが、〝ありうべき誤解をさけるために一言〟いっておきたい。それは、『日本近代文学の起源』というタイトルにおいて、実は、日本・近代・文学といった語、さらにとりわけ起源という語にカッコが附されねばならないということである。本書は、そのタイトルが指示するような「文学史」ではない。「文学史」を批判するためにだけ文学史的資料が用いられているのである。だから、本書がもう一つの「文学史」として読まれてしまうとしたら、私は苦笑するだろう。しかし、本書を回避したところに生きのびるだろう批評的言説に対しては、憫笑するだけである。

本書の輪郭は、一九七五年秋イェール大学で明治文学史のセミナーをやったとき、ほとんど考えられていた。たぶんそのような〝場所〟でだけ考えることができたのだろう。しかし、それを書くのはまたべつのことであって、五年間もこんな仕事をつづけることになるとは思ってもみなかった。もっとも私は急ぎはしなかったし、またこの仕事がどこかで

〝終る〟とも思っていない。だから、それにふさわしい舞台を提供して下さった『季刊藝術』の江藤淳氏、富永京子氏に感謝している。また、「季刊藝術」の休刊後は、「群像」の内藤裕之氏の御世話になり、本にするにあたって、「マルクスその可能性の中心」と同様、渡辺勝夫氏の御世話になった。厚く感謝する。

一九八〇年七月

文庫版あとがき

私が本書の大半を構想したのは、一九七五年から七六年末にいたるまで、イェール大学で日本文学を教えていたころである。その糸口は、七五年の秋にやった明治文学のセミナーにあった。外国人に日本文学を教えるというのは、私にとってははじめての経験だったが、そもそも日本文学について教えるということ自体がはじめてだった。明治文学を選んだのは、この機会に近代文学について根本的に考え、のみならず、それまでの自分の批評そのものを検討してみようと思ったからである。むろん、それは文学の領域にとどまらなかった。私は書くのを一切やめていたし、たっぷり時間があった。何もかも基礎からやり直してやろうという気持になったのである。それは、半ばやけくその、しかし底抜けに透明な気分だった。

山口昌男氏が、この本の裏表紙に推薦文を書いてくれたのだが、そのなかに、つぎのような条りがある。《柄谷行人氏の方法は、すべてを根源的に疑ってかかるという現象学のそれにもとづいている。その結果その仕事は、文学が成立して思考の枠組みとなる過程についての精神史であり、文学的風景の記号論という性格を同時に帯びるに至った》。

といっても、私はこの時期「現象学」についてほとんど知らなかった。しかし、外国にあって、外国語を話し、外国語で考えるということは、大なり小なり「現象学的還元」を強いるものである。つまり、自分自身が暗黙に前提している諸条件を吟味することを強いる。だから、山口氏がいう「現象学」とは、フッサールを読んで得られる方法のごときものではなくて、いわば異邦人として在ることなのだと思う。

私はそれまで必ずしも理論的なタイプではなかった。しかし、自分の感性そのものを吟味するとすれば、「理論的」であるほかない。このころ、私はロンドンで「文学論」を構想していた漱石と同年(三四歳)であることを発見して、静かな興奮を覚えたことを記憶している。そして、漱石があんな仕事をやらねばならなかったことがとてもよく理解できるように思えた。「風景の発見」という序章を、漱石のことから書きはじめたのはそのためである。

漱石は孤立していた。彼のやろうとしていたことを理解する者は、当時のロンドンにも日本にもいなかった。しかし、私はそれほど孤立してはいなかった。同じキャンパスに、のちにイェール学派と呼ばれ、ディコンストラクショニストと呼ばれるにいたる新しい批評が、まだ地味であったけれども、それだけ静かな熱気を帯びて胎動していたからである。

私は直接に彼らの影響を受けてはいない。ただ、彼らとの交通が私を刺激し勇気づけたことは確かである。

とりわけ、ポール・ド・マンと知りあったことは、私にとって大きかった。戦後ベルギーから渡ってきて、一冊の本しか出版していない、この謎めいた「異邦人」と出会っていなかったとしたら、そして彼に励まされていなかったとしたら、私は、現在にいたるような仕事をやりつづけられなかったと思う。しかし、私がここでそのことを強調するのは、故ド・マンの名声のためではなく、彼が今その「異邦人」性のゆえに蒙りつつある不名誉のためにである。すなわち、彼が二〇歳のころ、ベルギーで、親ナチの新聞に反ユダヤ主義的な批評を書いていたことが暴露され、それによって彼の批評が決定的に葬られようとしているからである。

私は、ド・マンとの対話から彼にそういう過去があることをある程度推測していた。むしろ、私がデリダやその他の思想家ではなく、ド・マンに惹かれていたのは、そのためだったといってもよい。たとえば、私は、彼のなかに漱石の『こゝろ』の先生に似たものを感じていた。つまり、彼はある経験を誰にも語らなかったが、その意味を執拗に問いつづけてきたのではなかったか。彼の批評は、禁欲的なまでに形式的であった。彼が一貫して語りつづけたのは、一言でいえば、言葉が書き手の意図を裏切って別のことを意味してしまうということであった。だが、この倫理的問題を、彼は論理的にほとんど「証明」するかのように語ったのである。

ディコンストラクショニストだけでなく、現代の哲学者や批評家は、すべて「言語」に焦点をすえる。もちろん、そこに倫理的な視点がないわけではない。たとえば、デリダの場合、テクスト(エクリチュール)へのいかなる解釈も決定不能性に導かれることを示すことは、いわば聖書(エクリチュール)を人間的に解釈することを却ける思考と暗黙につながっている。つまり、現代的な意匠と文脈のなかで、いわばユダヤ教的な問題が問われているのであって、それはたんなる言語哲学やテクスト理論とは異質なのである。

だが、ド・マンの批評はそれとも異質であった。言葉は意味してしまう。それを書き手は統御できないし、予測することもできない。ド・マンにとって、そのことは、言葉(テクスト)を解放してやること、あるいはそれを快楽(バルト)として体験することになるのではなかった。彼はそれを不可避的な「人間の条件」として見いだしたのだ。私が漱石の『こゝろ』に似ているといったのは、この「暗さ」だった。だが、また私が励まされたのは、ここからくる彼のヒューモアだった。こういうことに比べれば、「近代の批判」などとるにたらない。

一九七〇年代の半ばに、大きな転換期があったことは明らかである。日本の近代文学の起源について考えていたとき、私は、日本の同時代の文学のことをまったく考えていなかった。しかし、日本に帰って、文芸時評(『反文学論』所収)をはじめた時、そこに近代文学が決定的に変容する光景を見いだした。一つの特徴をいえば、それは、「内面性」を否定することだったといえる。文学といえば、暗くどろどろした内面といった一方的なイメージが、この時期に払拭された。別の側からいえば、それは意味や内面性を背負わない「言葉」が解放されたということである。それは、「風景の発見」によって排除されたものが復権されたということだ。言葉遊び、パロディ、引用、さらに物語、つまり、近代文学が締め出した全領域が回復しはじめたのである。

私のこの本も、結局そういう流れ(ポストモダニズム)のなかに属していることが、今からふりかえってみるとよくわかる。むろん、それはこの流れを加速させたものでもあった。その意味でなら、本書の役割はもう終ったというべきであろう。しかし、私の関心事はそういうことにあるのではなかった。つまり、近代の批判や近代文学の批判などにあるのではなかった。それは、言葉によって在る人間の条件の探究にある。誰もそれを逃れることはできない。われわれは、そのことを痛切に感じることになるだろう。私はあらためて本書をポール・ド・マンに捧げたい。

一九八八年三月二五日

英語版あとがき

私は本書の英語版を出すにあたって大幅に改稿しようと考えていたが、結局、そのままで出版することに決めた。本書は、外国の読者に向かって書かれたものではなく、またアカデミックなものでもない。それは、一九七〇年代の後半のジャーナリズムのなかでの仕事であった。そのような文脈や情勢に通じていないと、意味がよくわからない恐れがある。私が改稿したいと思ったのはまさにそのためであった。しかし、同じ理由で、私は改稿しないことを選んだ。

これは歴史的な状況で書かれたものだから、それを変えるべきではない。また、もし私がこの本を外国向けに書いていたとしたら、まったく未知の読者にも通じるように、もっと違った書き方をしていただろう。しかし、そうした書き方には、外国人に合わせた意識的・無意識的な省略や整理がともなう。それでは、結果的に、日本文学にかんしてよくあるような概説的な書物になってしまいがちである。そのような書物は、日本人自身が実際にその内部でどう考えているのかを示さない。

本書は日本の、しかもある時期の文脈に通じているものにしか意味をもたない部分をもつとしても、基本的に外国人に「開かれた」書物だと私は信じている。そこで、改稿するかわりに、私は英語版に「ジャンルの消滅」という別の論文を最後につけ加えた。理論家としての漱石からはじまる本書を、小説家としての漱石で終るようにしたのである。さらに、後記を付した。それらは、ある程度、現時点での私の考えを示している。

私が本書でなそうとした近代文学の「批判」は、日本の文脈においても、特に新しいものではない。たとえば、一九七〇年代の前半には、近代批判はむしろありふれていた。それは、六〇年代の経済成長と新左翼運動と連関している。さらに、それすらも別に新しいものではなかった。というのは、それは、ある意味で、一九三〇年代後半に唱えられた「近代の超克」の議論の変奏として見ることができるからである。戦前の「近代の超克」論は、大ざっぱにいえば、西田幾多郎、小林秀雄、保田與重郎に代表される三つのグループの、批評家や哲学者によってなされた。そこでは、デカルト的二元論、産業資本主義、ネーション＝ステート、マルクス主義などがすべて超克されねばならないとされている。いうまでもなく、これは、西洋列強との戦争と大東亜共栄圏の確立を目指す日本の帝国主義に対応するイデオロギー以外のものではないが、たんにそのようなものとして片づけることはできない。これらの人たちは傑出した批評家・哲学者であって、たんなる戦争イデオローグではなかった。彼らの議論は、明治以来の日本の言説につきまとう諸矛盾を凝縮していたのである。そして、形式的には、それは一九七〇年ごろの「近代批判」のみならず、一九八〇年代において顕著になる日本のポストモダニズムを先取りしているといってもよい。

たとえば、一九七〇年に自衛隊にクーデターを呼びかけて自殺した三島由紀夫は、戦前の日本浪漫派の一人であり、彼の行動と作品は、歴史的に、そのロマンティック・アイロニーを考慮しなければ理解できないだろう。同時代の左翼ラディカリズムにおいても、マオイズムがそうであるように、汎アジア主義(反西洋)と近代文明批判が結合されている。しかし、この時期の「近代批判」が一九三〇年代のそれと微妙につながっていることは、たんに日本に特殊の出来事ではない。ヨーロッパにおいても事情は同じであった。六〇年代末のラディカリズムの基底にある「近代批判」の知的核心——とくにフランスの、のちにポスト構造主義あるいはポストモダニズムと呼ばれるような言説の核心には、あるコントロヴァーシャルな哲学者の与えた「近代批判」のインパクトが潜んでいたのである。すなわち、ナチに積極的に加担したハイデッガーである。このことが、八〇年代のポストモダニズムの拡大とともにあらためて問題化されるようになったことは周知の通りである。人権を唱える新保守派イデオローグはこうした近代批判を、ナチへの加担というスキャンダルによって一掃しようとしたのである。それはアメリカではド・マン問題として顕在化した。しかし、われわれは、ファシズムにつながっているからという理由で「近代批判」を片づけることはできない。むしろそうした問題をもふくめて、近代を問い直すべきなのである。

「近代」という概念はきわめてあいまいである。日本のみならず、おそらく非西洋国の人々のあいだでは、「近代」はいつも「西洋」と混同されている。この混同には理由がある。西洋にも近代と前近代がある以上、近代は当然西洋とは別の概念であるが、それが西洋に「起源」を持つ以上、両者は簡単に分離できないからである。したがって、非西洋国においては、近代批判は西洋批判と混同されがちである。ここから、さまざまな錯覚が生じる。一つは、西洋的でないがゆえに、日本の近代文学は十分近代的でないという見方がある。もう一つは、ちょうどその裏返しであるが、その素材や観念が非西洋的であれば、作品は反近代的であるという見方である。それらは、日本の批評家にも西洋の日本学者にも共通して見られるものである。

しかし、もし文学がたとえば「作家」の「自己」「表現」であると見られているならば、それがいかに反近代的であろうと、反西洋的であろうと、すでにそれは近代文学の装置のなかにある。たとえば、三島由紀夫や川端康成といった作家はいささかも「伝統的」ではなく、明瞭に「近代」の作家なのである。本当に「近代」を疑うならば、「作家」や「自己」や「表現」といった装置そのものの自明性を疑わねばならない。日本の「近代の超克」には、その疑いが欠けていた。しかし、それら装置の起源を問うとき、われわれは別のワナにはまってしまう、なぜなら、それらは近代西洋に始まっているからだ。そうすると、われわれは、再び、「影響」という言葉で要約しうるような、怠惰で浅薄な議論に帰着することになる。「影響」とは、〝オリジナル〟と〝コピー〟という関係を示す観念である。実際、日本人によってであれ、西洋人によってであれ、日本人がいかに西洋・近代のオリジナルを受け入れたか、受け入れそこねたか、あるいはそれに対抗したかという視点で書かれた批評は、無数にある。

しかし、もしそのオリジンそのものに存する「転倒」のオリジンを問うとすれば、どうなるだろうか。われわれはニーチェのように古代西洋にまで遡行しなければならないだろうか。私はそれを次のように逆転してみた。近代文学が西洋に固有の「転倒」の所産であるとしても、その性質は、当の西洋(そこでは起源が隠蔽されている)よりも、非西洋国において、より劇的に示されるのではないだろうか、と。私が、明治二十年代の十年間の文学に焦点を当てた理由はそこにある。

私はさしあたって、近代文学の自明性を強いる基礎的条件を、「言文一致」の形成に求めた。言文一致は、そう名づけられているのとは違って、ある種の「文」の創出である。それは、同時に、文が内的な観念にとってたんに透明な手段でしかなくなるという意味において、エクリチュールの消去である。それは、内的な主体を創出すると同時に、客観的な対象を創出する。ここから、自己表現や写実といったものが生まれる。そのことは、言文一致の確立する直前の、明治二十年代の作家の文章を見るだけでも明らかである。たとえば、日本の前近代の文学において、あれほど風景が主題化されているにもかかわらず、ひとびとはわれわれが見るような意味で風景を見ていなかった。彼らが見ていたのは、先行するテクストであった。「風景」は、言文一致に収斂される認識論的な転倒のなかで発見、というよりむしろ発明されたのである。本書において、私は、かつて存在しなかったものがあたかもそれ以前からあるかのように自明化されるこの転倒を、「風景の発見」と呼んでいる。むろん、それは近代の物質的な装置のアレゴリーである。

ところで、言文一致が、国家やさまざまな国家的イデオローグによってではなく、もっぱら小説家によってなされたということが重要である。ベネディクト・アンダーソンは『想像の共同体』のなかで、ネーションの形成において、言語の俗語化が不可欠であること、新聞と小説がそれを果たすことを一般的に指摘している。それは、日本にもあてはまる。明治維新から二〇年後に、憲法が発布され議会がはじまるなど政治的・経済的な制度において「近代化」が進んでいたにもかかわらず、そこにはネーションを形成する何かが欠けていた。それを果たしたのが小説家だといっても過言ではない。近代批判を近代文学批判からはじめなければならない理由は、そこにある。さらにいえば、この時期に、はじめて学問として「国文学」が形成された、すなわち『万葉集』以来のナショナルな文学の歴史が再組織されたのである。それは、過去の文学を近代的なパースペクティヴによって再構成することである。それは江戸時代の「国学」とは異質である。

したがって、本書は文学史ではなく、古典をふくめた文学史の批判である。「起源」への遡行としての批判は、同時に、「起源」の批判である。たとえば、日本文学のオリジナリティを近代以前の起源に求めようとするナショナリズムそれ自体が、起源の忘却にほかならないからである。こうした「言文一致」は、基本的に、どの非西洋国においても起こったといいうるだろう。少なくとも、それは確実に、中国と朝鮮において起こっている。それは、西洋の圧力というよりも、日本の帝国主義的な侵略のなかでなされたのである。だが、どの国においても、「起源」への問いにはワナがひそんでいる。たとえば、西洋においては、「言文一致」は長期にわたって生じており、また厳密にそれを遡行すれば、デリダがそうしたように、ギリシャ以来の「音声中心主義」にまで至らなければならなくなる。

しかし、私は、系譜学的遡行を、つまり、起源への遡行をあまり遠くまでやってはならないと考えている。たとえば、ハンナ・アーレントは、多くの論者が、反セミティズムの起源を中世から古代へと遡行するのに対して、それを一九世紀後半の国家的経済の確立において見た。そのころ、ユダヤ的経済が強まったからではなく、逆に無力化したがゆえに、反ユダヤ主義がひろがったのだと彼女はいう（『全体主義の起原』）。そうした国家の優位を象徴するのが、一八七一年におけるプロシャのフランスに対する勝利である。これに対して、ニーチェは『反時代的考察』を書き、ここで勝利したのは、文化ではなく国家にすぎないといった。ニーチェ自身はどこまでも、あるいはあらゆるレベルで隠蔽された「起源」に遡行する。しかし、彼が現に生き対立した「時代」において進行しつつあった「転倒」の方が決定的ではなかっただろうか？　いかに遠くプラトンやキリスト教に「転倒」の起源を求めたにしても、ニーチェが「ヨーロッパ人」として自らを意識し敵対したのは、この時期に確立されたネーション＝ステートやそれに対応する文化・文学だったのではないだろうか。

起源をあまり遡ってはならないということにかんしては、ニーチェをまだ西洋の形而上学の圏域にとどまっていると批判したハイデッガーの起源への遡行が何に帰結したかを見ればよい。それは、ニーチェが対抗した「時代」に生じたナショナリズムと反ユダヤ主義をそっくり肯定することになってしまったのだ。このことは、しかし、本書における私の考察において、それ以上の意味合いをもっている。一八七〇年前後は、世界史的転換の時期である。すなわち、各地でネーション＝ステートが露出した時期である。ドイツのみならず、アメリカ合衆国、イタリア、そして普仏戦争以後のフランスにおいて。その一〇年後には、そうした近代国家は帝国主義に転化したのであり、次にそれが世界各地にナショナリズムを生みだしたのである。

日本の明治維新(一八六八年)もそのような世界史的文脈において見られるべきである。普仏戦争の結果として、日本の革命政府はプロシャをモデルにするにいたった。そして、植民地化をまぬかれた日本は、逆に、日清戦争(一八九四年)、日露戦争(一九〇四年)を経て、西洋列強の中に混じりはじめたのである。日本の明治時代は、こうした変容を短期間に示している。私が焦点をあてた一八九〇年前後の一〇年間には、西洋で長期にわたって生じたこと(たとえば言文一致や風景の発見)が集約的に生じているというだけではなく、ある意味で同時代的な出来事でもあったのである。「文学」が成立したのは西洋一九世紀の後半にすぎないと、フーコーはいっている。「文学」の規範化は、おそらくネーション＝ステートの確立とつながっている。それは、たとえば一八世紀イギリスの小説が示したような多様な可能性を抑圧するものである。とすれば、近代文学の「起源」はそれ以前ではなく、ほかならぬ一九世紀後期にこそ見いだされねばならない。それ以前への遡行は、根源的であるかに見えて、この時期に生じた転倒を看過し、かえってそれを補強するものとなる。したがって、私が日本近代文学の起源において問うた事柄は、たんに日本の問題ではありえないと考える。

一九九一年九月　東京

ドイツ語版への序文

この本は、日本の文芸雑誌で一九七〇年代の後半に書いたエッセイを集めたものである。つまり、私は日本の文学史のディテールに通じている読者を相手にこれを書いたのであり、海外の読者をまったく考えていなかった。もし考えていたら、もっと違ったものに、たとえば、より固有名を少なく、またより多くの説明をつけたものになっていただろう。英語訳の申し出があったとき、私が躊躇した理由は主にそのことにあった。しかし、私は、最後の章といくつかの注、さらに後書きをそれにつけ加えただけで、そのまま出版することに同意した。このドイツ語版もその形態に従っている。そして、以下に述べる理由によって、私はその判断が正しかったと信じている。ただドイツの読者が、未知の固有名が氾濫する本書を、そのために敬遠することのないように願うのみである。

私はこれを書くとき海外の読者を考えていなかったと述べたが、むろんそれは書き方の点においてである。実際には、私はこの本にある基本的アイディアを一九七五年にイェール大学でやった講義において得たのである。たぶん私は、そのような「場所」でしかこの本に書いたようなことを考えられなかっただろう。第一に、その場所は、自分がそのなかに育ってきた日本近代文学を「外から」見ることを、いいかえれば、「近代」や「文学」や「日本」そのものの自明性を括弧に入れることを、強い且つそれを可能にした。第二に、その場所は、日本をエグゾティックな表象にしていた当時のアメリカの言説に対する抵抗を私に強いた。私が一九七五年のアメリカにおいて戦わねばならなかったのは、これら二つの表象、つまり、日本人の自己表象と西洋人の日本表象である。そして、これらは同時になされなければならなかった。なぜなら、それらは相互補完的なものだからである。私が本書を考えた「場所」とは、結局アメリカでも日本でもなく、それらの「間」においてであるといってもよい。

一九八〇年代において、アメリカでは、少なくともアカデミックな領域においては、このような情勢は一変した。それは、エドワード・サイードの『オリエンタリズム』(一九七八年)に負うところが大きい。彼は「オリエント」という表象が西洋の言説によっていかに歴史的に形成されてきたかを明らかにした。この本はもっぱら狭義の「オリエント」、すなわちアラビアに的をしぼっているが、一般に、アメリカにおける非西洋に関する西洋の学問に重大な反省をもたらし、それが日本学にまで及んだのである。サイードはまた、西洋人の考える「オリエント」が、オリエンタル自身においても受けいられ、それらが相互的に増幅されていることをも指摘している。私がこの本を読んだのは、『日本近代文学の起源』を出版したあとであったが、基本的に彼の考えに共鳴する。たとえば、私が教えていた当時のアメリカでは、日本研究は、彼らの「オリエンタリズム」を充足するもの——たとえば、文学においては『源氏物語』から三島由紀夫にいたるもの、哲学においては禅や西田幾多郎など——を中心にしており、また、日本人もそのような「期待の地平」において自らを語ってきたのである。本書は、そのような「期待」を完全に裏切るものである。とはいえ、最初に述べたように、私がもし本書を外国に向けて書いたとしたら、多かれ少なかれそのような「期待」に答えようとする誘惑に駆られただろう。

私がサイードと違っているところがあるとしたら、つぎの点である。彼はいかに「オリエント」という表象が西洋の言説において形成されたかを歴史的に明らかにしたが、その場合、彼は、それなら表象ではない現実のオリエントとは何であるかということについて決して語らない。「オリエントが何であるか」を知っているかのように語ることが「オリエンタリズム」だからだ。「オリエント」について語られる言説は、それがオリエンタル自身によるものであろうと、この表象性を免れない。ここでは、「オリエント」はカントがいう認識できない「物自体」となっている。むろん、サイードの方法は意図的なものである。彼がパレスチナの現実的状況に政治的に深くかかわっていたことは周知の事実なのだから。彼が取り除こうとしたのはこの状況を被う歴史的な表象であるが、それを彼に促したのもそのような政治・経済的な状況なのである。ついでにいえば、カントがいう物自体も、われわれがそこに属する歴史的な、しかしつねに不透過な「状況」として理解すれば、今も新鮮な意味をもつはずである。

私はサイードとは逆に、もっぱら日本について語っている。しかし、私はここで別に「日本は何であるか」(日本の本質)について語っているのではない。また、日本ではしばしばそのように読まれているが、近代日本文学史を書こうとしたのでもない。それを知りたければ、日本人の手によるものであれ西洋人の手によるものであれ、ほかにふさわしい本がたくさんあるだろう。ただし、そこでは、私が疑おうとした「日本」、「文学」、「起源」が無邪気に信じられていることは疑いない。ここで私が論じようとしたのは、一九世紀のある時期の日本の出来事を通して、西洋において現われた、それゆえ西洋と同一化されてしまっている「近代」そのものの性格である。もしそれが西洋と同一のものであれば、それが非西洋世界に浸透することはありえないだろう。他方、非西洋世界の人間が、たとえば「東洋」や「日本」として自らを表象すること自体、「近代」の中においてにすぎない。そこでは、近代批判はしばしば「西洋批判」と混同されてしまう。本書において私が示そうとしたのは、「日本文学史」あるいは「日本」そのものが、「近代」において形成された表象なのだということである。そのことは、同時に、「西洋文学史」あるいは「西洋」そのものも「近代」に形成された表象だということを含意している。

本書において、私は「近代」に関して、その「起源」を西洋自体に問うよりも、非西洋の「西洋化」の過程において見ようとした。なぜなら、「近代」の性格は、西洋においてはそれが長期にわたるがゆえに隠蔽されているのに対して、たとえば日本においては、極度に圧縮されたかたちで、しかもすべての領域が連関しているかたちで露出しているからである。そのために、私は主として明治二〇年代(一八九〇年—一九〇〇年)の、短い期間に焦点を当てた。フレドリック・ジェームソンが本書についてつぎのように指摘したとき、我が意を得たりという感じであった。《——日本の近代化という大きな実験室での実験は、われわれ自身の発展の特性をスロー・モーションで、そして新たな形式の中で見せてくれるかのようである。(この新たな形式を昔ながらの伝統的な歴史学や社会学と比較することもできるだろう。たとえば、映画を小説と、アニメをドキュメンタリーと比較することができるように)》(『日本近代文学の起源』英語版への序文)。

しかし、このような「実験室」は、必ずしも非西洋、たとえば日本にだけ見いだされるのではない。それはヨーロッパの周縁諸国においても生じたはずである。当然ながら、「西洋」を一様なものとして、一つのパースペクティヴを構成するのは虚偽に陥ることになるだろう。そこにはさまざまな時間的・空間的差異があるからだ。ある意味で、一八世紀から一九世紀にかけてのドイツには、イギリスに比べて、「近代」が圧縮されたかたちで劇的に現われているということができる。近代日本において、法制度や哲学において何よりもドイツがモデルにされたことは偶然ではない。しかし、このことはたんに後進国に固有の現象として片づけることはできない。たとえば、カントからヘーゲルにいたるドイツ観念論は、短期間に凝縮された一回的な強度において、現在もわれわれの思考を刺激している。むしろ「遅れ」は、「進んだもの」において自明化・自然化されているものを根源的に問い直す契機となりうるのである。

この本を出版して大分経ってから読んだ本であるが、私はベネディクト・アンダーソンの『想像の共同体』にも啓発された。それは私と方法的に似ていた。彼は、ナショナリズムの「起源」を、西洋でなく、インドネシアの近代化の過程において考察しようとしたからである。だが、私が彼から学んだのは、私が本書に考察した諸問題が同時にナショナリズムの「起源」の問題にほかならないということだった。アンダーソンは「想像の共同体」としてのネーションが、ヴァナキュラーな言語の形成を通してのみ形成されるといい、そのための重要な役割を果たすものとして、新聞と小説をあげている。それらは、それまでなら相互に無関係であった出来事、人々、対象を併置するような空間を提供するからである。この意味で「小説」は、ネーションの形成において周縁的なものではなく、中心的な役割をはたしているといわねばならない。「近代文学」は、国家機構や血縁・地縁的なつながりがけっして提供しない〝想像の共同体〟をもたらすのである。このことは、近代的なネーション＝ステートの形成が遅れたドイツにおいて、ネーションとしての同一性を保証しづけたのが、ドイツ文学だったということにおいて示されている。たとえば、ナポレオンによる占領下において、フィヒテは次のように言う。

諸国家間の最初の本源的で真に自然な国境は疑いもなくそれらの内的国境である。同一の国語を話すもの（Was dieselbe Sprache redet）はあらゆる人間の技巧に先立ってただ一つの自然によって、目に見えない多数の絆でもって全体が結び付けられている。それは相互に理解し合い、また常にますます明瞭に理解する能力を持ち、同一の全体に帰属し、自然的に〈一者〉であり、分割しえない一つの全体をなす。こうした「民族」は自己の内に、異なる由来や国語を持つ他の民族を一つたりとも受け入れることはできないし、そのために少なくとも方向を見失い、自らの文化の進歩の連続性を著しく乱すことなしには、他の民族との混和を望むことはできない。人間の精神的本性＝自然事態によって引かれるこの内的国境からまさに、それの結果にすぎない、人間の居住の外的国境の輪郭が生ずる。事物をその自然に即して眺めれば、人間は或る特定の山や川が描く線の内部に住むという理由から、同一の民族をなすのではまったくなく、それとは逆に、人間たちは無限に卓越した自然の法に従って既に同一の民族をなしていたからこそ、たまたまそうなった場合に、川や山に守られて共に住むのである。（フィヒテ『ドイツ国民に告ぐ』細見和之、上野成利訳、インスクリプト）

フィヒテは、民族の同一性を、内的な言語に求め、他の要素、地縁や血縁に求めていない、それらがのちに「血と大地」として物象化されるとしても。だが、彼は、「内的国境」としての「同一の言語」が、いわば「文学」によって形成されてきたことを見ていない。近代のネーション＝ステートの核心は、政治的機構そのものよりも「文学」にある。それは、今日新たにネーションとしての独立を要求する人々の間においても機能している。九〇年代において、われわれは、一方にグローバルな世界資本主義のなかで、近代のネーション＝ステートがその力を失うとともに、他方で多数の「想像の共同体」が発生している様を目撃している。だが、これらは、たんに政治・経済的なレベルでだけ見られることはできない。われわれは、ネーションの核心にある「文学」を、そして、その「起源」をあらためて問う必要がある。その手がかりを与えているものとして本書が読まれるならば、私にとって幸いである。

一九九五年一二月　東京

韓国語版への序文

一つの書物が時代状況によって当初とは違った意味を帯びてくることを、他人の書物に関してはしばしば感じているが、それが自分の著作にもあてはまることを経験したのは本書が初めてだった。というのも、自分の書いたものを或る客観性をもって読むということは、当人の意志だけでは不可能だからである。私は以前に書いたものを読み返して検討するぐらいなら、何か新しいことをやったほうがましだと思い、事実そうやってきた。しかし、この本に限っては、再考することを強いられたのである。それは日本で出版されてから十年後に、英語に翻訳されたときである。その英訳の草稿を読んだとき、私ははじめて自分の本を他者の本のように読んだ気がした。そのとき、この本で書かれていること――言文一致や風景の発見など――が、根本的にネーション＝ステートの装置にほかならないことを発見した。さらに、たとえば夏目漱石が英文学に感じていた違和が、一九世紀以後における文学、特にリアリズム小説の優位性への違和にほかならないことを発見した。そこで、私は英語版の出版にあたって、「ジャンルの消滅」という一章を加え、長いあとがきを付した。

韓国で翻訳するという話があってから、私は新たに本書について、というよりも、本書が扱っている時代について考えさせられた。すると、一九七〇年代後半に本書を書いたとき考えていなかった様々な事柄が噴出してきたことに我ながら驚いた。いわば、「日本近代文学の起源」は「近代日韓関係の起源」にほかならないのである。それについて述べる前に、私自身が七〇年代に本書に収録されたエッセイを書いていたとき考えていたことをふりかえっておきたい。私は明治文学の研究者ではまったくなかった。私がこのとき考えていたのはむしろ同時代日本の知的状況であって、それを明治二十年代に遡行して考えようとしたといってよい。

私が意識していた問題の一つはこうである。当時は、一九六〇年代からの急進的な政治運動が破産し、その結果として、「文学」に向かうということが生じていた。あるいは「内面」に向かうことによって、あらゆる共同幻想から「自立」することが可能であるかのように考えられていた。これが実際にはラディカルなポーズをした保守主義にすぎないということは、その後に実証されている。私はその傾向に反撥を感じていたが、たんに「政治」をいうことによってそれを否定することはできないと思った。もっと根本的な批判が必要だった。私が気づいたのは、それが明治二十年代から繰り返されてきたということである。

たとえば、日本の標準的な文学史では、坪内逍遥が『小説神髄』で「勧善懲悪」を否定し近代文学の理念を確立したことになっている。しかし、それは実はきわめて政治的な立場からなされていたのである。「勧善懲悪」とは、徳川時代の儒教的文学ではなく、明治十年代に自由民権運動と直結して書かれていた大量の「政治小説」の傾向を意味していた。坪内逍遥がいう近代文学の「神髄」は、そのような「政治」から自立することである。しかし、現実には、自由民権運動は挫折していたのであり、そのかわりに外形だけの憲法や議会が与えられたのである。明治二十年代の近代文学は、自由民権の闘争を継続するよりはそれを軽蔑し、闘争を内面的な過激性にすりかえることによって、事実上、当時の政治体制を肯定したのである。一九七〇年代にはそれが違った文脈で反復されていた。私が「起源」に溯って批判しようとしたのは、このような「文学」、このような「内面」、このような「近代」であった。

しかし、一九八〇年代に入ると、消費社会の現象とともに、ポストモダニズムが風靡した。本書もそのような風潮を代表するものとして読まれた形跡がある。が、一見して似ているように見えて、私が本書で意図したことと、この種のポストモダニズムほど対立するものはない。私は一九八四年に「批評とポストモダン」という評論を書き、日本的ポストモダニズム(近代の超克)に敵対した。その結果、私は近代主義者に転向したかのようにいわれたのを覚えている。実際、私は典型的な近代主義者として嘲笑されていた政治学者丸山真男を読み返し、評価したりした。しかし、それは近代主義を支持したからではない。たとえば、丸山はかつて『日本の思想』の中で、つぎのような中江兆民の言葉を引用している。

吾人が斯く言へば、世の通人的政治家は必ず得々として言はん、其れは十五年以前の陳腐なる民権論なりと、欧米諸国には盛に帝国主義の行はれつつある今日、猶ほ民権論を担ぎ出すとは、世界の風潮に通ぜざる、流行遅れの理論なりと。——然り是れ理論としては陳腐なるも実行としては新鮮なり、箇程の明瞭なる理論は欧米諸国には数十百年の昔より実行せられて、すなわち彼国に於は陳腐となり了はりたるも、我国に於ては僅かに理論として民間より萌出せしも、藩閥元老と、利己的政党家とに揉み潰されて、理論のままに消滅せし故に、言辞としては極めて陳腐なるも、実行としては新鮮なり、夫れ其実行として新鮮なるものが、理論として陳腐なるは果して誰の罪なるか。(『一年有半』明治三四年版付録)

丸山真男がいいたいのは、近代主義・市民主義がいかに陳腐であろうと、日本では近代も市民も実現されていない以上、今なお新鮮である、ではそれを陳腐に見えさせているのは誰の罪か、ということだ。実行されていない理論は陳腐にみえても新鮮である、という中江兆民の言葉は、私にとっても「新鮮」であった。兆民がこう書いた時期にはニーチェ主義のような「理論」が流行していたが、それらがもう読むに耐えないのに、兆民の言葉はなぜ新鮮なのか。それはルソーにもとづく彼の「民権」の理論のせいではない。兆民の言葉が新鮮なのは、それが「批評」の言葉だからだ。批評はそれ自体理論とは違っている。それはむしろ理論と実行の懸隔、思惟と存在の懸隔への批判的意識である。私は本書においてデリダやフーコーの理論的影響を受けているが、それらがフランスでもつ批評的役割と、日本でそれらがもつ意味とを混同したことはない。したがって、私は日本におけるデリダ主義やフーコー主義の軽薄な「流行」に異議を唱えたのである。

ところで、私がここで特に中江兆民の文章を引用したいと思ったもう一つの理由は、それが私が本書において書かなかった事柄に直結しているということである。つまり、彼がいう「十五年」の間に、「日本近代文学の起源」が潜んでいるのだ。彼がこれを書いたのは、一八九八年、つまり朝鮮に対する日本の帝国主義的干渉を契機にしてはじまった日清戦争の四年後だった。その当時、新しい「理論」とは、帝国主義を支える「優勝劣敗」の社会的ダーウィニズムである。「十五年」前に「民権」を唱えた人たちがその時点では一斉に転向していた。いいかえれば、かつての民権的ナショナリストはこの時期、帝国主義的ナショナリストに転化していたのである。

その場合、近代文学はどうであったか。私は本書において、国木田独歩の『空知川の岸辺』(一九〇二年)をもとにして、「風景の発見」について書いた。それは、「風景」が、外界に関心をもたぬ「内的人間」によって倒錯的に見いだされたこと、また、それまでの文学言語におおわれた所ではない新世界、北海道において見いだされたことを指摘するものだった。しかし、実は、独歩は一八九五年に北海道への移住を計画したけれども、わずか二週間ほど空知川のあたりに滞在したにすぎない。したがって、北海道での体験が独歩を変えたということはできない。むしろ、彼が北海道への移住を真剣に(且つ軽薄に)考えたこと自体が重要なのである。

独歩が北海道への移住(移民)を考えたのは、その前年の日清戦争に従軍記者として参加したあとである。ナショナリズムの昂揚の中で、彼は人気を博したが、戦争が終ると虚脱状態に陥った。彼が北海道に想像したのは、その空虚を満たすような「新世界」である。彼は原野の中でこう感じたと記している。《社会が何処にある、人間が誇り顔に伝唱する「歴史」が何処にある》。しかし、いうまでもなく、空知《ソラチ》という地名が示すように、そこにはアイヌが居住していたのだ。それは充分に「歴史」的空間である。国木田独歩による「風景」の発見は、そのような歴史と他者を排除することによってなされたのである。このとき、他者はたんに「風景」でしかありえない。日本の植民地文学、あるいは植民地への文学的見方の原型は、独歩においてあらわれている。

さらにいうと、日本の植民地政策の原型は北海道にある。北海道開拓は、たんに原野の開拓ではなく、抵抗する原住民(アイヌ)を殺戮・同化することによってなされた。そのやり方が沖縄、台湾(日清戦争のあとで獲得した)、さらに朝鮮、満州、東南アジアへと拡張されていったのである。注目すべきなのは第一に、アイヌと日本人の「同祖論」が登場したことである。それはのちに韓国併合にあたって、「日鮮同祖論」として変奏された。それは相手の他者性を無化した上で、他者を支配する方法なのだ。このやりかたは、イギリスやフランスの植民地主義とは対照的である。それはアメリカの植民地主義政策と或る意味で類似している。後者は被統治者を「潜在的なアメリカ人」とみなすもので、そこでは帝国主義的支配であることが自覚されないままである。彼らは現に支配しながら、「自由」を教えているかのように思っている。

実際、北海道は、日本の「新世界」として、何よりもアメリカをモデルにして開拓されたのである。たとえば、札幌農学校は、日本における植民地農業の課題をになって設立されたものだが、その創設においてクラーク博士が招かれたように、アメリカの植民地農政学が導入されたのである。日本の近代思想・文学史においては、それは内村鑑三に代表されるキリスト教の流れの中でのみ見られているが、実は、新渡戸稲造や内村の弟子たちは植民地経営の専門家となったのである。日本の植民地主義は、主観的には、被統治者を「潜在的日本人」として扱うものであり、これはむしろ「新世界」に根ざす理念である。それがのちの「八紘一宇」(大東亜共栄圏)のイデオロギーにまでつながっている。ついでにいえば、こうした日米の関係は、実際に「日韓併合」にいたるまでつづいていた。たとえば、アメリカは、日露戦争において日本を支持し、またその戦後に、日本がアメリカのフィリピン統治を承認するのと交換に、日本が朝鮮を統治することを承認した。アメリカが日本の帝国主義を非難しはじめたのは、そのあと、中国大陸の市場をめぐって、日米の対立が顕在化してからにすぎない。

こうして、韓国版が出ることを契機に考え直してみると、日本近代文学の「起源」に、私がそれを書いた時点では考えていなかった様々な事柄が見えてくる。私は今後韓国の文学者と共にこれらの問題を考えて行きたいと思う。二〇年前に書かれ日本では一種のクラシックと化してしまった本書は、「韓国近代文学の起源」の考察によって新たな意義を与えられると思うからだ。たとえば、私が言文一致にかんして述べたことは、韓国におけるハングルの問題と比較することによって普遍的になりうるだろう。私はここ数年韓国の文学者たちと定期的に会議を重ねてきた。いかに政治的に無力に見えようと、そのような地道な交流以外に日韓の歴史的な軋轢を越えていく途はないと考えたからである。本書の刊行が、そうした交流を進展させるきっかけとなることを心から願っている。

一九九七年二月一〇日　東京

中国語版への序文

私がこの本を書いたのは一九七〇年代の後半であった。あとから気づいたことだが、私がこれを書いていた当時、日本における「近代文学」が終ろうとしていた。いいかえれば、文学に特別に深い意味が付与された時代が終ろうとしていた。現在の日本のような状況でなら、私はこのような本を書かなかっただろう。今や、わざわざ「近代文学」を批判する必要はない。人はもう文学にほとんど関心を抱いていないからだ。これは別に日本に特有の現象ではない。私は、中国においても、文学はこれまでもっていたような特権的な地位を失うだろうと思う。しかし、そのことで心配する必要はあるまい。そうなったときにむしろ、本当に文学の存在根拠が問いなおされ、また、文学の本来的な力が示されるのではないかと私は思っている。

私は「近代文学」を風景という観点から見ようとした。私がいう風景は、それまでの名所・名勝とみなされる風景とは別のものであり、むしろそれまで人が見なかった、というよりむしろ見るのを恐れたような風景である。しかし、これを書いた時点では、私はそのことが、カントが美と崇高の区別に関して論じた問題にほかならないということに気づいていなかった。カントの区別にしたがっていえば、名勝とされる風景は美であり、原始林や砂漠や氷河のような風景は崇高である。美は構想力によって対象に合目的性を見いだすことから得られる快であるのに対して、崇高は、どう見ても不快でしかなく構想力の限界を越えた対象に対して、なおそこに合目的性を見いだそうとする主観の能動性がもたらす快である。カントによれば、崇高は、対象にあるのではなく、感性的な有限性を乗り越える理性の無限性にある。《自然の美に対しては、われわれはその根拠をわれわれの外に求めねばならないが、崇高に対しては、その根拠をわれわれのうちに、すなわちわれわれの心に求めねばならない。われわれの心が自然の表象の中に崇高性を持ち込むのである》(『判断力批判』)。カントがここで指摘しているのは、崇高が、不快な対象からもたらされること、それを快に変えるのは主観の能動性によってであること、にもかかわらず、無限性が主観にではなく対象そのものにあるかのようにみなされるということである。

私は本書において、風景がある「転倒」によって、すなわち、外界に関心をもたない「内的な人間」によって見出されたのだ、と書いた。そのとき、私は、そのような内面性が「転倒」であるといっているように聞こえる。しかし、「転倒」とは、風景の崇高が内面性によって生じるということではなく、逆に、それが客観的な対象に存すると思ってしまうことにあるのだ。その結果、旧来の伝統的な名勝にかわって、新たな近代の名勝が形成される。それがもともと美的でなくむしろ不快な対象であったことが忘れられるのである。カントは、関心をカッコに入れて物を見るときに、美的判断が成立すると述べた。彼の考えは主観的な美学として片づけられている。しかし、それは少しも古くない。たとえば、デュシャンが美術展に「泉」と題して、ありふれた便器を提出したとき、カント的な問題を再提起したのである。われわれは便器を日常の用途によってしか見ない。しかし、もしそのような「関心」をカッコに入れて見るならば、便器はたとえば「泉」のように見えてくるだろう。芸術とはたんに対象物にあるのではなくて、われわれが慣れてしまった見方を斥けて別の見方を開示すること、つまり、そのような異化作用自体にある。

デュシャンの便器は行方不明になったそうである。しかし、もしそれが残っていたとしたら、大美術館に麗々しく飾られているだろう。それは滑稽である。だが、それに似たようなことが別の所でなされているのである。近代文学は旧来の慣習的な見方を斥けてものを見ようとした。しかし、それは、旧来の文学に慣れた人たちにとっては、むしろ便器を提示するようなものであったにちがいない。ところが、いわば便器のようなものが間もなく尊敬の眼で見られるようになったのである。文学を目指す人はかつて少数であり、呪われた存在であった。夏目漱石もそのような作家であったことはいうまでもない。しかし、一九七〇年代に漱石は「国民文学」の作家として仰ぎ見られるようになっていた。私が一九七〇年代に否定しようとした「近代文学」とは、そのようなものである。それはすでに否定的な破壊力をなくしており、国定教科書で教えられるような代物となっていた。それはすでに文学の死骸であった。だから、もしこの時期に「近代文学」が死んだとしても、別に心配する必要はない。それはけっして文学が死んだということではない。最初にいったように、本当に文学の存在根拠が問われ、また、文学の本来的な力が発揮されるのはこれからである。

以上、文学に関して述べたことは、ある程度ネーション nation についても妥当する。一九九〇年代の初め、『日本近代文学の起源』の英語版が出た時点で、私は、ベネディクト・アンダーソンの『想像の共同体』に刺激されて、自分の仕事をネーションの形成という観点から見直そうとしていた。アンダーソンは小説を中心とした出版資本主義がネーションの形成に大きな役割を果たしたということを指摘しているが、私がこの本で考察したことは、言文一致にせよ、風景の発見にせよ、まさにネーションの確立過程にほかならなかったのである。しかし、現在、私はいくらか違った考えをもっている。一言でいえば、私は、ネーションを表象の問題として考えることに満足できなくなったのである。

ネーションは日本語で国家や民族と訳されてきたが、近年では、国民と訳されている。

したがって、ネーション＝ステートは国民国家である。しかし、「国民」という訳語はよくない。それは「国家の民」のように聞こえるからである。人々が国王や領主の臣下であるような国家において、ネーションは存在しない。ネーションを形成するのは、封建的拘束から解放された市民なのである。また、ネーションは民族に還元されない。たとえば、日本というネーション＝ステートには、アイヌも、さまざまな帰化人もふくまれるのである。とはいえ、ネーションについての誤解が生じやすいのは、翻訳が不十分だからではない。もともと、英語でも nation は曖昧である。それは一方で民族を意味し、他方で国家を意味するようにみえるが、そのどちらでもない。民族（エスニック）は家族や部族の延長であり、いわば血縁的・地縁的共同体である。それはネーションではない。ネーションとは、そのような血縁的・地縁的共同体から離脱した諸個人（市民）が社会契約的に構成するものと見られるべきなのである。

他方、封建的国家や絶対主義的国家においても、ネーションはない。ネーションが成立するのは、そのような身分制的な国家体制がブルジョア革命によって民主化されたのちである。ネーション＝ステートが成立した後には、それ以前の歴史もネーションの歴史として語られる。すなわち、ネーションの起源が語られる。しかし、ネーションの「起源」は、そのような古い過去にあるのではなく、むしろそのような古い体制を否定した所にこそ存在するのである。ところが、ナショナリズムにおいては、まさにそのことが忘れられ、古い王朝の歴史が国民の歴史と同一化されるのだ。

そのようにして、しばしばネーションは民族あるいは国家と同一視される。それが誤りだということは、多数の民族からなるネーション＝ステートが数多いこと、また、同じ民族が複数のネーション＝ステートに分かれている場合が多いことを考えてみるだけで明らかだ。だから、ネーションを考えるためには、民族的な同一性が濃厚にあるような国ではなく、それが存在しないような国、たとえば、アメリカ合衆国のようなものを例にとるべきである。ここにもナショナリズムは強くあるが、それは「民族主義」ではありえない。アメリカのナショナリズムは、合衆国が各人の社会契約によって成立するネーションであること、すなわち、それが自由に存することを強調する。実際、ネーションは、血縁や地縁による共同体(血と大地)によってではなく、それを超える普遍的な契機なしに成立しないのである。

しかし、同時に、ネーションはたんに市民の社会契約という理性的側面だけでは成立しない。それは、家族や部族といった共同体に存するような相互扶助的な共感 sympathy に根ざしているのでなければならない。ネーションとは、共同体が資本主義的な市場経済によって解体されるにつれて、失われた相互扶助的な互酬性 reciprocity を想像的に回復したものだといってよい。それが民族という観念と結びつくかどうかは決まっていない。アメリカ合衆国の例で続けていえば、ネーションの社会契約的な側面は国歌 The Star-Spangled Banner によって表象されている。それだけでは感情的な基盤をもつことができない。だが、多民族である以上、「血」に訴えることはできない。そこで、「大地」に訴える。つまり、それは、「崇高」な風景を賛美した America, the Beautiful という準国歌によって表象されるのである。

カントは感性的なものと悟性的なものが想像力によって媒介されると見なした。ネーションは、共同体的なあり方と社会契約的なあり方を、想像的に媒介するものだといえる。その意味で、ネーションが「想像の共同体」であるというのは正しい。しかし、それはネーションがたんなる想像物にすぎないということを意味するのではない。この想像には或る必然性があるというべきである。

貨幣経済の浸透によって、封建的あるいは絶対主義的国家＝経済は解体される。そこに、近代国家と資本主義的市場経済が成立する。しかし、それだけは不十分なのだ。そのような過程の中で解体された農業共同体的なあり方、つまり、互酬的・相互扶助的なあり方が想像的に回復されなければならない。それがネーションである。ネーション＝ステートとは、ネーションとステートという異質なものの結合である。しかし、もっと厳密にいえば、ブルジョア革命以後の国家は、資本制市場経済と国家とネーションが三位一体的に統合されたものなのである。それら三つは相互に補完しあい、補強しあうようになっている。たとえば、経済的に自由に振る舞い、そのことが階級的対立に帰結したとすれば、それを国民の相互扶助的な感情によって越え、国家によって規制し富を再分配する、というような具合である。この三位一体の環は強力である。たとえば、ここで資本主義だけを打倒しようとすると、国家の権力を強化することになるし、あるいは、ネーションの感情に足をすくわれる。したがって、どれか一つを標的とするのではなく、資本制＝ネーション＝ステートという三位一体の環から出る方法を見出さなければならない。

この中で、ネーションは、一般に、コスモポリタン的な知識人によって否定的に見られている。しかし、ネーションを啓蒙によって解消することはできない。宗教を啓蒙的に批判した哲学者に対して、マルクスは、宗教を生み出す現実の不幸を解決しなければ、宗教を解消することはできない、と述べた。同じことがナショナリズムについていえる。ネーションが表象にすぎないということをいくら強調しても、それが消えることはない。ネーションは血や大地といった表象に根ざしているのではなく、ある相互扶助的な感情、さらに、相互扶助を必要とする現実に根ざしているのである。資本制市場経済や国家をそのままにしておいて、ネーションだけを解消することなどできない。ネーションを真に「揚棄」するためには、資本制＝ネーション＝ステートという三位一体の環から出なければならない。『日本近代文学の起源』を書いて以後、私はその方法についてずっと考えてきた。それについて、ここで詳しく触れる余裕はない。私の近著、『トランスクリティーク――カントとマルクス』(*Transcritique: On Kant and Marx*, MIT Press, 2003)を参照していただくことを希望する。

二〇〇二年八月　尼崎

注

第1章

(1)　私は漱石の『文学論』がその時代において、世界的に特異な、したがって孤立した企てだと述べた。しかし、実は、規模において違っていたとしても、彼の親友、正岡子規の批評のなかにすでに同じ志向が見いだされるのである。子規が『俳諧大要』(明治二八年)において掲げるのは、つぎのような原理である。《俳句は文学の一部なり。文学は美術の一部なり。故に美の標準は文学の標準なり。文学の標準は俳句の標準なり。即ち絵画も彫刻も音楽も演劇も詩歌小説も皆同一の標準を以て論評し得べし》(『俳諧大要』第二)。むろん「美の標準は各個の感情に存す」がゆえに、「先天的に存在する美の標準」はないし、あったところで知りようがない。しかし、「概括的美の標準」はある、と子規はいう。ここで彼がいうのは、二つのことだ。俳句は、芸術(美)の一部であり、東洋であろうと西洋であろうと、芸術であるかぎり、同一の原理の中にあるということと、そして、それは、個々の感情に根ざすとはいえ、知的に分析可能なものであり、したがって、批評が可能であるということである。

たとえば、ひとは、特に俳句のようなものにかんしては、それを特殊なものとして見捨てるか、閉鎖的な内部で論じるだけである。もちろん、それはのちに子規がもっと激烈に批判した「和歌」にかんしてもあてはまる。彼らは、理論的に分析しえないような微妙な神秘的な何かがあると抗弁するだろう。しかし、俳句や和歌だけでなく、もっと広くいって、ひとが日本文学を、西洋文学とは異質なものとして、つまり分析不能あるいは分析を拒否するものとして表象してしまうとき、同じことをやっているのである。子規がいうのは、とりあえず、こうした差異を廃棄するところからはじめなければならないということである。《俳句の標準を知りて小説の標準を知らずといふ者は俳句の標準をも知らざる者なり。標準は文学全般に通じて同一なるを要するは論を俟たず》(同前)。

しかし、こうした同一性の主張は、さまざまに異なるジャンルを捨象してしまうことを意味するのではない。その逆に、子規は、ジャンルの意味を確保するためにこそ、あたかも自律的に存在しているかのように見なされている諸ジャンルから、その例外性や特権性を剝奪するのだ。その上でのみ、諸ジャンル genre は、その生成 genesis における「差異」として見いだされるのである。

俳句と他の文学との音調を比較して優劣あるなし。唯ゝ諷詠する事物に因りて音調の適否あるのみ。例へば複雑せる事物は小説又は長篇の韻文に適し、単純なる事物は俳句又は短篇の韻文に適す。簡樸なるは漢土の詩の長所なり、精緻なるは欧米の詩の長所なり、優柔なるは和歌の長所なり、軽妙なるは俳句の長所なり。然れども俳句全く簡樸、精緻、優柔を欠くに非ず、他の文学亦然り。(『俳諧大要』第二)

ここで、俳句ははじめて一個のジャンルとして見いだされる。しかし、こうした手続きには、それとは逆のプロセス、マルクスなら、下向に対して上向と呼んだであろう過程が同時にふくまれている。つまり、子規は一般的な詩学や美学からはじめて特殊を説明したのでもなく、特殊を一般化したのでもない。俳句という特定の歴史的に存する形式への精密な考察なしに、「古今東西の文学の標準」に至ることはできないのであり、しかも、それは、後者をすでに念頭に置くことなしにできないのである。このことは、文字どおり「古今東西」の文学を形式的に考察しようとした『文学論』の漱石の意志とつながっている。

(2) 漱石の『文学論』は、もともとロンドン(一九〇二年)では、「趣味の差違」という題目のもとに、「自分の立場を正当化するために」構想されたのである。彼の考えでは、趣味の普遍性は全体に及ぶものではない。ある素材に対するわれわれの反応は、文化的・歴史的差異によって違っている。《趣味と云う者は一部分は普遍であるにせよ、全体から云ふと地方的《ローカル》なものである》。だが、普遍的なものがあるとすれば、それは、材料ではなく、「材料と材料との関係案排の具合」にある。《――此材料の相互的関係から生ずる趣味は比較的土地人情風俗の束縛を受けぬ丈《だけ》夫《それ》丈《だけ》普遍的なものであつて、人によつて高下の差別はあるが種類の差別は殆どなからうと思はれるから、如何に外国に生れた日本人でも適当に発達した趣味さへ持つてゐれば、夫が唯一の趣味なので、之を標準にして外国人にも之を呑み込まして成程と合点させる事の出来るものである》(『文学評論』の「序言」)。このような考え方が構造主義的あるいはフォルマリスト的であるということは明白である。

(3) 漱石がイギリスのスウィフトやスターンに日本の写生文と類似するものを見出したことがはらむ問題について、私は本書の第七章で詳述している。

(4) 諏訪春雄は、中国の山水画は道教の山岳信仰にもとづくこと、そして、山水画で発達した遠近法も山に視点を固定して他のものと遠近大小を決めるものであったことを指摘している。《中国美術は唐代の山水画になって固有の遠近法をもつようになった。遠景を上に近景を下にえがく上下法、山を大きく、樹木、馬、人としだいに小さく描く「丈山・尺樹・寸馬・分人」の法、さらに高遠・深遠・平遠からなる三遠の法などである。これらはいずれも山水画の世界で発達し、しかもその根本の基準にはつねに山があった。ことばをかえれば、画家たちは山に視点を固定して、山との関係から山以外の対象の大小遠近がきめられてゆく。このように山を基準としてきめられた遠近法の典型が、中国美術史が最後に獲得した遠近法の三遠であった》(諏訪春雄『日本人と遠近法』ちくま新書、一九九八年)。

(5) 山水画家が松を描くとき、まさに松という概念を描くのであり、それは一定の視点と時空間で見られた松林ではない。そして、これは山水画だけの特徴ではない。たとえば、岡倉天心は「東アジアの絵画」について、つぎのように述べている。《東洋のもう一つの方法の違いも、また我々の自然に近づく態度に由来する。我々はモデルによるのではなく、記憶で描く。ある芸術家の習練はまず芸術作品そのものを記憶し、次いで自然を記憶する。彼はその見るすべてのものを注意深く研究し、備忘録に収める。日本画の狩野派は、その弟子がスケッチをかき終るまでは朝食をとることを許さなかった。そしてこれらはすべて放棄されるもので、彼にとってただ記憶するための備忘録にすぎない。彼は創作にかかる時、この知識の助けによるので、実際に使うことはしないのである。東洋の芸術家たちが自然に接する態度の違いはすべてこうして作られる》(「東アジアの絵画における自然」橋川文三訳、「岡倉天心全集」第二巻、平凡社)。彼らは限なく対象を観察しスケッチするが、実際に描くときにはそれを放棄して記憶で描く。その結果、描かれたものには、一定の視点・一定の時空間による限定が無くなる。ある物の「概念」を描くとはそういうことである。だが、対象は違っても、ヨーロッパ中世の宗教画にして同じことがいえる。そして、ヨーロッパの絵画において、それを破ったのがイタリアのルネサンスにおいて始まった幾何学的遠近法であった。

ここで注意しておきたいのは、一八世紀半ばには、日本に幾何学的遠近法が導入されていたことである。しかし、それは従来の遠近法を駆逐しなかった。従来の遠近法には、近くのものを大きく遠くのものを小さく描く大小差遠近法、近くは明るく遠くは暗く描く明度差遠近法、あるいは近くのものは細部まで鮮明に描き遠くのものはぼやっとあいまいに描く鮮明度差遠近法などが知られている。江戸の画家たちは、「写生」を唱えた円山応挙が典型的だが、一方で幾何学的遠近法を導入しつつ、従来の遠近法あるいは視点の移動を併用した。そのようなスタンスは明治二十年代まで続いている。というのも、日本の美術は浮世絵を中心にして欧米で高く評価されていたからである。そのため、他の領域で西洋化がはかられたのに対して、美術だけは別格であった。最初の美術学校の設立において、フェノロサや岡倉天心といった日本美術派がヘゲモニーをもったのはそのためである。だが、明治三〇年には、西洋絵画派が勝利し岡倉天心は放逐された。それは文学においても「言文一致」や「風景」が確立された時点であった。たとえば、岡倉天心が日本美術院を創立して西洋派に対抗しようとしたのは、明治三一年、国木田独歩が『武蔵野』を発表してから間もないころであった。

(6)　ゲオルク・ジンメルは「風景の哲学」のなかでこのように指摘している。《数え切れぬほど度重ねて、われわれは戸外のひろびろとした自然の中を歩き、その時々に放心していたり気持を集中していたりする、程度の違いはあるにしても、木々や水を眺め、草原や畑を眺め、丘や家々を眺め、光と雲のおよそ千変万化の移ろいを眺める。だがわれわれはその時、どれか一つを見るか、あるいはせいぜい幾つかをまとめて見ているわけなので、「風景」を見ているとはまだ自覚していない。ほかでもない、視野にあるこうした一つ一つのものが、われわれの感覚を束縛していてはよろしくないのだ。われわれの意識は新しい全体を、統一体を持たねばならない。もろもろの要素を超え、それらの特別な意味とは結びつかず、それらを機械的に組み合わせたのでもない、新しい全体を。それが取りも直さず、風景にほかならない。私が思い違いをしていなければ、地上にあれやこれやのものがずらりと並んでひろがるさまが、そのまま目にうつるということで、風景が成り立つわけではないのだと、はっきり述べた議論はこれまでほとんどなかった。そうしたすべてから初めて風景を生み出す、独特な精神のプロセスを、その若干の前提と形式から解き明かしてみようと思う。

まず第一。地上の一画に見えるものが「自然」であって、人工物がそこにあるにしても自然に組みこまれており、百貨店やら自動車やらをくるみこんだ大通りではないということ、これだけではまだ、その地上の一画を風景とすることはできない。自然といえば、われわれの理解では、限りなく続く物のつながり、形が生み出されては亡びて行くひっきりなしの営み、時間と空間の中に存在するものがずっと連続していることから明らかになる事象の流れるような統一である。ある現実の存在を自然と呼ぶ時、われわれの念頭にあるのは、人間の手になるものと異なり、観念や歴史と異なる、ある内的な特性であるか、あるいは、その存在が前に述べた全体の代表、象徴と見なされ得、全体の流れがその中でさわさわと鳴るのが聞えるということである。「一切れの自然」という言い方は、厳密には内的矛盾なのだ。自然には切片はない。それは全体の統一であって、そこから何かが切り取られたなら、即座にその何かは自然ではなくなる。境界線のない統一の中でのみ、全体の流れの波としてのみ、それは「自然」であり得るのだからである。

さてしかし、風景にとっては、ほかでもない局限が、瞬間的であれ持続的であれ、ある視野の地平のうちに包みこまれることが、何よりも重要なことなのである。風景の物質的な基盤、ないしその個々の部分は、いかにも自然以外のものではあり得ないだろうが、「風景」として思い描かれた時、それは目で見ても、美的な意味からしても、気分の上でも、他からへだたった自分だけの存在であることを要求する。自然の中ではすべての切片は、存在全体の絶大な力にとって、単なる通過点にすぎないのだが、その自然の不可分の統一から、独自の性格を与えられた単独者として解放されることを要求するのだ。土地の一画を、その上にあるものをひっくるめて、風景として眺めるとは、自然から切り抜いた一片を、それなりの統一として眺めることにほかならない。およそこれほど自然の概念からかけ離れたことはないのだ》(『ジンメル・エッセイ集』川村二郎編訳、平凡社ライブラリー)。

(7)　明治二十年代に井原西鶴を復活させたのは、淡島寒月・幸田露伴・尾崎紅葉・樋口一葉たちである。のちに、田山花袋は西鶴をモーパッサンのような自然主義者として評価している(「西鶴小論」)。しかし、廣末保がいうように、それらは俳諧師西鶴の「俳諧」性を無視している。《私は俳諧的なものの根底に、短句を基礎にした、連想、飛躍、そこから生じる価値転換といったものを考えたいと思う。それは、俳諧の根本は滑稽なりといったこととも無関係ではありえないが、こうした精神と方法――その方法は偶然、連想、飛躍を生きる精神の運動と見合うものであるが、――そうした精神と方法が短句を軸に実現されていったものが俳諧であると考える》(廣末保『西鶴と芭蕉』未來社、一九六三年)。この「俳諧」は、ヨーロッパでいえば、シェークスピア、セルバンテス、ラブレーといったルネサンス文学における「グロテスク・リアリズム」(バフチン)に対応するものである。この問題については、第七章で論じている。

(8) 明治二七年日清戦争のさなかに志賀重昂の『日本風景論』が出版されて人気を博した。志賀は従来の名所旧跡的風景を否定し、「日本には気候、海流の多種多様なること」「日本には水蒸気の多量なること」「日本には火山岩の多々なること」というような自然によって作られた景観美を主張した。しかし、これは「日本アルプス」をはじめ、新たな名勝を作るものである。志賀はネーション性を自然によって説明することによって、自然(風景)をナショナライズしている。それゆえ、これは日清戦争において昂揚したナショナリズムの下に風靡したのである。一方、日清戦争において従軍記者として人気があった国木田独歩が見出した「風景」とは、むしろ、戦後ナショナリズムの昂揚から醒めたときに意識した「空虚」に対応するものである。志賀がいう「日本風景」が「忘れて叶ふまじき」ものであるならば、独歩のいう風景は「忘れえぬ」ものである。

(9) この点について、私は岡崎乾二郎の『ルネサンス 経験の条件』(筑摩書房、二〇〇一年)から大きな示唆を受けた。ルネサンスの画家たちが熱中したのは、透視図法という仮説を設定したとき産出されるさまざまなパラドックスをいかに解決するかという問題であったという。このパラドックスは、哲学において(デカルト以後)超越論的な主観が出現したときに生じたパラドックスと同じものである。岡崎はルネサンスの建築家ブルネレスキが考案した透視装置に注目している。それはいわば、透視図法を開発した当人によるそのディコンストラクションというべきものである。「日本近代文学の起源」において、私はブルネレスキの透視装置に似たものを見出す。それは漱石がいう「写生文」である。それは風景の発見であると同時にその否定であり、超越論的な主観性の発見であるとともにその否定である。

第2章

(1)　たとえば、明治初期から学問による「立身出世」という思想が青年、特に旧士族の子弟の間で強く奉じられた。それはかなり近年まで日本人を動かしてきた「思想」である。前田愛は近代小説の出現を、青年たちが立身出世に幻滅し挫折しはじめた時期に見出している。《立身出世を目指す青年達を取り上げた小説は明治一七年の『世路日記』から、明治二三年の『帰省』にいたって一つのサイクルを終えたのである。このサイクルの中程には『当世書生気質』『浮雲』『舞姫』がそれぞれ位置するはずである》(「明治立身出世主義の系譜」『近代読者の成立』一九七三年、有精堂出版)。しかし、こうした挫折や幻滅は明治の国家体制が明治二十年代に確立されたときにもたらされたのであり、広い意味で自由民権運動の挫折の中に入るといってよい。

(2)　ソシュールは文字を言語にとって外的なものと見なしたが、それは文字が音声にとって二次的であるという考えからではない。たんに音声言語と文字言語が異なるということである。音声言語を第一次なものとみなし、また、文字言語は音声を写したものだと考えたのは、ロマン派の言語学者なのである。ソシュールが批判したのはそのような言語学である。音声中心主義は近代のネーションにおいて普遍的に見られるものである。そして、そこには起源の忘却がある。ロマン派が出発する音声言語とは、帝国の言語(ラテン語、ギリシャ語、ヘブライ語など)を翻訳する過程で形成されたものである。つまり、実際は文字が先行しているのに、あたかも感情あるいは内面から直接に出てきたかのように考えられる。精しくは、拙稿「ネーション=ステートと言語学」(『定本　柄谷行人集』第四巻、岩波書店)を参照されたい。

(3) 山田美妙がとった「です・ます」体は、最初二葉亭の「だ」体以上に風靡した。しかし、それが衰退したのは、「です・ます」は明らかに女性的有徴性をもつために中性的な表現となることが難しかったからである。しかし、その際、女性作家がどうなったか。絓秀実は、若松賤子から樋口一葉にいたるまでの女性作家が言文一致では「です・ます」体で書いていたことを指摘し、明らかに男性的な「だ」体が標準化していったとき、彼女らがどのような対応を強いられたかを論じている。これは重要な視点である。たとえば、絓秀実の次のような考えは示唆的である。《この意味で、樋口一葉は明治二〇年代の俗語革命に、もっとも根底から抵抗した作家であると言いうるだろう》(『日本近代文学の〈誕生〉』太田出版、一九九五年)。

(4) 山本正秀は明治二十年代における言文一致の変遷についてこう述べている。《この期間は大体西鶴調の雅俗折衷体が風靡した時で、二二年九月幸田露伴の『風流佛』の出現によって西鶴熱がにわかに高まり、紅葉・露伴次いで一葉らの西鶴ばりの雅俗折衷文体が小説界の王座を占め、また一方には落合直文らの新国文運動があり、森鷗外の和漢洋三体折衷の新文体も現われて称讃を受け、また評論界では民友社系欧文直訳体が幅を利かせたのであって、言文一致の方は、なお惰性的に言文一致体小説に筆を染める者がないわけではなかったが、それらも美妙以外は西鶴調により多く媚態を示し、上述の折衷文章体の諸派の隆盛に比べれば影の薄いものにすぎなかった。

美妙自身にしてもこの頃からは退いて俗語摂取の国語辞典や口語文法の研究また言文一致指導書の編纂の方により多くの関心を払うこととなったし、二葉亭や逍遥に至っては小説界とは疎遠勝ちになってほとんど何も出していない。ただ初めは言文一致を罵倒し西鶴模倣に血道をあげていた尾崎紅葉が、しだいに地の文と会話との調和の必要を感じて来て、この期に『二人女房』(二四年八月—二五年一二月)はじめ『隣の女』『紫』『冷熱』の数篇をである調言文一致体で試作したこと、若松賤子の『小公子』(二三年—二五年)内田不知庵の『罪と罰』(二五年)のかなりりっぱな口訳が現われたこと、巌谷小波が童話物を言文一致で書き始めたことなどが、特記するに足るだけである。よってこの時期は言文一致の停滞、とりどりな和漢洋俗諸体の配合による数種の折衷的新文体流行の時代であって、そうした対立の中に明治的な普通文が摸索されつつあったところの、いわば混沌期であったのである》(『言文一致の歴史論考』桜楓社、一九七一年)

(5)　三人称客観が形成されるためには、旧来の物語ではなく一人称の手記のような形式から始めなければならない。一人称は物語のような間接的な再現ではなく、直接的な現前性の効果を与える。イギリスにおいては、デフォーの『ロビンソン・クルーソー』のような形式。しかし、そこから三人称に転化することはできない。次にとられたのは、多数の書簡の交錯という形態である。リチャードソンの『パメラ』、あるいはラクロの『危険な関係』。この形式は多くの主体の発話から成り立つので、それを総合するような俯瞰的な視点はない。総合するのは読者である。三人称客観が成立するのはその後である。この問題は、マルクスが『資本論』の冒頭で論じた価値形態論の問題に似ている。すなわち、一人称形式は「単純な価値形態」に、書簡形式は「拡大された価値形態」、つまり、まだ一般的な等価物が存在しない状態に該当する。そして、三人称客観描写は「一般的等価形態」であるといえる。そこでは、あらゆる人物を隈なく透視しうる視点が成立するのである。

しかし、三人称客観は透視図法と同様にフィクションである。それに比べると、書簡小説のほうが斬新に見える。漱石の作品はその観点からみると興味深い。写生文から始めた漱石の場合、三人称客観といえるのは『明暗』だけであった。たとえば、『彼岸過迄』、『行人』、『こゝろ』などでは実質的に書簡形式がとられている。その効果として、これらの小説は、容易に片づけられない謎をはらむのである。

(6) 絓秀実は、山本正秀の『言文一致の歴史論考続編』を引いて、「である」体の成立に言文一致の完成を見るべきだといっている(『日本近代文学の〈誕生〉』同前)。「「た」体のみでは「語り手の中性化」(柄谷行人)が行われない」という絓の批判は正しい。「である」体は、「た」体では散乱してしまう多数の時点を、超越論的に統合するような視点(遠近法)をもたらすのである。

(7) 音声中心主義は実際の音声を優位におくものではない。それは内的な音声(内言)を優位におくものである。要するに、意識が先にあり、それが外化(表現)されるという考えこそ、音声中心主義なのである。また、共同的な対話を斥け内向するのが音声中心主義である。前田愛は、リースマンの『孤独な群衆』を援用しつつ、近代にいたるまで一般に書物が音読されたこと、黙読はきわめて近年に成立した慣習であることを指摘した(「音読から黙読へ」『近代読者の成立』同前)。日本では、明治二十年代に黙読する「近代読者」が成立したのである。その意味では、「音声中心主義」の覇権はいわば黙読の普及にこそ見出されたといってよい。

(8) かつて高浜虚子の内弟子であった勝本清一郎はつぎのように書いていた。虚子に代表されるような写生文は、微温的で花鳥諷詠の範囲を出られない。そのような写生文に不満を抱いた島崎藤村が、『千曲川のスケッチ』を書き、さらに『破戒』を書いた。そして、それを漱石が絶賛した。そこで、「結局あの写生文というものは近代文学のほんとうの意味の温床にならずに終ったと私は思います。漱石を生み出したのが事実でも、漱石文学の本質的なものは写生文の否定の上に成立したのです」(『座談会 明治文学史』岩波書店、一九六一年)。江藤の意見は、これに対する反論である。しかし、私の見るところでは、彼らはともに、子規や漱石の「写生文」の意味を理解していない。確かに勝本がいうように、高浜虚子の写生文には限界がある。そこには、北村透谷や国木田独歩に見られるような倒錯的なまでの内面性が見られない。虚子はそれとは無縁であった。だから、子規の否定した俳句の宗匠・家元に平然となりおおせたのである。

(9) 正岡子規はつぎのように述べている。《数学を修めたる今時の学者は云ふ。日本の和歌俳句の如きは一種の字音僅かに二三十に過ぎざれば、之を錯列法に由て算するも其数に限りあるを知るべきなり。語を換へて之をいはゞ和歌(重に短歌をいふ)俳句は早晩其限りに達して、最早此上に一首の新しきものだに作り得べからざるに至るべしと。(中略)而して世の下るに従ひ平凡宗匠、平凡歌人のみ多く現はるゝは罪其人に在りとはいへ、一は和歌又は俳句其物の区域の狭隘なるによらずんばあらざるなり。人問ふて云ふ。さらば和歌俳句の運命は何れの時にか窮まると。対へて云ふ。其窮り尽すの時は固より之を知るべからずと云へども、概言すれば俳句は已に尽きたりと思ふなり。よし未だ尽きずとするも明治年間に尽きんこと期して待つべきなり。和歌は其字数俳句よりも更に多きを以て数理上より算出したる定数も亦遥かに俳句の上にありといへども、実際和歌に用ふる所の言語は雅言のみにして其数甚だ少なき故に其区域も俳句に比して更に狭隘なり。故に和歌は明治已前に於て略々尽きたらんかと思惟するなり》(「俳句の前途」『獺祭書屋俳話』明治二五年)。「短歌命数論」として知られる子規のこの意見から、言葉をたんに記号として見るという科学的立場のみを見出すのは的外れである。子規がいうのは、たんに、和歌や俳句に多様な言語を導入しろという要求にすぎない。その際大げさに順列組み合わせなどを持ち出すのは、子規のユーモアなのである。

(10) おそらくこの「た」は、フランス語でいえば、近代小説を支配した単純過去に対応するだろう。それについて、バルトは次のように書いている。《単純過去は、どんなに暗いリアリズムが問題である場合でも安堵感を与えるが、それは、単純過去のおかげで、動詞が、ある閉じられ、限定され、実体化された行為を表明し、物語が名前をもって、無際限のコトバの恐怖から逃れるからである。現実は痩せほそって、親しげなものとなり、文体のなかに入って、言語からはみ出しはしない》(『零度のエクリチュール』渡辺淳・沢村昂一訳、みすず書房)。ところで、バルトは、半過去形で書かれたカミュの『異邦人』について、それがこうした単純過去の機制をこえて「中性的な(零度の)エクリチュール」を実現したといっている。私がこの評論で「中性的」と呼んでいるのは、バルトがいうのとは逆のケースである。ただ、写生文について「現在」とか「現在進行形」といっているのは、フランス語では半過去に対応するといっていいかもしれない。

第3章

(1) サルトルはつぎのように「三人称客観描写」を批判した。《小説は、絵画のように、建築物のように、物であるということが真実なら、絵具と油で絵を描くように、自由な意識と時間をもって小説を作ることが真実なら、『夜の終わり』は小説ではない。せいぜい、記号と意図の一総和にすぎない。モーリヤック氏は小説家ではない。なぜか。なぜ、このまじめで勉強家の作者は、その目的を達しなかったのか、それは傲慢の罪だと思う。相対性原理が小説の世界でもそっくりそのままあてはまること、真の小説ではアインシュタインの世界におけると同じように、特権的な観察家のすわる席がないこと、小説界においては、物理界におけると同じように、この世界が動いているか静止しているかを判別できるような実験は存在しないことを、モーリヤック氏はあえて知らないことにしたのである。もっとも、わが国の作家の多くもそうなのである。モーリヤック氏は自己中心の態度をとった。氏は神の全知と全能を選んだのだ。だが、小説は一個の人間によって多くの人間のために書かれるものである。外観につき当たればそこに止まらないでこれを突き透す神の眼から見れば、小説もないし、芸術もない。芸術は外観を糧とするものだからである。神は芸術家ではない。モーリヤック氏もまた芸術家ではない》(「モーリヤック氏と自由」一九三九年)。

(2) 明治二十年代に北村透谷が「粋」について論じたことは、彼が考えた以上の深い問題をはらんでいる。先ず透谷は明治二四年に尾崎紅葉の『伽羅枕』という作品を痛烈に批判した。透谷は紅葉の描くような世界を「粋」と呼び、それを封建社会の遊郭に生まれた、平民的なニヒリズムにすぎないと述べた。それに対して、彼がもってきたのが「恋愛」である。「厭世詩家と女性」では、透谷は「想世界と実世界との争戦より想世界の敗将をして立てこもらしめる牙城となるは、即ち恋愛なり」あるいは「恋愛はひとたび我を犠牲にすると同時に我れなる「己れ」を写し出す明鏡なり」というふうに、恋愛を画期的な意義をもつものとしてみている。

だが、透谷にはいくつかの誤解がある。第一に、粋は一九世紀(文化文政時代)の江戸にあった様式であるのに、彼はそれを一七・八世紀(元禄時代)大坂に見出している。元禄時代の文学は、井原西鶴の小説と近松門左衛門の浄瑠璃に代表されるように、上昇する町人ブルジョアジーの階級意識を示している。西鶴は貨幣経済の現実と、それによって身分社会を超えるあるいはそれによって翻弄される人間の姿を描いた。また、彼は『好色一代女』において、商品としての性を武器にして自立した女を描いた。だが、西鶴は情熱的な恋を無視したことはない。たとえば、『好色五人女』では、八百屋お七のように、男に会うために放火し江戸を火の海にして処刑された女も描かれている。そのように情熱的で且つ相互的な恋は、近松門左衛門の浄瑠璃「心中物」ではもっと鮮明に描かれている。「心中」は世俗的な葛藤と抑圧を超越するものとしてあった。それは透谷がいう粋から程遠い。確かに遊郭や心中は、封建社会の抑圧の産物であるが、そこから想像的超越を求める小説や演劇が、ゆがんでいるとはいえない。ゆがんでいるのは封建体制である。要するに、徳川時代の平民的虚無思想というような透谷の批判は西鶴や近松には妥当しない。それは、文化文政時代の江戸町人、すなわち、階級としての闘争を放棄し、現実を笑いのめし、あるいは瞬間的な逃避にふける文化にあてはまるのだ。

そもそも西鶴の文学が江戸時代に支配的であったかのようにいう透谷の主張が誤っている。江戸時代後半に西鶴はほとんど知られていなかった。彼が「リアリスト」として評価されたのは、明治二十年代、つまり、西洋文学のリアリズムに対して日本の過去の文学に対応物を見出そうとした人たちによってである。その筆頭が西鶴全集を編纂し、西鶴を模倣しようとした尾崎紅葉であった。ところが、彼は西鶴の時代を理解せず、彼自身の時代も理解していなかった。紅葉が西鶴から得たのは、あらゆるものが商品経済によって支配されているという認識であった。しかし、このような認識は、一八世紀初め、武士が支配する封建社会の中でいわれたときと、明治二十年代にいわれるときとでは、意味が異なるのである。さらに、西鶴が見出した商人資本主義は、明治二十年代には産業資本主義にとってかわられていた。商人資本主義の時代に強かったものは、この時期には、たんに商業資本(商店)となるかあるいは高利貸しという地位に低落していたのである。産業資本主義の段階では、商業信用の発展の中から銀行が生まれてくる。これは古来ある高利貸しとは異質である。紅葉はこの変化をまったく理解していない。そのことは彼の最晩年の仕事である、『金色夜叉』を見れば明らかである。これは明治三六年、日露戦争の直前、つまり、日本の経済が重工業に向かい、政治的に帝国主義な段階に進んでいたときに書かれた。にもかかわらず、紅葉は貫一に高利貸しを選ばせる。それはこの時代を西鶴的な認識で理解することである。

他方、恋愛に関して、紅葉本人は透谷の批判を受けた時期から見れば大分意見が変わったと思っていたようであるが、さほど変わっていない。よく読めば、『金色夜叉』はつぎのような話である。お宮と貫一は長く同棲していた。そこに、お宮をみそめた富山が求婚してくる。彼は当然お宮と貫一の仲を知っているが、頓着しない。そのとき、お宮は美貌の自分ならもっと高く売れると思って、富山の求婚を受け入れる(大門一樹の『物価の百年』(早川書房、一九六七年)によれば、お宮の目を眩ませたダイアモンドは、一九六〇年代で一千万円に相当するという)。お宮は女学校を出たし富山は洋行帰りであるが、彼らの振る舞いは、芸者と芸者を身請けする旦那のそれと違わない。当時新聞に連載されたこの小説が熱烈な人気を集めたことは、読者がそのような男女のあり方を当然視していたことを意味するのである。明治の政治家や学者などには芸者と結婚した人が少なくなかった。坪内逍遥もその一人である。明治三六年とはいえ、『金色夜叉』が記録的なベストセラーになったのは、当時の人々の考え方がまだ徳川時代と決定的に変わっていなかったからだといえる。

その点でいえば、透谷のいう「恋愛」はけっしてそのつもりで説かれたのではないけれども、実は、産業資本主義に不可欠なエートスに合致している。すなわち、「世俗内的禁欲」である。プラトニックな恋愛、すなわち、ただちに欲求を満たすのではなくそれを遅延させ昇華する恋愛、それはウェーバーがいう産業資本主義の「精神」に合致するのだ。しかし、この点で、透谷の意見は西洋的で、紅葉の意見は日本的であるなどと即断しないようにしなければならない。たとえば、一七世紀から一九世紀にかけてのフランスでは、娼婦は否定的に見られなかった。宮廷では高級娼婦が貴族の称号をもらっていたし、彼女らがサロンの文化やそれを舞台にした心理小説の中心になった。フランス語の「シック」というのは、その意味で、日本語の「粋」に対応する。いずれもサロンや遊里に付随する文化的洗練なのである。それを知っていたのが『「いき」の構造』を書いた九鬼周造である。

もちろん、西洋のプロテスタント的文化圏ではそのような遊里の文化は否定される。ピューリタン(クエーカー教徒)であった透谷がそれを否定したのは当然である。しかし、それが西洋文化のすべてではない。透谷はプラトニックな恋愛を説いたが、島崎藤村や田山花袋のように最初からそのように考えていた後輩たちと違って、若年にして、すでに紅葉が書いたような遊蕩的な世界を経験していた。そして、恋愛がもつ困難についてもリアルな認識をもっていた。たとえば、こういうことをいっている。《怪しきかな、恋愛の厭世詩家を眩せしめるの容易なるが如くに、婚姻は厭世家を失望せしむる事甚だ容易なり。——始めに過重なる希望を以つて入りたる婚姻は、後に比較的の失望を招かしめ、惨として夫婦相対するが如き事起るなり》(「厭世詩家と女性」)。実際、透谷自身が石坂ミナと離婚している。そして、彼は二五歳で自殺した。

最後に、九鬼周造の『「いき」の構造』について一言いっておく。九鬼は江戸時代後期に遊里中心に形成された文化様式を広く考察したが、「いき」の核心は「媚態」という契機にある。《媚態とは、一元的の自己が自己に対して異性を措定し、自己と異性との間に可能的関係を構成する二元的態度である。(中略)そうしてこの二元的可能性は媚態の原本的存在規定であって、異性が完全なる合同を遂げて緊張性を失う場合にはおのずから消滅する》。《けだし媚態とは、その完全なる形においては、異性間の二元的動的可能性が可能性のままに絶対化されたものでなければならない》。《恋の真剣と妄執とは、その現実性とその非可能性によって「いき」の存在に悖る。「いき」は恋の束縛に超越した自由なる浮気心でなければならぬ》。しかし、「いき」が社会的に無力化した町人階級がとった美的な態度だとしたら、九鬼の態度も一九三〇年代に無力化した知識人がとった美的態度にほかならない。

（3）内村鑑三の例が示すのは、subject が、"being subject to Lord" として生じるというダイアレクティクスである。彼は、封建的主君への忠誠を Lord への忠誠に切り替えたのである。しかし、近代的な subject は、こうした起源を忘れて、それを心理的な自我と混同するところに生じる。事実、日本における代表的な作家、知識人は、ほとんどキリスト教を捨てて、エマソン的トランセンデンタリスト、さらに、ヒューマニスト・社会主義者となっていった。明治期のキリスト教（プロテスタント）は、一六世紀のイエズス会派と違って、大衆的なレベルに浸透することがなく、知識層の間に近代西洋的な雰囲気とともに広がっただけである。にもかかわらず、日本の近代文学の構築においてキリスト教の役割が大きかったとすれば、それは内村鑑三がもった影響力のためである。それは内村のみが subjectivity を貫徹したからである。彼にとって、主体であることは、神以外のいかなるもの——国家・天皇のみならず教会をもふくむ——への従属性 subjectivity をしりぞけるものであった。そのことは、彼の天皇制や帝国主義へのめざましい対立——不敬罪に問われた事件や日露戦争反対の運動が示すように——において、また大正期には近代ヒューマニズムや社会主義への批判において、二重に彼を孤立させた。

多くの代表的な近代文学者——有島武郎・正宗白鳥・小山内薫・志賀直哉などは一時期内村のもとにいた。彼らにとって、キリスト教を棄てることは内村個人を裏切ることを意味していた。したがって、それは、たんなるファッションとしての移り動きではありえず、本格的な思想的格闘を必要としたのである。その中では、志賀直哉はほとんど無視されている。というのは、彼はほとんどキリスト教が何たるかを理解さえしていなかったように見えるからである。志賀の作品においては、「気分」が支配的であり、それは自我から独立したものであるかのようにある。たとえば、志賀が「思う」と書くとき、それは、英語でいえば、"I think"ではなく、"I feel"であり、もっと正確にいえば、"It thinks in me"または"It feels in me"というべきものを意味している。気分はふつう恣意的であるが、志賀においては、それは強制的なものである。彼にとって、subjectは、いわば、"being subject to It"としてのみある。この"It"は、フロイトがいうエス(無意識)、あるいは、ハイデッガーが「存在」と呼んだ非人称主体エスに対応するものだといってよい。

志賀直哉は私小説家の典型とみなされているが、他の私小説家にはこうしたものはない。彼らにとって、私小説は心理的な自己をめぐるものだ。しかし、志賀における主体は、being subject to Itによってのみあり、逆にいえば、主体がないように見える。注意すべきなのは、こうした主体が内村との格闘の中においてのみありえたということである。このゆえに、志賀は、私小説を否定した芥川龍之介や小林秀雄、あるいは小林多喜二のようなマルクス主義の作家によってさえ畏怖されたのである。

第5章

(1)　これを書いた時点で、私はフランスのアナル学派のフィリップ・アリエスによって書かれた

『「子供」の誕生』（杉山光信他訳、みすず書房、一九八〇年）のことを知らなかった。私はもっぱら柳田国男にもとづいてこれを考えたのである。そして、逆に気づいたのは、柳田が、民俗学者というより、広い意味での歴史家であり、民俗学は彼にとって歴史の方法としてあったということである。いいかえれば、彼はアナル学派に類する仕事をやっていたということができる。柳田は出来事として意識されないような出来事、したがって、文字として記録されていない領域における「歴史」を見ようとした。こうした仕事は、彼自身認めているように、江戸時代の国学派の延長としてある。

（2）現在からみると『こがね丸』は子供にとって難解そうに見えるが、総ルビの漢字を音読するのは容易であったし、また意味がわからなくとも、音読しているうちにぼんやり意味がわかってくるのである。子供の言語教育としてはそのようなやり方が普通で、特に子供向けのやり方や子供を対象とした本というものがなかった。子供は最初から大人の言語を学んだ。子供としての子供が近代まで存在しなかったということは、言語教育においても見られるのである。前田愛はつぎのようにいっている。《漢籍の素読はことばのひびきとリズムを反復復誦する操作を通じて、日常のことばとは次元を異にする精神のことば——漢語の形式を幼い魂に刻印する学習課程である。意味の理解は達されなくとも文章のひびきとリズムの型は、殆ど生理と化して体得される。やや長じてからの講読や輪読によって供給される知識が形式を充足するのである》（「音読から黙読へ」同前）。

（3）これについて、児童文学者田宮裕三から、明治に創られた学制にかんして「人々の消極的な抵抗があった」だけでなく、積極的な抵抗があったことを指摘された。たとえば、学制施行の翌年、敦賀におこった真宗徒の暴動をはじめとして、岡山県、鳥取県、香川県、福岡県などで、学校・徴兵令に反対する暴動があり、数多くの学校が焼きはらわれたりした。《明治初期の小学校というのは、役場や駐在所とならんで地域に進出した、徴兵制から文明開化にいたる新時代の政策の砦でもあった。近代日本の村方三役が、村長・署長・校長であったのはゆえのないことではない》(田宮裕三「山中恒の世代――少国民世代の精神形成」『しいほるん9』)。

(4)『たけくらべ』は遊里吉原に近い下町の子供たちの世界を描いている。子供らはみな小学校の生徒であるが、そこでは立身出世の準備機関である明治の学校の雰囲気はない。親のあとを継ぐのが当然と思われており、たとえば大黒屋の美登利や竜華寺の信如のように親の職業などを冠した名前でよばれている。美登利の姉は遊女であり、美貌の美登利も遊女になるだろうと思われている。子供らの間で美登利は勝気な女王的な存在であるが、ある日突然、大人びた憂鬱な女性に変貌する。それは遊女になったからだと思われる。美登利とひそかに恋しあっていた竜華寺の息子信如も僧侶の修行のために学校に行く。つまり、ここには、子供と大人の間にある「青春」が存在しないのである。いいかえれば、子供と大人の間に決定的な切断が存在しない。このような子供たちはすでに小さな大人であり、近代の大人が夢想するような「真の子供」ではない。

樋口一葉(一八七二―一九六八)が作家として活動した時代には、すでに近代的な芸術家の意識が存在した。しかし、子供と大人とに決定的な断絶がないような世界に育ちそれを描いた樋口一葉は、彼女自身、職人と芸術家の間に決定的な断絶がないような世界に生きていた。一葉は本質的にアルチザンであって、近代のアーチストの意識をもっていなかったのである。それは彼女の作品が芸術的に優れていることと矛盾しない。イタリアのルネッサンスにおける巨匠たちも職人であったのだから。明治末期にフェミニストが出現する以前に彼女のような女性作家が可能だったことは、さほど不思議ではない。女流文学の隆盛は平安時代で終わっているが、それ以後も女性の文学活動は続いていた。江戸時代においても女性が和歌を作ることは、江戸時代の武家・商家の女、さらに遊女においても不可欠なたしなみであり、またそれと付随して、『源氏物語』のような作品がよく読まれていたのである。したがって、一葉だけが特に例外的な背景をもっていたわけではない。重要なことは、彼女が言文一致で書かなかったこと、そして、それが確立される直前に死んだということである。そのことは、彼女が平安文学から江戸文学にいたる言語的富をすべて活用しえたということを意味する。のちにあらわれた「青鞜派」は、近代的な芸術家の意識をもっていたが、言文一致以後のきわめて平板で貧しいエクリチュールにもとづいていた。それは、ほぼ「白樺派」の男たちと対応している。

第6章 その二

(1) 三人称客観に対するサルトルの批判については、すでに第三章で論じている(第三章注(1)参照)。しかし、もっとそれ以前になされた芥川による批判に注意を払うべきである。実際、黒澤明の映画『羅生門』がグローバルに有名であるというのに、その原作『藪の中』を書いた芥川龍之介のことが知られていないのはむしろ不当である。『藪の中』は多数のパースペクティヴがありそれらを超えた「一つの遠近法」が成立しないことを書いているのだが、それは同時に近代小説の問題であったのだ。

(2)　日本の近代国家形成を見るとき、古代における国家形成をその前史としてみる必要がある。明治二十年代に「風景」が、ある認識論的な布置において見出されたと私は述べた。しかし、実は漢字・漢文学が導入された奈良時代にも類似したことが起こったのである。すなわち、古代の日本人が『万葉集』にあるような叙景を始めたのは、つまり「風景」を見出したのは、すでに漢文学を経過した意識においてである。江戸時代の国学者は『万葉集』や『古事記』に文字以前あるいは漢文学以前の「古道」を見ようとした。しかし、彼らが見出すの「古道」は、文字以前でなく、すでに文学・文字(エクリチュール)によって形成された表象にすぎない。その意味で、奈良時代に「風景の発見」があったというべきである。明治中期におこった「風景の発見」は、それに類似しているだけではない。問題が複雑になるのは、それが古代における「風景の発見」の上で生じたことであり、いわば「転倒」が累積されたことである。たとえば明治のロマン主義者は『万葉集』に古代人の自然の感情の発露や叙景を見出した。国学者がそれを漢字に対する日本語の文字表記(エクリチュール)の問題として見ていたのに対して、彼らにはそのような意識さえまったく欠落しているのである。

(3)　古代における歌と文字の問題について同じことがいえる。本居宣長は『古事記』の歌謡は唱われたものであり、歌謡の祖形であるとみなした。しかし、吉本隆明は、宣長の先行者賀茂真淵が指摘したように、それらは祖形であるどころか、すでに〝高度〟なレベルにあるといって、次のように述べている。

いま『祝詞』には、「言ひ排く」、「神直び」、「大直び」という耳なれない語が、おおくみつけられる。はじめに〈いひそく〉、〈かむなほび〉、〈おほなほび〉という言葉があった。成文化するとき漢音字をかりて、「言排」、「神直備」、「大直備」と記した。これが〈言ひ排く〉、〈神直び〉、〈大直び〉と読みくだされる。この過程は、なんでもないようにみえて、表意、あるいは表音につかわれた漢字の形象によって、最初の律文化がおおきな影響をこうむった一端を象徴している。〈いひそく〉、〈かむなほび〉、〈おほなほび〉といえば、すくなくとも『祝詞』の成立した時期までは、あるあらたまった祭式のなかに登場した和語であった。〈いひそく〉の〈そく〉はたぶん、ありふれた言葉として流布されていた。「なほび」という言葉は、神事、あるいはその場所などにかかわりのある言葉としてあった。〈かむ〉とか〈おほ〉とかは尊称をあらわしていた。そのころの和語は、適宜に言葉を重ねてゆけば、かなり自在な意味をもたせることができたとみられる。しかし、これを漢字をかりて「言排」、「神直備」、「大直備」のように表記して、公的な祭式の言葉としたとき、なにか別の意味が、漢字の象形的なイメージ自体からつけ加えられた。これは和語の〈聖化〉のはじまりであり、〈聖化〉も律文、韻文化へのひとつの契機と解すれば、ここにすでに歌の発生の萌芽のようなものは、あった。成句や成文となれば、さらに律化、韻化の契機はふかめられた。語句の配列はそのもので、ひとつの律化だからである。（「初期歌謡論」）

吉本隆明の考えにしたがえば、歌の発生あるいは韻律化はそもそも漢字を契機としている。宣長が祖形とみなすような「記」、「紀」の歌謡は、文字を媒介しなければありえないような高度な段階にある。それは音声で唱われたとしても、すでに文字によってのみ可能な構成をもっている。《たぶん、宣長は、〈書かれた言葉〉と〈音声で発せられた言葉〉との質的なちがいの認識を欠いていた。すでに書き言葉が存在するところでの音声の言葉と、書き言葉が存在する以前の音声の言葉とは、まったくちがうことを知らなかった》(同前)。

年	作品	文化	政治・社会
明治3年(一八七〇)			普仏戦争起こる。学校規則。徴兵規則
4年(一八七一)		中村正直訳、スマイルズ「西国立志篇」	廃藩置県。岩倉遣欧使節出発
5年(一八七二)		福沢諭吉「学問のすゝめ」	全国の戸籍調査。学制公布。徴兵の詔書発布。太陽暦採用
6年(一八七三)		明六社	徴兵令。ウィーン万国博覧会
10年(一八七七)		内村鑑三、札幌農学校入学。田口卯吉「日本開化小史」	西南戦争
11年(一八七八)		依田学海、市川団十郎らに演劇改良を勧む。フェノロサ来日	自由民権運動盛り上がる
12年(一八七九)		植木枝盛「民権自由論」	琉球処分
13年(一八八〇)	戸田欽堂「情海波瀾」		
14年(一八八一)			14年の政変。板垣退助ら「自由党」結成
15年(一八八二)	「新体詩抄」(外山正一・矢田	中江兆民訳、ルソー「民約訳	軍人勅諭。朝鮮壬午事変

	部良吉・井上哲次郎）	解」。「小学唱歌」初篇。フェノロサ「美術真説」	
16年（一八八三）	矢野竜渓「経国美談」前編	北村透谷、自由民権運動参加。正岡子規、松山より上京。「かなのくわい」結成。源綱紀、速記術を始める	
17年（一八八四）	三遊亭円朝「怪談牡丹燈籠」速記本	鹿鳴館。森外、ドイツ留学。内村鑑三、渡米	（自由民権運動）加波山事件、秩父事件。朝鮮甲申事変
18年（一八八五）	坪内逍遥「小説神髄」「当世書生気質」。東海散士「佳人之奇遇」	福沢諭吉「脱亜論」。「女学雑誌」創刊。「羅馬字会」結成。尾崎紅葉「硯友社」結成。北村透谷政治運動から脱落	大阪事件。内閣制度設置
19年（一八八六）	二葉亭四迷「小説総論」	岡倉天心、図画取調掛主幹。演劇改良会。フェノロサ・岡倉天心欧州出張	
20年（一八八七）	二葉亭四迷「浮雲」第一編。樋口一葉「日記」執筆開始	中江兆民「三酔人経綸問答」。東京美術学校・東京音楽学校設立	（自由民権運動）三大事件建白書
21年（一八八八）	二葉亭四迷訳、ツルゲーネフ「あひびき」	森外、ドイツより帰国	
22年（一八八九）	斎藤緑雨「小説八宗」。北村透谷「楚囚之詩」。幸田露	正岡子規・夏目漱石の交友始まる	大日本帝国憲法発布。民法典論争

	伴「風流佛」		
明治23年(一八九〇)	森外「舞姫」。山田美妙「日本韻文論」。尾崎紅葉「伽羅枕」。宮崎湖処子「帰省」	西田幾多郎・鈴木大拙ら第四高等学校中退。ラフカディオ・ハーン来日	教育勅語発布。帝国議会。最初の経済恐慌
24年(一八九一)	巌谷小波「こがね丸」	国木田独歩、受洗。坪内逍遥・森外の没理想論争始まる。川上音二郎一座、東京で大成功	田中正造、国会で足尾鉱毒事件を取り上げる
25年(一八九二)	北村透谷「粋を論じて伽羅枕に及ぶ」「厭世詩家と女性」	正岡子規、新聞日本に入社	
26年(一八九三)		北村透谷と山路愛山の論争。河竹黙阿弥死去	
27年(一八九四)	志賀重昂「日本風景論」。内村鑑三「代表的日本人」	北村透谷自殺。国木田独歩、従軍記者となる。尾崎紅葉編「西鶴全集」	日清戦争始まる
28年(一八九五)	内村鑑三"How IBecamea Christian"。樋口一葉「たけくらべ」		台湾領有
29年(一八九六)	尾崎紅葉「多情多恨」	樋口一葉死去	
30年(一八九七)	尾崎紅葉「金色夜叉」	「ほととぎす」発刊。正宗白鳥、受洗	足尾鉱毒被害民、上京・請願。京都帝国大学設立
31年(一八九八)	国木田独歩「武蔵野」「忘れえぬ人々」。正岡子規「歌	幸徳秋水ら社会主義研究会組織。岡倉天心、東京美術学	

	よみに与ふる書」。徳冨蘆花「不如帰」	校を追われる	
32年(一八九九)	正岡子規「俳諧大要」「詩人蕪村」	横山源之助「日本之下層社会」	義和団の乱
33年(一九〇〇)	泉鏡花「高野聖」	夏目漱石、イギリス留学	金融恐慌
34年(一九〇一)	与謝野晶子「みだれ髪」	高山樗牛「美的生活を論ず」。岡倉天心、インドに出発	
35年(一九〇二)	正岡子規「病牀六尺」。田山花袋「重右衛門の最後」	正岡子規死去。宮崎滔天「三十三年の夢」	日英同盟
36年(一九〇三)	国木田独歩「悪魔」「女難」「正直者」。岡倉天心“The Ideal of the East”	夏目漱石、帰国。川上音二郎・貞奴「オセロ」出演。内村鑑三、非戦論。尾崎紅葉死去。幸徳秋水「社会主義神髄」	
37年(一九〇四)		幸徳秋水・堺利彦訳「共産党宣言」	日露戦争始まる
38年(一九〇五)	夏目漱石「吾輩は猫である」	山路愛山「現代日本教会史論」	第一次ロシア革命。日比谷焼き打ち事件。孫文、中国革命同盟会結成(東京)
39年(一九〇六)	島崎藤村「破戒」。岡倉天心“The Book of Tea”。夏目漱石「坊っちゃん」「草枕」	北一輝「国体論及び純正社会主義」	
40年(一九〇七)	夏目漱石「文学論序」「虞美	夏目漱石、朝日新聞社に入社。	

	人草」。泉鏡花「婦系図」。田山花袋「蒲団」。二葉亭四迷「平凡」。高浜虚子「写生と写生文」	坪内逍遥訳「ハムレット」上演	
明治41年(一九〇八)	国木田独歩「欺かざるの記」	国木田独歩死去	
42年(一九〇九)		小山内薫ら自由劇場創設。二葉亭四迷死去	
43年(一九一〇)	柳田国男「遠野物語」。石川啄木「時代閉塞の現状」。小川未明「赤い船」。谷崎潤一郎「刺青」	「白樺」創刊。「三田文学」創刊	大逆事件。韓国併合
44年(一九一一)	志賀直哉「濁った頭」。森外「妄想」。夏目漱石「現代日本の開化」	西田幾多郎「善の研究」。「青鞜」創刊。平塚雷鳥「元始女性は太陽であつた」	
45年(一九一二)	森外「かのやうに」「興津弥五右衛門の遺書」	石川啄木死去	乃木希典殉死
大正2年(一九一三)		宝塚唱歌隊設立。岡倉天心死去	
3年(一九一四)	夏目漱石「こゝろ」	芥川龍之介ら第三次「新思潮」	第一次世界大戦始まる
4年(一九一五)	夏目漱石「道草」。芥川龍之介「羅生門」。森外「歴史其儘と歴史離れ」		対華二十一か条要求
5年(一九一六)	夏目漱石「明暗」		

本書は二〇〇四年九月、岩波書店より刊行された。

定本 日本近代文学の起源

2008年10月16日　第1刷発行
2025年3月5日　第14刷発行

著　者　柄谷行人《からたにこうじん》

発行者　坂本政謙

発行所　株式会社 岩波書店
〒101-8002 東京都千代田区一ツ橋 2-5-5

案内 03-5210-4000　営業部 03-5210-4111
https://www.iwanami.co.jp/

印刷・精興社　製本・中永製本

ISBN 978-4-00-600202-2　Printed in Japan

岩波現代文庫創刊二〇年に際して

二一世紀が始まってからすでに二〇年が経とうとしています。この間のグローバル化の急激な進行は世界のあり方を大きく変えました。世界規模で経済や情報の結びつきが強まるとともに、国境を越えた人の移動は日常の光景となり、今やどこに住んでいても、私たちの暮らしは世界中の様々な出来事と無関係ではいられません。しかし、グローバル化の中で否応なくもたらされる「他者」との出会いや交流は、新たな文化や価値観だけではなく、摩擦や衝突、そしてしばしば憎悪までをも生み出しています。グローバル化にともなう副作用は、その恩恵を遥かにこえていると言わざるを得ません。

今私たちに求められているのは、国内、国外にかかわらず、異なる歴史や経験、文化を持つ「他者」と向き合い、よりよい関係を結び直してゆくための想像力、構想力ではないでしょうか。

新世紀の到来を目前にした二〇〇〇年一月に創刊された岩波現代文庫は、この二〇年を通して、哲学や歴史、経済、自然科学から、小説やエッセイ、ルポルタージュにいたるまで幅広いジャンルの書目を刊行してきました。一〇〇〇点を超える書目には、人類が直面してきた様々な課題と、試行錯誤の営みが刻まれています。読書を通した過去の「他者」との出会いから得られる知識や経験は、私たちがよりよい社会を作り上げてゆくために大きな示唆を与えてくれるはずです。

一冊の本が世界を変える大きな力を持つことを信じ、岩波現代文庫はこれからもさらなるラインナップの充実をめざしてゆきます。

（二〇二〇年一月）

岩波現代文庫[学術]

G445-446
ねじ曲げられた桜(上・下)
―美意識と軍国主義―
大貫恵美子
桜の意味の変遷と学徒特攻隊員の日記分析を通して、日本国家と国民の間に起きた「相互誤認」を証明する。〈解説〉佐藤卓己

G447
正義への責任
アイリス・マリオン・ヤング
岡野八代
池田直子 訳
自助努力が強要される政治の下で、人びとが正義を求めてつながり合う可能性を問う。ヌスバウムによる序文も収録。〈解説〉土屋和代

G448-449
ヨーロッパ覇権以前(上・下)
―もうひとつの世界システム―
J・L・アブー＝ルゴド
佐藤次高ほか訳
近代成立のはるか前、ユーラシア世界は既に一つのシステムをつくりあげていた。豊かな筆致で描き出されるグローバル・ヒストリー。

G450
政治思想史と理論のあいだ
―「他者」をめぐる対話―
小野紀明
政治思想史と政治的規範理論、融合し相克する二者を「他者」を軸に架橋させ、理論の全体像に迫る、政治哲学の画期的な解説書。

G451
平等と効率の福祉革命
―新しい女性の役割―
G・エスピン＝アンデルセン
大沢真理監訳
キャリアを追求する女性と、性別分業に留まる女性との間で広がる格差。福祉国家論の第一人者による、二極化の転換に向けた提言。

G452
草の根のファシズム
―日本民衆の戦争体験―
吉見義明

戦争を引き起こしたファシズムは民衆が支えていた――従来の戦争観を大きく転換させた名著、待望の文庫化。〈解説〉加藤陽子

G453
日本仏教の社会倫理
―正法を生きる―
島薗進

日本仏教に本来豊かに備わっていた、サッダルマ(正法)を世に現す生き方の系譜を再発見し、新しい日本仏教史像を提示する。

G454
万民の法
ジョン・ロールズ
中山竜一訳

「公正としての正義」の構想を世界に広げ、平和と正義に満ちた国際社会はいかにして実現可能かを追究したロールズ最晩年の主著。

G455
原子・原子核・原子力
―わたしが講義で伝えたかったこと―
山本義隆

原子・原子核について基礎から学び、原子力への理解を深めるための物理入門。予備校での講演に基づきやさしく解説。

G456
ヴァイマル憲法とヒトラー
―戦後民主主義からファシズムへ―
池田浩士

史上最も「民主的」なヴァイマル憲法下で、ヒトラーが合法的に政権を獲得し得たのはなぜなのか。書き下ろしの「後章」を付す。

G457
現代《いま》を生きる日本史
須田努
清水克行

縄文時代から現代までを、ユニークな題材と最新研究を踏まえた平明な叙述で鮮やかに描く。大学の教養科目の講義から生まれた斬新な日本通史。

G458
小　国
―歴史にみる理念と現実―
百瀬宏

大国中心の権力政治を、小国はどのように生き抜いてきたのか。近代以降の小国の実態と変容を辿った出色の国際関係史。

G459
〈共生〉から考える
―倫理学集中講義―
川本隆史

「共生」という言葉に込められたモチーフを現代社会の様々な問題群から考える。やわらかな語り口の講義形式で、倫理学の教科書としても最適。「精選ブックガイド」を付す。

G460
〈個〉の誕生
―キリスト教教理をつくった人びと―
坂口ふみ

「かけがえのなさ」を指し示す新たな存在論が古代末から中世初期の東地中海世界の激動のうちで形成された次第を、哲学・宗教・歴史を横断して描き出す。〈解説〉山本芳久

G461
満蒙開拓団
―国策の虜囚―
加藤聖文

満洲事変を契機とする農業移民は、陸軍主導の強力な国策となり、今なお続く悲劇をもたらした。計画から終局までを辿る初の通史。

2025.2

岩波現代文庫[学術]

G462
排除の現象学
赤坂憲雄

いじめ、ホームレス殺害、宗教集団への批判——八十年代の事件の数々から、異人が見出され生贄とされる、共同体の暴力を読み解く。時を超えて現代社会に切実に響く、傑作評論。

G463
越境する民
近代大阪の朝鮮人史
杉原達

暮しの中で朝鮮人と出会った日本人の外国人認識はどのように形成されたのか。その後の研究に大きな影響を与えた「地域からの世界史」。

G464
越境を生きる
ベネディクト・アンダーソン回想録
ベネディクト・アンダーソン
加藤剛訳

『想像の共同体』の著者が、自身の研究と人生を振り返り、学問的・文化的枠組にとらわれず自由に生き、学ぶことの大切さを説く。

G465
我々はどのような生き物なのか
—言語と政治をめぐる二講演—
ノーム・チョムスキー
福井直樹
辻子美保子編訳

政治活動家チョムスキーの土台に科学者としての人間観があることを初めて明確に示した二〇一四年来日時の講演とインタビュー。

G466
ヴァーチャル日本語 役割語の謎
金水敏

現実には存在しなくても、いかにもそれらしく感じる言葉づかい「役割語」。誰がいつ作ったのか。なぜみんなが知っているのか。何のためにあるのか。〈解説〉田中ゆかり

2025.2

G467
コレモ日本語アルカ？
―異人のことばが生まれるとき―
金水敏

ピジンとして生まれた〈アルヨことば〉は役割語となり、それがまとう中国人イメージを変容させつつ生き延びてきた。〈解説〉内田慶市

G468
東北学／忘れられた東北
赤坂憲雄

驚きと喜びに満ちた野辺歩きから、「いくつもの東北」が姿を現し、日本文化像の転換を迫る。「東北学」という方法のマニフェストともなった著作の、増補決定版。

G469
増補 昭和天皇の戦争
―「昭和天皇実録」に残されたこと・消されたこと―
山田朗

平和主義者とされる昭和天皇が全軍を統帥する大元帥であったことを「実録」を読み解きながら明らかにする。〈解説〉古川隆久

G470
帝国の構造
―中心・周辺・亜周辺―
柄谷行人

『世界史の構造』では十分に展開できなかった「帝国」の問題を、独自の「交換様式」の観点から解き明かす、柄谷国家論の集大成。佐藤優氏との対談を併載。

G471
日本軍の治安戦
―日中戦争の実相―
笠原十九司

治安戦(三光作戦)の発端・展開・変容の過程を丹念に辿り、加害の論理と被害の記憶からその実相を浮彫りにする。〈解説〉齋藤一晴

岩波現代文庫[学術]

G472
網野善彦対談セレクション
1 日本史を読み直す
山本幸司編

日本史像の変革に挑み、「日本」とは何かを問い続けた網野善彦。多彩な分野の第一人者たちと交わした闊達な議論の記録を、没後二〇年を機に改めてセレクト。(全二冊)

G473
網野善彦対談セレクション
2 世界史の中の日本史
山本幸司編

戦後日本の知を導いてきた諸氏と語り合った、歴史と人間をめぐる読み応えのある対談六篇。若い世代に贈られた最終講義「人類史の転換と歴史学」を併せ収める。

G474
明治の表象空間(上)
―権力と言説―
松浦寿輝

学問分類の枠を排し、言説の総体を横断的に俯瞰。近代日本の特異性と表象空間のダイナミズムを浮かび上がらせる。(全三巻)

G475
明治の表象空間(中)
―歴史とイデオロギー―
松浦寿輝

「因果」「法則」を備え、人びとのシステム論的な「知」への欲望を満たす社会進化論の跋扈。教育勅語に内在する特異な位相の意味するものとは。日本近代の核心に迫る中巻。

G476
明治の表象空間(下)
―エクリチュールと近代―
松浦寿輝

言文一致体に背を向け、漢文体に執着した透谷・一葉・露伴のエクリチュールにはいかなる近代性が孕まれているか。明治の表象空間の全貌を描き出す最終巻。〈解説〉田中 純

2025.2

岩波現代文庫［学術］

G477
シモーヌ・ヴェイユ
冨原眞弓

その三四年の生涯は「地表に蔓延する不幸」との闘いであった。比類なき誠実さと清冽な思索の全貌を描く、ヴェイユ研究の決定版。

G478
フェミニズム
竹村和子

最良のフェミニズム入門であり、男／女のカテゴリーを徹底的に問う名著を文庫化。性差の虚構性を暴き、身体から未来を展望する。〈解説〉岡野八代

G479
増補 総力戦体制と「福祉国家」
―戦時期日本の「社会改革」構想―
高岡裕之

戦後「福祉国家」とは全く異なる総力戦体制＝「福祉国家」の姿を、厚生省設立等の「戦時社会政策」の検証を通して浮び上らせる。

G480-481
経済大国興亡史 1500-1990（上・下）
チャールズ・P・キンドルバーガー
中島健二訳

繁栄を極めた大国がなぜ衰退するのか――国際経済学・比較経済史の碩学が、五〇〇年にわたる世界経済を描いた。〈解説〉岩本武和

G482
増補 平清盛 福原の夢
高橋昌明

『平家物語』以来「悪逆無道」とされてきた清盛の、「歴史と王家への果敢な挑戦者」としての姿を浮き彫りにし、最初の武家政権「六波羅幕府」のヴィジョンを打ち出す。

2025. 2

岩波現代文庫[学術]

G483-484

焼跡からのデモクラシー(上・下)
——草の根の占領期体験——

吉見義明

戦後民主主義は与えられたものではなく、戦争を支えた民衆が過酷な体験と伝統的価値観をもとに自ら獲得したことを明らかにする。

2025.2